AF152389

RÜDIGER
SCHLAGOWSKI

AUFBRUCH AUS
IMIFRICH

novum pro

www.novumverlag.com

Bibliografische Information
der Deutschen Nationalbibliothek:

Die Deutsche Nationalbibliothek
verzeichnet diese Publikation in
der Deutschen Nationalbibliografie.
Detaillierte bibliografische Daten
sind im Internet über
http://www.d-nb.de abrufbar.

Gedruckt in der Europäischen Union
auf umweltfreundlichem, chlor- und
säurefrei gebleichtem Papier.

© 2023 novum Verlag

ISBN 978-3-99146-113-5
Lektorat: Falk-Michael Elbers
Umschlagabbildung: Sonia Vega Ledo
Umschlaggestaltung, Layout & Satz:
novum Verlag
Autorenfoto: Iris Schlagowski

www.novumverlag.com

INHALTSVERZEICHNIS

Kapitel 4

Kapitel 5

Kapitel 6

KAPITEL 1

I

Es geschah zu einer Zeit, als es noch Fabelwesen auf der Erde gab. Eines davon lebte in einem großen See bei dem Dorf Imifrich. Jedermann hatte fürchterliche Angst vor ihm, obwohl niemand es bislang zu Gesicht bekommen hatte. Alle nannten es „das Ungeheuer". Dies und noch andere Gründe veranlassten bei ihm eine abgrundtiefe Trauer, die mit heftigen Weinkrämpfen einherging. Dabei peitschte es mit seinem riesigen Schuppenschwanz den See derartig auf, dass dieser über die Ufer trat. Als nun die Häuser der Menschen überschwemmt wurden, packten sie eilig ihre Habseligkeiten zusammen, um die Gegend zu verlassen. Sie waren gar nicht betrübt, denn im Innersten ihrer Herzen hatten sie schon lange gehofft, einen Vorwand zu finden, um das Land ihrer Eltern, in dem sie sich so fürchten mussten und in dem sie sich nicht so recht zu Hause fühlten, hinter sich zu lassen.

Allein ein kurz zuvor ins Dorf gezogener Fischer namens Amtrok blieb mit seiner Frau Mehru dort. Seine Frau hatte mehrmals schon einen Traum gehabt, in dem ihr ein scheußlich aussehendes Wesen begegnet war, das bitterlich geweint und sie unter Schluchzen gebeten hatte, wenigstens ein paar Tage noch am See wohnen zu bleiben. Es könne ihr innerhalb dieses Zeitraumes zeigen, dass keiner sich vor ihm fürchten müsse. Sie würde ihre Entscheidung bestimmt nicht bereuen.

Weil sie ein gutes Herz hatte, konnte sie das Seeungeheuer nicht allein lassen und bat ihren Mann, mit ihr auf den See zu rudern. Anfangs fiel es Amtrok schwer, gegen die heftigen Wellen anzukämpfen, denn „das Ungeheuer" rührte weiterhin das Wasser auf. Mehrmals wäre das Boot beinahe gekentert. Natürlich hatte Amtrok große Angst, zumal Mehru nicht schwimmen konnte, jedoch dachte er mit keinem Gedanken daran umzukehren. Nein, wenn seine Frau jemandem helfen wollte, dann unterstützte er sie in jedem Fall.

Je näher beide der Mitte des Sees kamen, desto mehr beruhigte sich das Wasser. Eine leise, traurige Musik stieg aus der Tiefe empor. Amtrok und seine Frau lauschten der schönen Melodie und Schwermut bemächtigte sich ihrer. Es erinnerte sie an eigene Notzeiten, in denen sie sich einsam und verlassen gefühlt hatten, einzig getröstet durch Mehrus Gesang und Amtroks Flötenspiel.

„Mehru, lass uns gemeinsam unser Lied spielen, das uns immer so viel Kraft gibt." Mit diesen Worten holte der Fischer seine Flöte heraus und begann schwere, dunkle Klänge zu blasen, während seine Frau mit heller, klarer Stimme zu singen anfing. Plötzlich bemerkten beide, jemand begleitete ihre Musik und brachte dabei wunderschöne Glockentöne hervor. Sie fühlten sich wie von einer Woge der Harmonie getragen.

Es war nicht klar zu bestimmen, woher die Begleitklänge kamen. Mal schienen sie aus den Tiefen des Sees nach oben zu dringen, mal hörten sie sie über sich in der Luft, mal wirkten sie wie ein brausender Orkan, der sich aus allen Richtungen auf sie zubewegte. Amtrok und Mehru waren erfüllt von dem Gefühl, sie hätten mit ihrer Musik das Geheimnis der Welt erfahren und sie würden von nun an durch nichts mehr in Angst und Schrecken versetzt werden können.

Doch was sie dann sahen, ließ ihnen das Blut in den Adern gefrieren. Das Wasser schien sich zu teilen und ein riesiges Ungeheuer, dessen Flügel die Sonne verfinsterten, erhob sich in die Lüfte. Sein Leib erinnerte sie an eine Schlange. Die acht kurzen, kräftigen Beine endeten in je fünf scharfen, spitzen Krallen, die jeweils wenigstens einen halben Meter maßen, und der Kopf ähnelte dem Kopf eines Falken in mindestens hundertfacher Vergrößerung. Beide glaubten, ihr letztes Stündlein habe geschlagen.

Nach einer kurzen Weile nahm Mehru all ihren Mut zusammen und schrie in die Lüfte: „Wer bist du? Und was willst du von uns?"

Mit donnernder Stimme antwortete ihr das Ungeheuer: „Entschuldigt, dass ich mich euch zeige. Normalerweise kann kein Mensch meinen Anblick ertragen, weil die meisten mein gefährliches Aussehen mit meinem Wesen gleichsetzen. Seit Menschengedenken lebe ich nun in diesem See und im Grunde meines Herzens bin ich ein friedlicher Karzol, der in direkter Verwandtschaftslinie von den noch sehr viel größeren und äußerst mächtigen Grophen abstammt. Die Grophe sind die Drachentiere in euren alten Sagen, derweil wir Karzole viele der Fähigkeiten, die die Grophe besaßen, eingebüßt haben, weil wir die Nähe von Menschenwesen gesucht haben. Früher stellten wir über die Musik unsere Kontakte zu den Menschen her. Mit der Zeit aber verlernten diese die Art von Musik, die sie dazu in die Lage versetzt, ihren Seelenfrieden aufrecht zu erhalten, und lediglich einzelne wenige Personen lockten in uns solche Töne hervor, wie ihr sie hier vernommen habt. Es grenzt an ein Wunder, von euch derartig schöne Klänge hören zu dürfen und damit meine eigenen Seelenklänge endlich wieder anstimmen zu können. Ihr müsst wissen, mein Leben ist eng mit dem der Menschen verflochten. Sollten alle aus dieser Gegend wegziehen, muss ich wenige Jahre danach sterben, und niemand wird mehr das Geheimnis der inneren Musik erfahren oder gar verstehen können. Denn die Menschen werden ihren Seelenfrieden nur noch in äußerlichen Dingen zu erstreben suchen, und je mehr sie danach trachten, umso größere Unzufriedenheit werden sie empfinden. Sie werden den Kontakt zu sich und den Mitmenschen verlieren und sich völlig verlassen vorkommen. Gefühle werden absterben, die Menschen werden sich bekriegen und kein Mensch wird einem anderen seine Liebe schenken, einfach aus dem Grund, weil keiner mehr dieses Gefühl kennt. Und ihr wisst, Menschen können ohne Liebe nicht existieren. Ihr allein könnt mich und eure Artgenossen retten. Wir alle müssten sonst zugrunde gehen."

„Aber", erwiderte Mehru, „das scheint mir eine äußerst schwierige Aufgabe zu sein und … ich weiß nicht, ob wir dafür geeignet sind."

„Natürlich braucht ihr viel Mut und Durchhaltevermögen, um die Aufgabe zu lösen. Freilich gehe ich von eurer Bereitschaft aus und das reicht, denn, wie ihr wisst, vermag der Wille so manches Mal Berge zu versetzen. Ich werde euch jederzeit beistehen, solltet ihr den Wunsch dazu verspüren. Ihr müsst mich nur herbeiwünschen und ich werde euch nach meinen Kräften unterstützen. Als Zeichen meines Vertrauens gebe ich euch diese Feder aus meinem Kopfgefieder mit, die die magische Fähigkeit besitzt, denjenigen, der mit einer Hand über sie von unten nach oben streicht, unsichtbar zu machen."

Bei den letzten Worten hatte er seinen Kopf kräftig geschüttelt und eine kleine Feder segelte ins Boot, derweil das Ungeheuer wieder in den Tiefen des Sees verschwand.

Als nun beide langsam mit dem Boot zum Ufer zurückruderten, kamen ihnen leise Zweifel, ob ihr Erlebnis wahr gewesen wäre, hatten sie doch in ihren Ehejahren manches Mal den gleichen Traum gehabt. Doch der untrügliche Beweis, dass sie nicht geträumt hatten, lag auf dem Boden des Bootes. Mehru hob die Feder schließlich auf und nahm sie an sich. „Amtrok, lass uns schwören, diese Feder niemals – außer in Gefahr oder um gefährliche Situationen zu entschärfen – zu benutzen."

Müde traten sie in ihr Haus ein. Sie wussten, sie würden am nächsten Tag aufbrechen, um ihre Aufgabe zu erfüllen. Jedenfalls würden sie heute noch einmal gründlich ausschlafen und danach erst ihren Plan entwickeln, wie sie es schaffen könnten, dass die Menschen wieder ihrer inneren Musik Beachtung schenken würden.

II

Am nächsten Tag waren sie entgegen ihrem Vorhaben recht spät aus dem Haus gekommen. Nein, sie hatten nicht verschlafen, sondern sie waren einfach unschlüssig, was sie tun sollten. Außerdem hatten sie die Aussage des Karzols doch eigentlich gar nicht verstanden, zusammen mit ihm würden die Menschen ebenso zugrunde gehen. Sie hatten während des Frühstücks viel über eine Unmenge an Fragen nachgegrübelt und mussten plötzlich erschreckt feststellen, dass der Mittag bereits angebrochen war.

„Mehru, wir müssen uns beeilen. Wir wissen noch nicht einmal, wie viel Zeit uns überhaupt zur Verfügung steht", sagte Amtrok zu seiner Frau.

„Du hast recht, lass uns das Allernotwendigste mitnehmen und aufbrechen."

Beide packten in Windeseile ihre Sachen, verließen ihr Haus und gingen einfach in die Richtung, in die die anderen Bewohner ihres Ortes gezogen waren, dabei darauf hoffend, eventuell noch den einen oder die andere einzuholen.

Es dauerte tatsächlich nicht lange, bis sie Fagol, den alten Dorfvorsteher, von weitem erkannten, der sich mit einem großen Packen auf dem Rücken mühselig über die Landstraße schleppte und sich alle paar Minuten ängstlich umsah.

Als Amtrok und Mehru ihn erreicht hatten, ließ er zu Tode erschreckt sein Bündel fallen und zog blitzschnell aus einer Jackentasche einen Dolch hervor.

„Kommt mir nicht zu nahe!", schrie er sie an. „Ihr wollt mir noch mein letztes Hab und Gut stehlen! Lasst mich alleine weiterziehen!"

„Na, hier will keiner dir etwas stehlen. Ich denke, du wirst dich über eine Begleitung auf dem Weg freuen. Beruhige dich erst einmal. Bei dir hat doch stets Vernunft und Überlegung vorgeherrscht. Was ist dir widerfahren, wenn du uns begrüßt, als wären wir Räuber?"

„Befändet ihr euch in meiner Haut, ihr würdet genauso jedem anderen misstrauen. Zuerst sind die Dorfbewohner über mich hergefallen, als sie das Geld und den Schmuck bei mir sahen. Sie nahmen mir auch alles Essbare und den Wasserkanister ab. Als ich sie bat, mir wenigstens Essen und Trinken für einen Tag zu lassen, haben sie nur gelacht, mir ins Gesicht gespuckt und mir Hundekot entgegengeworfen. ‚Da, iss und trink, bis du kotzt!', sagten sie höhnisch und zogen laut lachend und lärmend weiter. Jetzt habt ihr meine elende Geschichte gehört, zieht weiter und lasst mich in Ruhe sterben, denn ich merke, ich möchte ohne mein Heimatdorf nicht weiterleben."

„Wenn du meinst, wir lassen dich sterben", hob Amtrok an, „einzig weil du dich heimatlos fühlst, dann irrst du dich gewaltig. Gott würde dich postwendend zurückschicken, zumal du deine Lebensaufgabe nicht erfüllt hast."

Bei Amtrok hatte sich die Idee entwickelt, Fagol dafür zu gewinnen, den Auftrag gemeinsam mit ihnen auszuführen.

„Nun iss und trink erst einmal etwas mit uns zusammen und danach sehen wir weiter!" Mit diesen Worten öffnete er sein Bündel, holte einen großen Schinken hervor und schnitt drei gleich dicke Scheiben ab, derweil seine Frau Wasser in einen Becher schenkte, den sie herumreichte.

Man konnte Fagol anmerken, dass er länger nichts gegessen hatte. Es dauerte keine fünf Sekunden und seine Scheibe Schinken war verschlungen. Erst nach der dritten Scheibe und einem großen Stück Brot schien er halbwegs gesättigt. Er lehnte sich zurück und blinzelte Amtrok und seine Frau dankbar an. Aus dem rechten Augenwinkel löste sich eine kleine Träne und rollte auf seine Wange.

„Ihr habt mir mein Leben gerettet. Eigentlich wollte ich mich hier hinlegen und auf den Tod warten. Es fällt mir schwer, allem noch einen Sinn abzugewinnen. Wisst ihr, ich wollte an sich im Ort bleiben, denn ich fürchte mich nicht vor dem Karzol. Jedoch als alle unserem Dorf den Rücken zukehrten, entschied ich mich, ihnen hinterherzugehen, und in Gedanken baute ich mit ihnen ein neues Dorf auf.

Dann dachte ich an das Geheimnis des Karzols, das mir bekannt ist, und mich überkamen Zweifel, ob ich mit den anderen jemals wieder eine Gemeinschaft aufbauen könnte. Bereits seit etlichen Jahren sehe ich, wie die Menschen den Geschehnissen um sie herum einzig Wichtigkeit beimessen, falls sie daraus einen Gewinn ziehen können. Anderes interessierte sie nicht. Bei den Festen im Dorf ging es allein darum, wer es sich leisten konnte, möglichst viel Wein, Essen und Gaukler aufzubieten, sodass alle Dorfbewohner sehen konnten, wie reich der Spender war. Die ausgelassene Fröhlichkeit, das Feiern um des Feierns willen, ja das Hineinfallen in unerwartete Ereignisse, die sich als spontane Festanlässe anboten, alles das gab es nicht mehr. Feste schienen mehr oder weniger straff durchorganisiert mit klaren Abfolgen hinsichtlich ihrer Ausrichtung. Es gab Familien, die das Dorf verlassen haben, weil sie es sich nicht leisten konnten, ein Fest zu finanzieren, was sie den anderen Dorfbewohnern gegenüber nicht einzugestehen vermochten. Ich hatte lange gehofft, dies würde ein vorübergehendes Phänomen sein. Freilich muss ich heute sagen, dass ich mich getäuscht habe.

Letzte Woche war ich seit langem einmal wieder auf dem See mit meinem Ruderboot und merkte, ich konnte keinen Kontakt zum Karzol finden. Ich war nur noch niedergeschlagen. Wie ihr vielleicht selbst erlebt habt, können Karzole menschliche Empfindungen sehr intensiv erfassen, weshalb sie die kleinsten Regungen von uns Menschen wahrzunehmen in der Lage sind. Sie treten zwar Furcht erregend im Äußeren in Erscheinung und besitzen gewaltige Kräfte, jedoch wem sie vertrauen, dem gilt ihre Liebe und Zuwendung. Sie würden sich in jedem Falle für jemanden ihres Vertrauens aufopfern. Wir Menschen kennen so etwas wenn überhaupt nur noch im Rahmen der Familie oder im abstrakten Raum über Heldenerzählungen oder Mythen.

Da nun der Karzol meine Niedergeschlagenheit erspürte, führte ihn das selbst in einen Zustand nicht enden wollender Traurigkeit, die darin uferte, dass er verzweifelt um sich schlug. Der enorme Wellenschlag wühlte den See gehörig auf und dessen Wasser überschwemmten sodann unsere Häuser. Ihr seid ja erst vor kurzem in unser Dorf gezogen und ich war der letzte Vertraute des Karzols. Doch euer Verhalten hat mir euer gutes Herz gezeigt, und nun frage ich euch: Seid ihr gewillt, mit mir zusammen die Dorfgemeinschaft oder wenigsten Einzelne davon zur Rückkehr zu bewegen und unser Wissen über Glück und Vertrautheit in die Welt zu tragen? Selbst wenn Einzelne mich überfallen und gedemütigt haben, sind sie doch ein Stück Heimat für mich und ich denke, sie werden ihre rohen Taten noch bereuen."

Nun berichteten Amtrok und Mehru Fagol über ihre Begegnung mit dem Karzol auf dem See. Sie wollten der Bitte des Karzols nachkommen, die Menschen wieder an den See zurückzubringen, jedoch wussten sie noch nicht, wie sie das Wissen über die Zusammenhänge zwischen der inneren Musik und dem äußeren Sein dafür nutzen könnten.

„Die Aufgabe erscheint enorm schwierig, allerdings jetzt sind wir zu dritt und sollte, wie es mir heute passiert ist, die Anzahl derjenigen, die das Wissen weiter in die Welt tragen wollen, sich täglich vermehren, werden wir unser Ziel erreichen."

„Was werden wir als Nächstes tun?", fragten Amtrok und seine Frau wie aus einem Munde.

„Tja, was wolltet ihr denn tun, bevor ihr mich getroffen hattet?"

„Na ja, wir wollten einfach den anderen hinterhergehen und mit ihnen sprechen."

„Dann sollten wir unseren Weg so fortsetzen, wie ihr ihn euch vorgenommen habt. Freilich denkt nicht, es wird euch auf Anhieb gelingen, die anderen zu überzeugen."

„Weißt du, Fagol", antwortete ihm Mehru, „unser Leben war nie einfach und manchmal waren wir ziemlich verzweifelt, wenn wir nicht mehr wussten, wie wir Brot und Kartoffeln bezahlen sollten, oder wenn wieder einmal ein Vorratskrug zerbrochen war. Jedoch ist es immer irgendwie weitergegangen und nie haben wir aufgegeben. Auch letztens hatten wir alles verloren und haben dennoch ein neues Zuhause in eurem Dorf gefunden.

Du kannst dir allerdings vorstellen, dass wir mit den anderen den Ort verlassen wollten, als kurz nach unserer Ankunft unser Haus, das wir mit viel Mühe hergerichtet hatten, überschwemmt wurde. Wäre mir nicht im Traum der Karzol erschienen – und für mich stellen Träume einen nicht unwichtigen Teil meines Lebens dar –, hätten wir drei uns wohl nicht getroffen.

Ohne diesen Traum wäre ich vielleicht versucht gewesen, das verlockende Angebot anzunehmen, für etwas Gold leichte Arbeiten in Miatr auszuführen. Ich denke dabei an meine Nachbarin Fiha, deren Augen geradezu leuchteten, die mir vorgeschwärmt hatte, wie einfach das Leben doch sein könnte. Man müsste lediglich den Vertrag bei einem Berater unterschreiben, womit man sich sechsmal in der Woche für vier Stunden zu leichten Arbeiten verpflichtete, und man hätte immer zu essen. Ja, man würde sogar ein kleines Vermögen aufbauen können."

„Ja, ja, Mehru, mir sind diese Berater auch aufgefallen, aber in mein Haus ist keiner gekommen, weil sie wussten, ich würde nie für Gold meine Selbstständigkeit hergeben. Jedoch, nachdem du das erwähnst, verstehe ich die Hektik, mit der die Bewohner aufgebrochen sind. Denn als die Berater mich im letzten Jahr einmal aufgesucht hatten, wollten sie mir die Sache damit schmackhaft machen, indem sie mir sagten, die ersten zehn, die nach Miatr kämen, um diese Arbeit anzunehmen, würden das Doppelte des üblichen Lohns erhalten und bekämen dazu ein eigenes Haus mitsamt Bedienstetem. Wahrscheinlich hat es wieder ähnliche Versprechen gegeben.

Im letzten Jahr trafen sich die Dorfvorsteher unseres Bezirks in Miatr und zufällig begegnete mir in einem Gasthaus Fitr, der früher einmal in unserem Dorf gewohnt hatte und auf die Versprechen der Berater hereingefallen war. Er war zwar als Erster aus unserem Dorf in Miatr angekommen, doch man teilte ihm mit, aus anderen Dörfern wären ebenfalls von den Beratern angeworbene Leute gekommen. Und da habe er nun einmal Pech gehabt, denn er sei der zwölfte, was er aber nirgendwo hatte nachprüfen können.

Die Berater hatten ihn nach Strich und Faden belogen und keines der Versprechen war eingehalten worden. Sie bekamen zwar einigermaßen genug zu essen und zu trinken und man gewährte ihnen ein Dach über dem Kopf, aber die Berater hatten ihnen nicht gesagt, sie müssten jederzeit zur Arbeit zur Verfügung stehen, sodass sie nicht selten mitten in der Nacht geholt wurden, und wer nicht mitmachen wollte, wurde geschlagen und, wenn er sich weiterhin weigerte, in einen Kerker gesperrt. Das hat Fitr nicht lange ausgehalten. Er hat sich davongeschlichen und hält sich seither in Miatr als Fona auf – so heißen die Illegalen, die aus Werkstätten und von Gütern geflüchtet, jedoch durch Vertragsrecht ihren alten Arbeitgebern noch verpflichtet sind. Die Fonas leben im Untergrund und es gibt in den Städten viele Unterstützer, die ihnen Wohnung und Essen bieten.

Allerdings sollten wir uns jetzt auf den Weg machen. Bis zum nächsten Dorf benötigen wir etwa drei Stunden und in vier Stunden ist es dunkel. Da möchte ich mich nicht mehr auf der Straße befinden, denn die hat sich zu der Zeit in einen gefährlichen Aufenthaltsort verwandelt."

III

Es dämmerte bereits, als sie in Hangstu ankamen. Schon von weitem konnten sie das einladende Licht der Dorfschänke erkennen. Kaum waren sie in den Schankraum getreten, schallte ihnen das sogar für Schänken überlaute Gelärme der Leute entgegen, dessen Ursache sie bald ergründeten. An einem Tisch saßen zwei Berater aus Miatr, die mit großen Versprechen Leute anwarben für, wie sie sagten, leichte Arbeit und gutes Geld auf den Höfen oder in den Werkstätten ihrer Herren. Man würde von allen, die mit ihrer Unterschrift oder einem Fingerabdruck in Stempelfarbe den Vertrag unterzeichneten, zehn Glückliche auslosen, die dann als Auserwählte eine eigene Werkstatt ihrer Wahl samt Bedienstetem für den Haushalt bekommen würden. Selbstverständlich wollten viele sofort unterschreiben und meinten wohl dabei, wenn sie unter den ersten zehn Unterzeichnern wären, würden sie garantiert ihre eigene Werkstatt erhalten. Acht Bauern hatten den Vertrag bereits unterschrieben, da bahnte sich ein etwa dreißigjähriger Mann durch die Menge seinen Weg und baute sich mit übereinandergeschlagenen Armen neben den Beratern auf. Sein stechender Blick war zornig auf die Menge gerichtet, seine Haare standen wild durcheinander, überhaupt wirkte seine Gestalt durch seine Größe, seine wuchtigen Schultern und sein gesamtes Auftreten einschüchternd auf die anderen.

„Ihr seid des Teufels!", richtete er sich an die Berater. „Ich habe viele von euch bereits in anderen Dörfern gesehen und die

Bewohner rechtzeitig vor euch warnen wollen. Jedes Mal musste ich dasselbe erleben. Ich habe von meinem Schicksal erzählt, das mir durch euch Berater widerfahren ist. Jedoch keiner wollte mir zuhören. Mir hattet ihr auch einen guten Lohn für leichte Arbeit versprochen, bekommen habe ich gerade einmal genug zu essen, ein notdürftiges Dach über dem Kopf und täglich sechzehn Stunden schwerste Arbeit. Erkrankte ich einmal, wurde ich geschlagen, wenn ich nicht schnell genug arbeitete. Bin ich vor Schwäche einmal auf meinem Schlaflager liegengeblieben und der Aufseher schaffte es nicht, mich mit Prügeln zum Aufstehen zu bringen, wurde ich für mehrere Tage in den Kerker geworfen. Dort bekam ich jeden Tag gerade einmal einen Becher Wasser und eine Scheibe trockenes Brot ..."

„Lügen, alles Lügen!", hob jetzt einer der Berater an. „Sofern ihr den Schwachsinn glaubt, kann ich euch nicht weiterhelfen. Letztendlich ist es freilich eure eigene Entscheidung, ob ihr das Glück, das ihr mit den Händen ergreifen könnt, wahrnehmt oder ob ihr das bessere Leben den anderen überlasst, die das Wagnis eingehen, die Warnungen eines geistig Verwirrten in den Wind zu schlagen. Eins möchte ich euch aber dringlich ans Herz legen. Überlegt eure Entscheidung gut, wir kommen so schnell kein zweites Mal wieder."

„Ha, kämt ihr zu früh an einen Ort zurück, so gäbe es bestimmt einen Verwandten oder Freund der unzähligen von euch Betrogenen, der gerne mit euch abrechnen würde, der erfahren hat, wie ihr den von ihnen geliebten Menschen zugrunde gerichtet habt. Leute", wendete sich der Mann nun an die anderen Umstehenden, „unterschreibt nicht und vor allem reißt ihnen die unterschriebenen Verträge aus den Händen!"

Ein Murren erhob sich und der Kreis um die Berater wurde enger. Jedoch wagte es keiner, ihnen die Verträge zu entwenden, denn die Berater hatten das Recht auf ihrer Seite, und jeder wusste, würden sie sie angreifen, sie würden wie Diebe abgeurteilt werden und im Gefängnis landen.

Der Dorfvorsteher von Hangstu trat nun an den Tisch der Berater heran: „Könnt ihr uns irgendeinen Beweis dafür geben, dass ihr die Wahrheit sprecht und das von euch Versprochene nicht nur leere Worte sind?"

„Gewiss", erwiderte einer der Berater und wies auf einen in der Nähe stehenden elegant gekleideten Herrn. „Loszek, erzähl doch mal den Leuten hier über deinen Werdegang in Miatr."

„Ihr werdet es mir nicht glauben, aber noch vor zwei Jahren habe ich wie ihr als Bauer gearbeitet und kaum genug zu essen gehabt. Tag für Tag dieselben Strapazen. Wenn es lange nicht regnete, verdorrte das Getreide auf den Feldern. Nie bestand die Aussicht, mehr als das tägliche Essen zu sichern, und selbst das ging mit Ungewissheit einher. Was war das für ein Leben, frage ich euch? Hätte ich eine Frau und Kinder gehabt, wir wären bereits Hungers gestorben, denn hatte ich etwas zu essen, reichte es gerade einmal für mich.

Als dann Peto" – und er zeigte auf den rechts neben ihm stehenden Berater – „in unser Dorf kam, erschien er mir wie ein Befreier. Unverzüglich habe ich mich ihm angeschlossen und diese Entscheidung bereue ich nicht. Heute besitze ich ein eigenes Haus in Miatr mitsamt Bedienstetem und ich arbeite sechsmal wöchentlich nicht mehr als vier Stunden, wobei meine Aufgabe darin besteht, den Bediensteten, die auf einem Gut mit der Feldarbeit beschäftigt sind, zu zeigen, wie sie das Land bearbeiten müssen, damit die Ernte möglichst ergiebig ist. Ich führe heute ein zufriedenes, glückliches Leben und würde mit niemandem tauschen wollen."

Ein erwartungsvolles Leuchten ließ die zerfurchten Gesichter vieler Bauern erstrahlen und mancher hätte sofort unterschrieben, doch Thorei, der Dorfvorsteher, wendete sich nun an den Mann, der sie vor den Verträgen warnen wollte.

„Und wie ist das bei dir? Kannst du einen Beweis dafür erbringen, dass die Berater – was du zwar nicht direkt sagst, was aber deinen Worten zu entnehmen ist – die Leute betrügen wollen?"

„Nein, außer meinem eigenen Zeugnis kann ich keinen weiteren Beweis für meine Anklagen anführen. Ihr müsst wissen, jeder, der die Wahrheit über diese Verträge spricht, läuft Gefahr, von den Beratern und ihren Herren bis zum Äußersten verfolgt zu werden. Das fängt mit Drohungen an, geht weiter mit öffentlichen Bloßstellungen, führt zu ungerechtfertigten Anklagen, und falls das alles nicht fruchtet, setzen sie ihre Prügeltrupps ein und schrecken sogar vor Mord nicht zurück."

„Das ist ja ungeheuerlich!", wendete sich Peto an den Mann. „Solche infamen Lügengeschichten hab' ich ja mein Lebtag nicht gehört! Wäre ich nicht von Eurer Verrücktheit überzeugt, würde ich Euch sofort ins Gefängnis sperren lassen. Gleichwohl werde ich Euch einen Platz im Sonnentempel besorgen, denn ich möchte Euren Gesundungsprozess fördern."

Viele Bauern erhoben nun ihre Stimmen gegen den Mann und schüttelten ihre Fäuste in seine Richtung.

„Es ist wohl besser, wenn du diesen Ort verlässt!", forderte ihn Thorei auf, um Gewaltausbrüche zu vermeiden. Der Mann merkte, er konnte hier nichts mehr gewinnen, und sein Blick wirkte für einen kurzen Moment ein wenig wie der eines geprügelten Hundes. Dann straffte er seinen Körper und ging aufrechten Schrittes zum Ausgang. Bevor er hinausging, nickte er kaum merklich in die Richtung von Fagol, der seinen Gruß erwiderte. Kaum jemand von den im Raum Anwesenden hatte davon etwas bemerkt.

Nicht lange nachdem er die Tür leise hinter sich geschlossen hatte, waren die nächsten Verträge unterzeichnet, und bis auf zehn Bauern – unter ihnen auch der Dorfvorsteher Thorei – hatten alle ihre Unterschrift unter einen Vertrag gesetzt, als der Schankwirt spät in der Nacht die Schänke schloss.

Fagol, Amtrok und Mehru legten sich auf das für die Gäste in der Nähe des Kamins ausgebreitete Stroh. Lange konnten sie nicht einschlafen. Alle mussten sie an das Erlebte denken und insgeheim bewunderten sie den Mut des Mannes, der seine Stimme gegen die Berater erhoben hatte. Allerdings erschien es Amtrok und Mehru merkwürdig, dass Fagol ihnen gar nichts über den Mann erzählte, obschon sie ihren gegenseitigen Gruß gesehen hatten. *War vielleicht der Mann doch nicht mehr ganz bei Sinnen?*, war der letzte Gedanke von Amtrok, bevor er in unruhige Träume sank.

IV

In einem seiner Träume befand sich Amtrok mit Mehru zusammen auf dem See bei Imifrich. Beide lagen ausgestreckt auf dem Boden des Bootes und genossen die allmählich wärmer werdenden Strahlen der Sonne auf ihren Körpern. Mehrus Hände streichelten sanft über Amtroks Arme, Rücken, Nacken und Brust. Immer wieder fuhren ihm Wonneschauern über die Haut und manchmal nahm er sacht Mehrus Hand und legte sie an einen anderen Ort, um ihr mitzuteilen, dass zum Beispiel der Unterarm noch darauf wartete, gestreichelt zu werden. Gerade wollte er sich Mehru zuwenden, die schon mit freudiger Spannung seine Berührungen vorwegnahm und deren kaum wahrnehmbare Härchen auf den Armen leicht aufgerichtet standen, da vernahmen sie die durchdringende, tieftraurige Stimme des Karzols aus den Tiefen des Sees.

„Ihr schafft das nicht. Die Aufgabe, die ich euch gestellt habe, werdet ihr nicht lösen. Die letzten Karzole werden untergehen und mit ihnen auch ihr. Menschen werden lediglich mechanisch ihr Leben fristen ohne in die eigenen Tiefen vorzudringen. Sie werden allein sich selbst anbeten und jeder wird mit allen Mitteln Macht über andere erlangen und bewahren wollen. Streit, Zwist, Krieg werden als die bekannten Folgen daraus hervorgehen. Ich bin schuld, wenn ihr an der Schwere der Aufgabe zerbrecht. Könnt ihr mir verzeihen, euch eine zu schwere Aufgabe gegeben zu haben?"

„Aber", entgegnete ihm Mehru, denn Amtrok hatte sich von dem Schreck ob der plötzlichen Störung des so harmonisch erlebten Moments noch nicht erholt, „wir sind doch erst losgegangen und haben bisher keinen Plan gefasst, wie wir genau deine Aufgabe erfüllen können. Bist du nicht etwas zu früh mit deinem Urteil, wir würden es nicht schaffen? Bislang haben wir eigentlich unser Leben ganz gut gemeistert. Solltest du meinen, wir hätten etwas falsch gemacht, teil uns mit, worum es sich handelt und wie wir uns richtig verhalten können."

„Als wir gemeinsam auf dem See diese Musik gemacht haben, war ich einfach nur glücklich und fühlte eine Kraft durch uns hindurchgehen, die mich mit der Gewissheit erfüllte, alles wird gut enden. Ihr müsst eure Kraft wahrnehmen und entfalten, damit andere davon angesteckt werden und aus ihrem auf Macht, Geld und Ruhm ausgerichteten Leben ausbrechen wollen. Jeder kann lernen, seinen eigenen Seelenreichtum mit anderen zu teilen und dabei den der anderen zu erfahren. Jedoch dazu muss man den Weg der Liebe kennen, der dort beginnt, wo man seine eigenen Unzulänglichkeiten und Fähigkeiten sieht und akzeptiert sowie sich selbst so liebt, wie man ist. Ihr wisst ja, wer sich selbst nicht liebt, kann niemand anderen lieben."

„Ja, ja", antwortete ihm Mehru, „das wissen wir, doch was genau willst du uns damit sagen? Ich verstehe dich nicht so recht."

„Dann will ich euch etwas fragen: Habt ihr euch gestern in der Schänke wohlgefühlt? Und wenn nein, hättet ihr etwas dagegen unternehmen können?"

„Tja, wohlfühlen kann man das nicht nennen. Freilich stand es nicht in unserer Macht, die Lage zu verändern. Die Berater und der Mann haben einen zu starken Einfluss auf die anderen ausgeübt, als dass wir unsere Stimme hätten erheben können, damit jeder sie vernommen hätte."

„Da will ich dir schon recht geben. Mit einer Rede hättet ihr gar nichts ausrichten können. Jedoch hättet ihr euch nicht in eine Ecke der Schänke setzen und eure Musik anstimmen können?"

„Dazu war ich aber nicht in der rechten Stimmung, das kann man nicht erzwingen."

„Wenn man jedes Mal erst in die richtige Stimmung gelangen muss, kann das Leben schon beendet sein, bevor eine rechte Stimmung angeflogen gekommen ist", gab der Karzol ihr zu verstehen. „Mitunter muss man seinen gesamten Mut zusammennehmen, um Dinge zu tun, die einem zunächst sinnlos, vielleicht erzwungen oder sonst was erscheinen, um nicht getan zu werden. Ihr kennt das sicherlich: Eigentlich verspürtet ihr keine Lust dazu, habt es dennoch getan. Und oft habt ihr dann festgestellt, hättet ihr es nicht getan, wärt ihr um ein Glücksgefühl betrogen worden ..."

V

Abrupt wurde hier Amtroks Traum unterbrochen, jemand hatte ihn kräftig an der Schulter gerüttelt. Eine laute Stimme drang an sein Ohr: „Los, los, aufwachen! Du glaubst wohl, du kannst hier den ganzen Tag in der Schänke rumfaulenzen. Wer nicht sein Frühstück bei mir einnimmt, der verschwindet jetzt ruckzuck! Die anderen Gäste wollen nicht in deinem Schlafgestank frühstücken."

Mehru und Fagol standen bereits fast reisefertig an der Tür, sie hatten es nicht übers Herz bringen können, Amtrok aufzuwecken, so tief hatte er geschlafen. Amtrok rollte schnell seine Decke zusammen, stopfte sie in sein Bündel, murmelte eine Verabschiedung und schlüpfte mit den beiden anderen durch die Tür ins Freie.

Es war kurz nach Sonnenaufgang, die beste Zeit zum Reisen, wenn man ausgeruht auf die Strecke geht. Jedoch Amtrok fühlte sich von seinem Traum wie gerädert. Zeit zum Schlafen hatte er ja genug gehabt, dennoch hatte die Trauer des Karzols sich auf ihn übertragen und er schleppte sich schwerfälligen Schrittes des Weges.

„Sag mal", sprach ihn Fagol an, „hast du heute Nacht im Steinbruch geackert, derweil Mehru und ich in der Schänke übernachtet haben? Oder bist du über Nacht zum Greis geworden?"

„Nein", antwortete ihm Amtrok, „keins von beidem. Aber ich hatte heute Nacht einen merkwürdigen Traum. In dem ist mir der Karzol erschienen und er hat mir gesagt, er glaubt nicht, wir könnten seine Aufgabe erfüllen. Das stimmte mich traurig, während Mehru ihm zu bedenken gab, dass wir doch erst einen Tag unterwegs seien. Ich weiß nicht, wollen wir nicht lieber umkehren?"

„Du spinnst wohl! Erst lassen wir unsere neue Heimat ohne weiteres hinter uns zurück, versprechen dem Karzol, alles in unseren Kräften Stehende zu unternehmen, die Aufgabe zu erledigen, um deren Erfüllung er uns gebeten hat, und sollen dann unverrichteter Dinge zurückkehren, ohne überhaupt den Versuch gewagt zu haben, die Menschen zur Rückkehr in ihre Heimat zu bewegen? Wenn du solche Dinge sagst, dann ..."

Mehru wurde von Fagol unterbrochen: „Behalte es lieber für dich, was du noch sagen wolltest. Du kannst Amtrok keinen Vorwurf daraus machen, dass er an der Erfüllung der Aufgabe zweifelt. Freilich musst du unterscheiden, Amtrok: Der Karzol hat im Traum zu dir gesprochen. Nun zweifle ich an der Fähigkeit der Karzole, im Schlaf in unsere innersten Welten einzudringen. Möglicherweise waren einmal die Grophe dazu in der Lage. Ich weiß es nicht. Was ich jedoch weiß, ist, in den Träumen zeigen sich unsere Ängste und Hoffnungen. Du brauchst dich nicht zu schämen, momentan eher verzagt zu sein und an den Erfolg nicht so recht glauben zu können. Du kannst allerdings, indem du in uns Vertrauen setzt, unsere Kräfte stärken und unsere Hoffnung auf dich wirken lassen. Auf diese Weise können deine Ängste in Zuversicht verwandelt werden. Glaubst du, das ist ein möglicher Weg?"

„Weiß nicht", brummelte Amtrok vor sich hin, doch man merkte, er war nicht mehr nur am Nachgrübeln und auch sein Gang hatte sich etwas beschleunigt.

Als sie zwei Stunden später eine kurze Rast einlegten, blickte ihnen Amtrok wieder optimistisch entgegen und er summte leise eine Melodie vor sich her. Weil sie jetzt zu dritt waren, wollten sie sich das Frühstück für den Mittag aufheben, tranken etwas Wasser aus dem nahen Bach und füllten ihre Wasservorräte auf.

Gerade hatten sie vor, die Reise nach Miatr fortzusetzen, da stellte sich ihnen ein Mann in den Weg, den sie als den Mann aus der Schänke erkannten, der die Bauern vor den Beratern hatte warnen wollen.

„Fitr, sei gegrüßt! Dich hätte ich hier am allerwenigsten erwartet. Ich dachte, du wärst bereits in der Nacht wieder nach Miatr zurückgekehrt!", begrüßte Fagol seinen ehemaligen Dorfbewohner. „Oh, entschuldigt, ich habe euch nicht einander bekannt gemacht: Darf ich euch Fitr vorstellen, der wie wir aus Imifrich stammt? – Und das hier sind Mehru und Amtrok, die beide vor kurzem aus Gritolk in unser Dorf gezogen sind. Vielleicht hast du von dem Krofass gehört, der Gritolk und einzelne weitere Dörfer zerstört hat. Mehru und Amtrok haben lediglich ihr blankes Leben retten können. Ich habe ihnen das Stück Land am See angeboten, außerdem konnten wir einen Fischer gebrauchen, nachdem du uns im letzten Jahr verlassen hattest und wir, wenn wir zum Selberfangen keine Zeit hatten – und das ist leider meist der Fall –, alten Fisch vom Händler aus Hangstu kaufen mussten, wollten wir unseren Speiseplan nach der Sitte unserer Vorfahren einrichten. Erzähl' uns, wie geht es dir?"

„Abgesehen davon, dass ich ständig auf der Hut sein muss", begann Fitr, „geht es mir ganz gut. Du weißt ja, ich gehöre zu den Fonas und meine Aufgabe besteht darin, die Leute in den Dörfern vor den Beratern zu warnen. Wie du jedoch selbst in Hangstu erleben konntest, gestaltet sich das nicht einfach und die Berater erweisen sich als geschickte Redner, die in eigens dafür eingerichteten Lehrgängen geschult werden, die Menschen, die sie anwerben sollen, um den Finger zu wickeln. Meine Erfahrung, die ich in Miatr gemacht habe, reicht nicht aus, die Berater als Lügner zu entlarven. Gestern habe ich vor Wut gekocht, als ich einsehen musste, dass ich die Bauern nicht überzeugen konnte, und ich weiß, mit Wut im Bauch kann ich gegen diese gewieften Berater nicht ankommen, außer ich würde meine körperlichen Kräfte einsetzen. Nur würde ich mit einem solchen Verhalten den Therfas die besten Argumente liefern, mich festnehmen zu lassen. Ich werde sowieso schon gesucht, zumal ich gegen den Vertrag verstoßen habe, den ich letztes Jahr in Imifrich unterschrieben habe, indem ich nach vier Wochen meiner Werkstätte den Rücken zugekehrt habe und ein Fona geworden bin. Freilich verfolgen die Therfas zurzeit andere Interessen, da bin ich ihnen unwichtig, solange ich ihnen nicht merklich schade. Was aber macht ihr hier auf der Landstraße nach Miatr?"

Und Fagol erzählte Fitr die Geschichte mit dem Karzol, dem Auszug der Bauern aus Imifrich und ihrem Auftrag. Nachdem er geendet hatte, atmete Fitr erleichtert auf, was Fagol, Mehru und Amtrok nicht verstehen konnten.

Allerdings klärte Fitr die drei nun auf: „Also, da kann ich nur sagen, ihr könnt von Glück reden, mich getroffen zu haben, denn, soweit ich von einem Vertrauten vor einer Stunde erfahren habe, sind die Stadtwächter von Miatr beauftragt, jeden, der keinen Passierschein für die Stadt besitzt, festzuhalten und ihn erst wieder frei zu geben, sobald er einen Vertrag bei einem der Berater unterschrieben hat."

„Ich hätte nicht gedacht, sie würden so offensichtlich gegen das Recht verstoßen", warf Fagol ein.

„Viele Leute sind zu den Fonas übergelaufen. Jedoch die Arbeit in den Werkstätten und auf den Gutshöfen erledigt sich nicht von selbst, und haben sie dort zu wenig Arbeitskräfte, werden die Therfas bald nichts mehr verdienen können und ihr naher Ruin wäre abzusehen. Folglich behelfen sie sich mit diesen – wie sie es nennen – ‚Notmaßnahmen' und kleiden es zudem in große Worte wie die ‚Rettung unserer Stadt'. Du erinnerst dich doch bestimmt an die Zeit von Ghoro, der damals jeden Bürger von Mobirowien für ein Jahr zur Zwangsarbeit verpflichtet hatte, weil er mit seinen Riesenbauten und seinem Luxusbedürfnis die Staatskasse geplündert hatte. Wer in der damaligen Zeit Ghoros Notregeln in Ordnung fand, wird Verständnis für die Therfas aufbringen, heute ihre Stadt durch Zwangsarbeit retten zu wollen."

„Ja", seufzte Fagol tief. „Ich gebe dir recht und du erinnerst mich an meine schlimmsten Zeiten. Ich musste damals mit meiner Frau Mounra schwerste Arbeiten in Miatr verrichten und Mounra und unser gerade einmal ein Jahr alter Sohn Tirton starben dort am Fieber. Ich hatte kaum eine Stunde Zeit bekommen, um beide zu begraben. Meine Trauer musste ich in die Träume nehmen, wollte ich diese Zeit überleben. Anfangs hätte ich viel dafür gegeben, meiner Frau und unserem Sohn in den Tod zu folgen. Allerdings sagte ich mir dann, ich könnte, solange ich lebe, Zeugnis geben von Ghoros Untaten, damit er vielleicht später einmal zur Rechenschaft gezogen würde.

Ich nehme an, du kennst die Gegend hier so gut, dass du uns zeigen kannst, wie wir Miatr umgehen können?"

„Also, wenn ihr die Stadt umgehen möchtet", erwiderte ihm Fitr, „helfe ich euch selbstverständlich dabei, doch falls ihr nicht davor zurückschreckt, in die Stadt gelangen zu wollen, kann ich euch dabei ebenfalls helfen. Bochre ist ein die Fonas unterstützender Therfa und er stellt uns Passierscheine aus, sofern wir diese brauchen."

„Das klingt ja viel besser, als ich gedacht hatte. Euer Widerstand ist in den höchsten Kreisen von Miatr angekommen. Bochre kenne ich noch als Halbwüchsigen, der uns zunächst wie die anderen Kinder der Therfas mit Steinen bewarf. Das änderte sich, nachdem sein Freund Fraga einmal einen alten Mann an der Schläfe traf und dieser auf der Straße zusammenbrach und verstarb. Während Fraga nur darüber lachte, schien Bochre sehr nachdenklich gestimmt. Von dem Moment an suchte Bochre Kontakt zu uns und unterstützte uns, wo er konnte. Zum Beispiel brachte er uns häufig kleine Essensportionen vorbei. Klein sollten sie sein, damit es in seinem Haus nicht auffiel, denn wir merkten, wir brauchten Bochre nicht nur, sondern wir mussten ihn auch unterstützen, um ihn nicht zu gefährden. Nur zu gut erinnerten wir uns an Darsto, der in demselben Jahr als sechsjähriger Knabe aus dem Haus seines Vaters geworfen worden war, weil er den hungernden Fonas geholfen hatte.

Wenn Bochre uns Passierscheine ausstellen kann, denke ich, werden wir diese Möglichkeit dankend in Anspruch nehmen. Oder was haltet ihr davon, Mehru und Amtrok?"

„Selbstverständlich werden wir das großzügige Angebot annehmen", übernahm Mehru das Wort. „Das ist doch keine Frage! Ich vermute, viele unserer Dorfbewohner sind ohnehin bereits in Miatr angekommen und nach den zurzeit in der Stadt vorherrschenden ‚Notregeln' zur Arbeit zwangsverpflichtet. Trotzdem sollten wir versuchen, Einzelne einzuholen, um sie zu warnen."

„Denk mal daran, wie die Leute sich in der Schänke verhalten haben", wendete Fitr ein. „Sie glaubten mir kein Wort und jetzt werden sie sich genauso wenig aufhalten lassen. Freilich hast du sicher recht, wir sollten nichts unversucht lassen. Gar nicht weit von hier gibt es eine Fähre über den Ferfolm. Wenn wir an der Stelle übersetzen, können wir einige Stunden Weges einsparen. Ich wollte euch sowieso dorthin führen, denn der Fährmann Stahro ist unser Vertrauens- und Verbindungsmann zu Bochre. Ich schlage allerdings vor, wir sprechen dort erst einmal ab, wie es für euch weitergehen kann."

VI

Alle drei waren einverstanden, zunächst zum Fährmann Stahro zu gehen und die Lage an diesem Ort zu besprechen. Dafür mussten sie die Straße in entgegengesetzter Richtung benutzen, um zu dem Pfad zu gelangen, der zur Fähre führte. Es dauerte keine fünf Minuten, bis sich ein kleiner Weg von der Straße ab in Richtung Wald und von dort aus zum Fluss schlängelte. Erst als sie direkt vor dem Fährhaus standen, erkannten sie, dass der Pfad hier endete und der Weg mittels Fähre fortgesetzt werden musste. Stahro machte sich bereits an der Fähre zu schaffen, um die Fahrgäste möglichst schnell zu ihrem Ziel zu befördern.

„Sei gegrüßt, Stahro", sprach ihn Fitr an. „Ich habe noch drei Freunde mitgebracht. Fagol, den Dorfvorsteher aus Imifrich, meinem alten Heimatdorf, sowie Mehru und Amtrok, zwei weitere Dorfbewohner."

„Fitr, das ist ja eine Überraschung", antwortete ihm der Fährmann. „Seid mir alle gegrüßt! Ich hoffe, ihr bringt keine schlechten Nachrichten. Davon habe ich seit den Notregeln in Miatr genug gehört."

„Also zunächst können wir uns darüber freuen, im Kampf gegen die Ungerechtigkeit drei weitere Mitstreiter gefunden zu haben", entgegnete Fitr dem Fährmann. „Das nenne ich gute Nachrichten. Allerdings werben die Berater wieder auf den Dörfern an und viele haben sich überrumpeln lassen. In Hangstu haben gestern fünfzehn Bauern einen Vertrag unterschrieben und bekanntlich gehen mit den Leuten, die einen Vertrag ‚ergattert' haben, stets auch weitere Abenteurer mit, die aus irgendeinem Grund am Tag davor nicht unterzeichnet haben."

„Na ja", warf nun Fagol ein, „aus meinem Dorf sind bis auf uns drei alle anderen in Richtung Miatr gezogen, um leichte Arbeit für gute Bezahlung zu bekommen. Das sind insgesamt dreißig Bauern. Unser Anliegen ist es, unsere Dorfbewohner zu überreden, in unser Dorf zurückzukehren. Jedoch nach allem, was ich gehört habe, wird das wohl schon zu spät sein."

„Dennoch sollten wir nichts unversucht lassen", mischte sich Amtrok ein, denn was er heute gelernt hatte, war, dass er, sollte einer von ihnen seinen Mut verlieren, sich auf die beiden anderen verlassen konnte und sie dem Mutlosen neue Kräfte verleihen können. „Was haltet ihr davon, wenn Mehru und ich uns von dir, Stahro, über den Fluss setzen lassen und wir die Dorfbewohner, die wir erreichen können, zur Rückkehr zu bewegen versuchen?"

„Das erscheint mir durchaus sinnvoll", bemerkte Stahro. „Ich werde euch gleich über den Fluss bringen. Am anderen Ufer angekommen warte ich zwei Stunden auf euch, damit ich euch wieder zurückbringen kann. Ihr dürft euch freilich nicht weiter als einen Kilometer Miatr nähern, denn ab dort greifen euch die Stadtwächter auf und verschleppen euch in die Stadt zur Zwangsarbeit."

„Bevor ihr losfahrt", hob Fitr an, „möchte ich dich um etwas bitten. Stahro, wir benötigen für die drei Passierscheine, damit sie unbehelligt in die Stadt hineinkommen können. Kannst du das für uns erledigen?"

„Ich denke, das wird sich machen lassen." Stahro gab Mehru und Amtrok ein Zeichen, ihm zu folgen. Zwei Minuten später hörte Fitr bereits, wie ein Staken ins Wasser tauchte und mit kräftigem Stoß das Boot auf den Fluss brachte. Noch eine Weile lauschte er dem gleichmäßigen Geräusch des Eintauchens hinterher, das durch ein kaum hörbares Glucksen eingeleitet wurde, welches sich dann in der Stille verlor, um wieder von neuem zu erklingen, bis der Staken keinen Grund mehr zu fassen bekam und als Ruderstange diente.

Nach wenigen Minuten erreichten sie das andere Ufer. Stahro schärfte Mehru und Amtrok nochmals ein, nicht zu dicht an Miatr heranzugehen, und erinnerte sie daran, er würde nicht länger als zwei Stunden warten, zumal es um die Mittagszeit häufig Kunden gab, die aus den Dörfern kommend über den Fluss gesetzt werden wollten. Die Straße könnten sie nicht verfehlen, denn es führe wie auf der anderen Seite nur ein einziger schmaler Weg vom Fluss dorthin.

Tatsächlich stießen sie nach einer Viertelstunde auf den Weg, der direkt nach Miatr, dessen Mauern sie aus der Entfernung erkennen konnten, führte.

„Lass uns hier an der Weggabelung warten, ob sich einzelne Dorfbewohner aus Imifrich noch auf dem Weg in die Stadt befinden, denn diese Straße müssen sie entlangkommen, wenn sie nach Miatr wollen", schlug Amtrok vor.

„Hast du etwa meine Gedanken gelesen?", antwortete ihm Mehru und schaute ihm verschmitzt in die Augen. Er liebte es, wenn sie ihn so provokant anschaute und ihn mit ihren Blicken umarmte. Es war ein Spiel, das beide gerne spielten.

„Ja, das habe ich. Allerdings nur um mich zu vergewissern, ob du meiner Meinung bist", gab ihr Amtrok zur Antwort.

„Da bildet sich tatsächlich der Lakai ein, eigene Gedanken im Kopf zu haben. Ich werde mir eine angemessene Strafe für eine derartige Ungezogenheit überlegen müssen." Und Mehru nahm eine strenge Miene an, derweil sich Amtrok mit einer großen Geste in gespielter Demut auf den Boden vor ihr hinwarf.

„Prinzessin, meine Schuld ist unermesslich und ich bitte darum, auf der Stelle für mein unwürdiges Verhalten bestraft zu werden", grinste Amtrok Mehru entgegen.

„Dass er sich nicht erdreiste", fauchte sie ihn an, „seinen Blick ein weiteres Mal auf mein holdes, prinzessliches Antlitz zu werfen, da er doch wisse, ein Lakai würde Ihre Hoheit damit in den Schmutz ziehen. Des Weiteren möge er bedenken, Ihre Hoheit ist auch nur ein Mensch, der den menschlichen Schwächen nicht abgeschworen hat, und dazu gehört nun mal das Entgegennehmen eines Blickes, der Ihre Hoheit völlig dahinschmelzen lässt."

Zum Ende hin hatte sie ihre Tonlage in eine säuselnde, liebko-sende, ja neckende Art verändert.

„Hoheit, mich dürstet nach der gerechten Strafe", erwiderte ihr Amtrok mit künstlich verzweifelter Miene, erhob sich hän-deringend aus dem Staub und kniete ergeben mit gesenktem Haupt vor ihr nieder, um geduldig den Schuldspruch zu hören.

„Also, wenn ihn derartig nach Wiedergutmachung der Schuld verlangt, werde ich ihm das nicht versagen können. Zur Stra-fe möge er Ihre Hoheit eine halbe Stunde lang kraulen. Damit nachher von keiner Seite Beschwerden kommen, möge er sofort seine Strafe antreten."

Amtrok hatte gerade die ersten fünf Minuten der Stra-fe abgegolten, als er auf der Straße eine lärmende Gruppe wahrnahm, die sich ihnen zügig näherte. Es handelte sich um acht Bauern mit ihren Frauen und Kindern, die aus Imif-rich stammten. Die Gesprächsfetzen, die Mehru und Amtrok entgegengetragen wurden, drehten sich um Schmuck, kost-bare Gewänder, riesige Werkstätten, teure Möbelstücke und überhaupt um Reichtum und Macht. Die Erwachsenen wirk-ten wie entrückt in ihre Fantasiewelt angefüllt mit Gold, Edel-steinen, riesigen Häusern mit Mosaikböden und Fußboden-heizung, sodass ihnen Mehru und Amtrok am Wegesrand gar nicht auffielen. Wären die Kinder nicht gewesen, hätten sie die beiden nicht bemerkt.

VII

„Halloooo, Mehruuuu", riefen die Kinder schon von weitem Meh-ru entgegen und rannten sie beinahe um, so sehr freuten sie sich und jeder wollte als Erster bei Mehru sein, denn Mehru liebte Kinder sehr und hatte immer Zeit für ihre kleinen und großen Sorgen. Obendrein hörten sie nur zu gerne ihre wundervollen Geschichten über Zauberer, Riesen, Zwerge, Grophe und ande-re Wesen aus längst vergangenen Zeiten. In den vier Wochen, die sie in Imifrich zusammen mit Amtrok bisher gelebt hatte, waren ihr bereits die Herzen der Kinder zugeflogen.

„Gehst du mit Amtrok nun doch nach Miatr wie wir?", wollten sie von Mehru wissen.

„Wenn ihr meint, wir wollten in Miatr arbeiten, muss ich euch enttäuschen. Aber wir müssen mit euren Eltern sprechen, weil ..."

Mehru wurde von Pavron unterbrochen: „Na, wollt ihr auch euer Glück in Miatr versuchen? Seid ihr schließlich vernünftig geworden?"

„Zu deiner letzten Frage kann ich dir sagen, wir sind vernünftig geblieben. Zudem wollen wir euch warnen, denn keiner von euch wird sein Glück in Miatr machen. Ihr kennt doch Fitr. Der hatte im letzten Jahr den Beratern Glauben geschenkt und ist nach Strich und Faden betrogen worden. Jetzt lebt er als Fona in Miatr und wird von den Therfas gesucht. Da immer mehr Menschen, die bei den Beratern Verträge unterschrieben hatten, zu ihren Arbeitsstätten nicht zurückgekehrt sind, brauchen die Therfas dringend Bedienstete. Es gibt in Miatr seit heute eine so genannte Notverordnung, die es den Stadtwächtern erlaubt, jeden aufzugreifen, der Einlass in Miatr begehrt und der keinen Passierschein hat. Die Person wird so lange festgehalten, bis sie bei den Beratern einen Vertrag unterschrieben hat. Ja, man sollte sich sogar der Stadt nur bis auf einen Kilometer nähern, will man nicht ergriffen werden."

„Du spinnst, Mehru", erwiderte ihr Pavron. „Du gönnst uns nur nicht, dass wir jetzt auch mal mit dem Glück dran sind. Außerdem kenne ich Fitr, der dir solche Schreckensgeschichten erzählt hat. Man muss ja nicht alles glauben."

„Das hast du gerade nötig zu sagen", warf Amtrok ein. „Wer hat denn den Beratern Glauben geschenkt? Und das, obschon es genug Leute gibt, die vom Gegenteil berichten. Hättet ihr Fitr gestern gehört, wärt ihr schon längst nach Imifrich zurückgekehrt."

„Dem Schwätzer Fitr glaube ich kein Wort. Damals, vor zwanzig Jahren, hat er mir auf die Nase gebunden, er hätte Kontakt zu den ‚Gerechten von Akmator' und diese würden uns beizeiten mit ausreichend Nahrung und Trinken versorgen. Und was ist passiert? – Gar nichts, rein gar nichts. Also erzähl mir nichts."

„Wenn du so nachtragend bist und meinst, ein zehnjähriges Kind könne die Lage so gut einschätzen, dass seine Voraussagen, die es sicherlich zuvor irgendwo aufgeschnappt hatte, prompt in Erfüllung gehen, dann erwartest du zu viel von dem Kind. Nicht einmal Erwachsene vermögen Voraussagen zu treffen, die mit Sicherheit eintreten werden."

„Du musst es ja wissen. Doch eigentlich ist das egal. Wir werden jetzt weiterziehen und unser Glück in Miatr machen."

„Schade, dass du auf unsere Warnung nicht hören willst. Trotzdem wünschen wir euch viel Glück und denkt daran, ihr könnt jederzeit nach Imifrich zurückkehren. Alles Gute, Pavron."

Pavron brummelte etwas Unverständliches und zog schließlich mit den anderen in Richtung Miatr weiter. Sie waren kaum fünfzig Meter weit gekommen, als sie plötzlich von Reitern umringt waren, die ihre Schwerter gezückt hatten. Mehru und Amtrok konnten auf diese Entfernung hin nicht verstehen, was dort gesprochen wurde, jedoch konnten sie sehen, Pavron und seine Gruppe befanden sich in einer brenzligen Lage.

Als Nächstes nahmen sie wahr, wie ein Bauer zu Boden fiel und sich nicht mehr rührte. Dann hatte sich ein Kind von der Gruppe gelöst und rannte in Richtung Weggabelung zurück. Mehru meinte, Towo, den Sohn von Pavron, erkannt zu haben. Das Kind wurde von einem Reiter verfolgt, der keine Gnade kannte, sobald er es erreicht hatte, sondern sein Schwert erhob und es wie eine Getreideähre niedermähte.

„Mörder! Mörder!", gellte Mehrus Schrei ihm entgegen. Der Reiter stand in kaum 20 Meter Entfernung, blickte kurz auf den kleinen Leichnam neben sich und wollte gerade auf Mehru mit erhobenem Schwert zustürmen, als er eine heisere Stimme hinter sich vernahm, die ihm einen kurzen Befehl entgegengebellt hatte. Unverzüglich kehrte er um und ritt zu seiner Gruppe zurück. Mehru und Amtrok beobachteten, wie der Anführer mit einzelnen Reitern ausschwärmte. Sie schienen jemanden zu suchen.

Amtrok schaute minutenlang wie gebannt auf das reglos auf der Straße liegende Kind, weswegen er nicht bemerkt hatte, dass Mehru nicht mehr neben ihm stand. Ihm gingen düstere Gedanken durch den Kopf. Die Reiter hatten zwei Menschen ermordet und vermutlich würde es ihnen nichts ausmachen, weitere Menschen umzubringen. Ein Menschenleben zählte scheinbar nichts und wichtig schien einzig das Einhalten so genannter Notregeln, damit die Therfas und mit ihnen alle die, die ihnen hörig waren, ein gutes Leben führen konnten. *Was hat das mit Gerechtigkeit zu tun? Wie wird man sich gegen solche Willkür zur Wehr setzen können, ohne selbst zum Mörder zu werden?* Sein Gefühl war in der Tat eine Mordswut und hätte er den Reiter in die Finger bekommen, der eben das wehrlose Kind niedergestreckt hatte, er hätte ihn mit bloßen Händen erwürgt. Freilich wusste er, gegen die Reiter aus Miatr hatte er nicht die geringste Chance, und so stark sein Gefühl war, er spürte, dass jegliches Nachgeben seinem spontanen Bestreben gegenüber ihre gesamte Aufgabe gefährden würde. So blieb ihm nur übrig, ein Gebet für die Ermordeten zu sprechen, obwohl er eigentlich schon lange unsicher war, ob er überhaupt noch an einen Gott glauben konnte, der ständig solche schlimmen Taten zuließ. Jedoch diese Gedanken schob er beiseite und gab hier seinem aus innerstem Bedürfnis hervorquellendem Empfinden nach. Es war ein stilles Verharren und in Gedanken trauerte er um die beiden Menschen, die an diesem Ort ihr Leben hatten lassen müssen. Er bat insgeheim Gott, den es nun ohne Bedenken für ihn gab, die Geschundenen in sein Reich aufzunehmen, und schloss in seine Bitte ein, Gott möge den Mördern irgendwann die Augen öffnen, damit sie ihre Taten bereuen und sich auf den Weg der Umkehr bewegen würden. Ja, Gerechtigkeit hieß für ihn, jeder verdiente ohne Ausnahme ein Angebot zur Umkehr.

Er schrak aus seinen Gedanken und merkte nun, dass Mehru nicht mehr neben ihm stand. Hektisch drehte er sich um und da er seine Frau nicht entdeckte, wollte er gerade laut nach ihr rufen, als er hinter sich im Gebüsch Geräusche vernahm, wie wenn jemand einen schweren Körper hinter sich her zöge.

Mit einer blitzschnellen Bewegung drehte er sich in die Richtung, aus der das Geräusch gekommen war. Sollte er angegriffen werden, war er zumindest vorbereitet, und weil er als geübter Stockkämpfer gefürchtet war, fühlte er sich mit seinem Wanderstab recht sicher. Doch zu seinem Erstaunen erkannte er Mehru, die sich mühsam aus dem Gebüsch herausarbeitete und einen Bauern aus Imifrich vor den Reitern gerettet hatte. Es handelte sich um Pavron, der stark am Kopf blutete und bewusstlos war. Mit letzter Kraft legte sie ihn behutsam auf den Boden, während Amtrok ihr zu Hilfe geeilt kam.

„Ich halte die Wunde für nicht gefährlich, aber jetzt muss ich sie erst einmal säubern, damit sie sich nicht entzündet. Sobald ich sie verbunden habe, müssen wir zur Fähre zurück, denn wir haben nicht mehr so viel Zeit. Du weißt, Stahro wollte nach spätestens zwei Stunden zur anderen Seite ablegen."

„Wie kann ich dir helfen?", fragte Amtrok.

„Pavron kann ich allein behandeln. Allerdings wie du siehst, liegen noch zwei Tote auf der Straße und ich denke, wir sollten sie aus dem Bereich der Stadtwächter holen, sie im Gebüsch verstecken und später zurückkommen, um sie nach unseren Sitten zu bestatten. – Halt! Wenn du die Toten einfach von der Straße holst, könntest du von den Stadtwächtern aufgegriffen werden. Nimm die Feder des Karzols mit, auf diese Art habe ich unerkannt von den berittenen Stadtwächtern Pavron geschützt, indem ich ihn mit unter meinen Reisemantel genommen habe, um ihn dann langsam hierher zu schleppen, als die Wächter ihre Suche aufgegeben hatten."

Nachdem Mehru Amtrok beschäftigt hatte, widmete sie sich dem Verletzten. Vorsichtig wischte sie Pavrons Wundränder mit einem sauberen Tuch ab, das sie zuvor mit Wasser aus ihrer Trinkflasche benetzt hatte. Dabei hielt sie seinen Kopf behutsam aufrecht. Anschließend drückte sie ein zweites Tuch auf die Wunde, schnitt ihren Schal in zwei Hälften und wickelte das eine Teil so um den Kopf, dass das Tuch festgehalten wurde. Am Schluss knotete sie beide Enden fest zusammen, damit das Tuch nicht verrutschen konnte.

Inzwischen hatte Amtrok den schwersten Teil seiner Arbeit bereits erledigt und war nun dabei, die Toten mit Ästen und Zweigen zu bedecken.

„Amtrok, wir müssen jetzt los, denn wir brauchen mit Pavron bestimmt die doppelte Zeit, um zur Fähre zu gelangen. Du musst, wenn du ihn beförderst, seinen Kopf möglichst hochhalten. Dafür führst du deine Arme unter seinen Achseln durch, danach umfasst die stärkere Hand die andere am Unterarm und dann ziehst du Pavron rückwärtsgehend bis zur Fähre. Ein kleines Stück Wegstrecke kann ich ihn auch schleppen, jedoch den Großteil musst du übernehmen."

VIII

Mehru hatte recht, sie brauchten für den Weg zur Fähre etwa doppelt so lang wie für den Hinweg. Als sie am Bootssteg angelangten, wartete Stahro schon im Fährboot auf sie und hätte, wären sie ein bis zwei Minuten später angekommen, die Rückfahrt schon angetreten.

„Na, gerade noch rechtzeitig", brummte Stahro, der ihnen seinen Rücken zugewandt hatte. Er wollte so schnell wie möglich ablegen und hatte den Staken bereits ergriffen. So bekam er erst mit, als sie sich abmühten, ihre schwere Last in das Boot zu transportieren, dass sie noch einen weiteren Fahrgast mitgebracht hatten.

„Wen habt ihr denn da mitgebracht? Und vor allem, was ist los mit dem?"

„Um deine erste Frage zu beantworten", stieß Amtrok ganz außer Atem hervor, „das hier ist Pavron, ein Bauer aus Imifrich, der nach Miatr gehen wollte. Er befand sich zusammen mit seinen Leuten noch vor der Stadt und sie sind von den Stadtwächtern angegriffen worden. Dabei haben die Wächter ein Kind und einen Mann erschlagen. Pavron konnte mit Mehrus Hilfe fliehen, ist allerdings am Kopf verletzt. Möglicherweise wurde er von einem Pferdehuf oder einem Schwertknauf getroffen. Er blutet an der linken Schläfe und ist bewusstlos. Wir müssen ihn schnell zu deinem Haus bringen. Wahrscheinlich erholt er sich dort wieder."

„Um Gottes willen, sogar ein Kind haben sie dabei ermordet? Ich habe schon schlimme Geschichten von den Stadtwächtern gehört, jedoch das hatte ich ihnen ehrlich gesagt nicht zugetraut", erwiderte Stahro kopfschüttelnd. Derweil er sprach, hatte er das Boot vom Ufer abgestoßen und langsam glitten sie über den Fluss auf die andere Seite zu. Keiner sprach ein Wort, bis sie am gegenüberliegenden Ufer angekommen waren.

„Bringt den Verletzten in den Schuppen links neben dem Haus", wies sie Stahro an. „Dort findet ihr ein Strohlager, das ich für Wanderer eingerichtet habe, die es nicht mehr rechtzeitig nach Hangstu oder Miatr schaffen. Verhaltet euch bitte leise, wie wenn niemand außer mir hier wäre. Vielleicht kehrt ein Stadtwächter von seiner Liebsten aus Hangstu zurück oder will umgekehrt nach Hangstu, um seinen Sold zu versaufen oder zu verspielen. Egal, was ihr für Geräusche hört, ihr dürft den Schuppen nicht verlassen. Ihr habt ja vor Miatr erfahren, wie skrupellos die Stadtwächter sich verhalten können. Bei Einbruch der Dunkelheit hole ich euch ins Haus, weil dann keine Fahrgäste mehr kommen."

Fagol und Fitr hatten das Fährboot schon lange bemerkt, als es sich noch mitten auf dem Fluss befand, denn beide hatten beschlossen, die nicht ganz drei Stunden seit Stahros Abfahrt draußen am Fluss zu verbringen, obwohl der Fährmann ihnen angeboten hatte, sich im Haus auszuruhen. Nein, es war ein derartig strahlender Tag, *Den muss man einfach im Freien genießen!*, war ihr Gedanke gewesen. Wie aber wurde dieser wunderschöne Tag getrübt, als sie von den Geschehnissen vor Miatr erfuhren. Auch machten sie sich gemeinsam mit den anderen große Sorgen um Pavron, der immer noch nicht zu Bewusstsein gekommen war.

Mehru, Fagol, Fitr und Amtrok hatten schon mehrere Stunden im Schuppen um Pavron herumgehockt, als sie von draußen lärmende Stimmen hörten, die immer aufdringlicher und aggressiver klangen. Erst wollten sie nach draußen rennen und Stahro helfen, zumal es sich anhörte, als würde er von zwei Männern bedrängt. Jedoch sie erinnerten sich daran, dass ihnen Stahro eingeschärft hatte, unter gar keinen Umständen den Schuppen zu verlassen. Tatsächlich wurden die Männer zunehmend ruhiger, ja vom Schuppen aus gewann man den Eindruck, mindestens einer von beiden würde schnarchen. Sie hörten noch die Stimme von Stahro ruhig auf den einen der Männer einreden, anschließend vernahmen sie schlurfende Schritte, die mit ächzendem Atem begleitet wurden, danach plumpste etwas auf den Boden des Fährschiffs. Schließlich war alles wieder still.

IX

Nachdem Stahro Fagol, Fitr und Amtrok am Abend ins Haus geholt hatte – Mehru war bei Pavron geblieben, der inzwischen aus der Bewusstlosigkeit aufgewacht war –, erzählte er ihnen, was vorgefallen war.

„Wisst ihr, das ist keine Seltenheit, dass ich betrunkene Stadtwächter über den Fluss bringen muss. Innerlich habe ich heute ziemlich gelacht. Beide Wächter verlangten von mir etwas zu trinken und ich gab ihnen reichlich von dem abgestandenen Regenwasser aus der Regentonne, in das ich einen Schluck Essig geschüttet hatte. Und ihr werdet es nicht glauben, doch sie haben den Trunk in den höchsten Tönen gelobt. Wie ihr vielleicht gehört habt, ist der eine von beiden alsbald in ein lautes Schnarchen verfallen. Da der nicht mehr auf seinen eigenen Beinen ins Boot steigen konnte, habe ich dem anderen aufgetragen, seinen Kartoffelsack ins Boot zu tragen und der schnappte sich seinen Kumpel und dachte tatsächlich, er befördere einen Kartoffelsack, so wie er ihn ins Boot geschmissen hat. Zum Glück ist sein Kumpel mit dem Kopf auf die Decken gefallen, die im Fährschiff liegen. Bei der Überfahrt hat er sich gebrüstet, heute Morgen als diensthabender Offizier einen Trupp von Bauern – er meinte, es wären so an die zwanzig gewesen – festgenommen zu haben. Das hat ihm dienstfrei für den Rest des Tages und eine satte Belohnung eingebracht. Es interessierte ihn nicht, ob die Bauern Verträge, von den Beratern unterzeichnet, bei sich trügen, für ihn zählte nur die Belohnung. Und die Verträge, die sie bei den Bauern fanden, hätten sie alle verbrannt. Als ich ihn dann fragte, ob ich mich vor den Stadtwächtern fürchten müsse, sofern ich mit meinem Passierschein in die Stadt hinein möchte, antwortete er mir, das sei etwas ganz anderes. Hätte man einen Passierschein vorzuzeigen, würde man mit der höchsten Ehre behandelt, die einem Gast der Stadt erwiesen werden könne. Wer das möchte, würde sogar einen eigenen Stadtwächter für sich bekommen können, zumal es in Miatr nachts nicht mehr überall sicher ist und die Fonas ihr Unwesen treiben. Also könnt ihr, wenn ich euch die Passierscheine besorgt habe, ungehindert und als freie Menschen durch Miatr gehen. – Was macht eigentlich unser Patient?"

„Er ist vor zwei Stunden aufgewacht, allerdings muss er wohl noch ein paar Tage liegenbleiben", antwortete ihm Fagol. „Gleich nach dem Aufwachen hat er uns nach Towo, seinem Jungen, gefragt. Towo ist tot und das konnten wir ihm doch nicht gleich sagen. Sein Junge muss voller Panik Reißaus genommen haben, als er sah, wie einer der Stadtwächter den Bauern neben ihm erschlug, und Pavron wollte ihm hinterher, wurde aber von einem anderen Stadtwächter mit dem Schwertgriff an der Schläfe getroffen. Er torkelte dann in das Gebüsch am Wegesrand und wurde wenig später von Mehru gerettet.

Erst haben wir es nicht übers Herz gebracht, ihm zu sagen, sein Junge sei ermordet worden; da er jedoch beständig nachfragte und das Schlimmste befürchtete, mussten wir es ihm schließlich erzählen. Er wollte sofort hin zu seinem Jungen und ihn selbst begraben, doch er war zu schwach. Er konnte sich noch nicht einmal erheben und Fitr und Amtrok haben ihm versprochen, Towo heute Nacht am Fluss zu begraben. Es hat ihn getröstet zu wissen, dass sein Junge nicht dort liegengeblieben ist und er heute an der Seite von Hasmo, dem erschlagenen Bauern, seine letzte Ruhestätte findet. Auf diese Art habe er ein Stück Heimat neben sich, meinte Pavron."

Stahro wandte sich an Fitr und Amtrok und sagte: „Ich werde euch heute Nacht über den Fluss übersetzen. Dem Offizier habe ich einen Auftrag an Bochre mitgegeben. Er soll ihm noch heute ausrichten, seine Diener können die drei bestellten Kartoffelsäcke morgen Mittag gegen eins vom Anleger abholen. Natürlich geht es nicht um Kartoffelsäcke und die geplante Übergabe wird nicht am Mittag, sondern in der Nacht stattfinden. Wenn ihr die zwei Toten begraben habt, werde ich vermutlich bereits eure Passierscheine erhalten haben."

„Meinst du nicht, dass Pavron auch einen Passierschein braucht, damit …", warf Amtrok ein.

„Nein, das geht absolut nicht", fiel ihm Fitr ins Wort. „Pavron ist von mehreren Stadtwächtern gesehen worden. Und wenn er nach Miatr gelangen will, könnte es sein, dass sie ihn erkennen und ihn trotz Passierscheins erst einmal festsetzen. Und sollte er dann keine gute Erklärung finden, wie er an den Passierschein gekommen ist, den er gestern offensichtlich noch nicht vorweisen konnte, besteht die Gefahr, dass unsere geheime Zusammenarbeit mit Bochre auffliegt. Das würde uns nicht allein an den Anfang zurückwerfen, sondern könnte auch das Leben von Bochre gefährden. Ich schlage vor, sobald Pavron wieder gesund ist, geht er mit mir über die Dörfer, um die Bewohner vor den Beratern zu warnen. Mit ihm haben wir den lebenden Beweis für die Brutalität und das ungesetzliche Verhalten der Stadtwächter."

„Das halte ich für eine gute Idee. Jetzt setzt euch erst einmal mit mir an den Tisch, um mein bescheidenes Mahl zu teilen", sprach Stahro und stellte einen Topf mit dampfenden Kartoffeln auf den Tisch, die ihnen köstlich schmeckten, zumal sie seit den frühen Morgenstunden nichts mehr in den Magen bekommen hatten.

Nach dem Essen gingen Fagol, Fitr und Amtrok in den Schuppen. Fagol wollte Mehru bei der Betreuung des verletzten Pavron ablösen, während Amtrok und Fitr sich schlafen legten, um gut erholt ihre nächtliche Aufgabe erledigen zu können.

„Habt ihr euch schon überlegt, wie ihr weiter vorgehen wollt?", fragte Stahro Mehru, die ihr Mahl gerade beendet hatte.

„Wir brauchen jetzt erst einmal die Passierscheine. Bevor wir die nicht haben, können wir gar nichts weiter tun, als zu warten."

„Ich gehe davon aus, eure Passierscheine heute Nacht zu bekommen, denn Bochre müsste inzwischen meine Nachricht vom diensthabenden Offizier erreicht haben."

„Dann sollten Fagol, Amtrok und ich morgen in die Stadt gehen. Fitr kann sich um Pavron kümmern, bis er wieder gesund ist."

„Wisst ihr denn, wo ihr euer Quartier beziehen könnt?"

„Nein", gab Mehru zur Antwort. „Aber vielleicht hast du eine Empfehlung?"

„Ich kenne da eine Gaststätte, die auch Gästezimmer anbietet. Sie heißt ‚Gaststätte zum letzten Groschen' und ihr findet sie ganz einfach. Seid ihr, vom Fluss kommend, durch das Stadttor gelangt, biegt ihr in die zweite Straße nach rechts ein und nach ca. 300 Metern werdet ihr die Gaststätte auf der linken Straßenseite erkennen. Beim Schankwirt – er heißt Farmos – braucht ihr nur zu sagen, ich hätte euch geschickt, um nach dem Rechten zu sehen. Das ist die Losung, damit ihr ein Gästezimmer bekommen könnt und Farmos euch vertraut. Die ‚Gaststätte zum letzten Groschen' stellt einen wichtigen Anlaufpunkt für einen Geheimbund dar, der mit den Fonas zusammenarbeitet, damit sie Nachrichten austauschen und Aktionen planen können. Natürlich geschieht dies nicht im Schankraum, sondern sie nutzen einen nur über besondere Eingänge zu erreichenden Raum im Hintergebäude. Du entschuldigst mich jetzt, denn ich möchte mich, bevor ich meine Mitternachtsfahrt über den Fluss unternehme, noch zwei bis drei Stunden hinlegen. Ich wünsche dir eine gute Nacht, bis morgen."

„Gute Nacht", schickte Mehru Stahro hinterher, der sich schon auf der Treppe zur oberen Etage befand, wo sein Schlafgemach lag. Lange saß sie noch in Stahros Küche und musste an die Geschehnisse des Tages zurückdenken. Dabei wurde sie von tiefer Trauer erfüllt und die Tränen rannen ihr unwillkürlich die Wangen herunter. Selbstverständlich hatte sie Towo gekannt. Er war ein sehr aufgeweckter Junge gewesen, der beinahe jeden

Tag ein bis zwei Stunden bei ihr verbracht, ihren Geschichten intensiv gelauscht, interessierte Fragen gestellt und vor allem bei ihr Trost gesucht hatte, denn seine Mutter war Anfang des Jahres gestorben. Sie hatte in ihm einen kleinen Bruder gesehen. Und nun war dieses junge Leben von einem dieser habgierigen Stadtwächter einfach ausgelöscht worden. *Nicht einmal Kinder sind vor solcher Willkür geschützt. Was muss noch alles geschehen, damit die Menschen gegen solche Zustände aufbegehren? Pavron wird mit Sicherheit auf unserer Seite sein, falls er jetzt noch die Kraft aufbringen kann, gegen die Mörder seines Kindes etwas zu unternehmen.* Es würde alles sehr schwierig werden, denn Amtrok und sie hatten geschworen, niemals Waffen in die Hand zu nehmen, um der anderen Seite keine Gründe zu liefern, sie wahllos abzuschlachten. Sie wusste, Gewalt würde stets mit Gewalt beantwortet werden und ein Streit könne auf diese Art nie zu einem endgültigen Ende geführt werden, sondern Rachegedanken würden sich lediglich verschieben, mitunter sogar bis in nachfolgende Generationen hinein, ohne dass vielleicht noch irgendjemand einen Bezug zum ursprünglichen Beginn der Gewalthandlungen hätte. Nein, sie hatte genug von diesen elenden Gewaltexzessen und sie wollte beim Aufbau von Gemeinschaften helfen, die es sich vornehmen würden, jeden Streit zu schlichten, ohne aufeinander einzuschlagen oder sich gegenseitig umzubringen. *Sicherlich*, so dachte Mehru, *steckt eine kräftige Prise Naivität in meinem Denken. Sofern man sich jedoch weigert, einen für uns Menschen sinnvollen Gedanken zu denken, hat man ohnehin bereits aufgegeben und das möchte ich mir nie sagen lassen. Schließlich brauche ich für mein Weiterleben so etwas wie eine Vorstellung von dem, was sein könnte, wenn alle Menschen ohne Gewalt zu Lösungen kommen wollen. Viele haben mir früher erwidert, das normale Verbrechen sei nicht aus dem Leben zu schaffen. Ja, falls Könige auf die gleiche Art, wie die meisten von ihnen zurzeit den Staat lenken, weiterregieren, dann werden wir natürlich dort nie ankommen. Denn das Beharren auf Macht und die Gier nach mehr davon oder das Verlangen nach Gold und Besitz erlauben es uns nicht, eine gerechte Welt aufzubauen. Schön wäre es, würden die allerwichtigsten Sorgen der ärmsten*

Menschen zunächst beseitigt, damit jeder genug zu essen und ein Dach über dem Kopf hat. *Das reicht freilich nicht aus.* Jeder möchte von den anderen anerkannt werden, was momentan nur über großen Besitz und über hohe Ämter möglich scheint. Da Besitz hier seit Generationen an die Nachkommen vererbt wird, haben die Kinder von Armen praktisch keine Möglichkeit, aus ihrer Armut auszubrechen. Ja, einer von tausend schafft es, sich aus diesem Armutskreis zu lösen, weil seine Talente für das Wohlergehen eines Teils unserer Gemeinschaft nicht übersehen werden können. Meist wird allerdings der Emporkömmling, wie er in den entsprechenden Kreisen hochmütig genannt wird, von den Unarten der Menschengruppe, der er nun angehört, erfasst und beginnt sich seiner Herkunft zu schämen und seine alten Freunde zu vergessen. Wir müssen die drängende Frage zu beantworten versuchen, wie jeder Einzelne sich genügend Anerkennung verschaffen kann, ohne auf die Mittel der Raffgier, der Ungerechtigkeit, der Lüge oder des Mordes zurückzugreifen. Und haben wir dafür eine halbwegs gangbare Antwort gefunden, muss das von allen anderen Menschen weitergedacht werden, damit vielleicht jedes Dorf, jeder Bezirk und jedes Land auf eigene Lösungen kommen kann.

Sie musste unwillkürlich gähnen und sprach zu sich: *Ich werde mich erst einmal im Schuppen schlafen legen und morgen sehen wir weiter, was als Nächstes zu tun ist.*

X

Fagol hatte sich frühmorgens an den Fluss gesetzt, um den Sonnenaufgang in all seiner Pracht zu beobachten. Es dauerte eine Weile, bis die goldrote Sonne über dem Hügel zu seiner Rechten ganz zu sehen war und den Fluss mit ihrem Licht überflutete. Er war ganz versunken in dieses Schauspiel, sodass Amtrok, der aus dem Schuppen ins Freie getreten war, es nicht wagte, ihn anzusprechen, kannte er doch diese magischen Augenblicke, in denen eine Verbindung zur Ewigkeit hergestellt ist, die durch ein gesprochenes Wort wie durch eine Explosion aufgelöst werden kann. Nach der traurigen Aufgabe, die er in der Nacht mit Fitr zusammen erledigt hatte, befand er sich in ziemlich gedrückter Stimmung. Er setzte sich leise neben Fagol und starrte auf den Fluss. *Warum muss es immer so viel Leid auf der Erde geben?*, fragte er sich und wenig später spürte er, wie Fagol seinen Arm um ihn gelegt hatte und eine traurige Melodie vor sich her summte. Er fühlte sich erinnert an die Stunden, in denen er zu seiner Mutter gelaufen war, um Trost zu finden, weil er schlecht geschlafen hatte, sein liebstes Kaninchen gestorben war oder ähnlich Schlimmes passiert war. Es war ein warmes Empfinden, er fühlte sich geborgen und schämte sich in keinem Moment seiner Tränen. Das Ganze hatte kaum fünf Minuten gedauert, doch es war ihm unendlich viel länger erschienen. Im nächsten Augenblick ging ein kräftiger Ruck durch seinen Körper.

„Wir müssen bald aufbrechen", wendete sich Amtrok an Fagol. „Stahro hat mir heute Nacht unsere Passierscheine übergeben und mir geraten, möglichst morgens nach Miatr zu gehen. Denn am Morgen sind die Stadtwächter nicht mehr so wach, weil sie die ganze Nacht Dienst schieben mussten und erst mittags die Ablösung kommt. Stahro meinte, das könnte von Nutzen sein. Schließlich hätte einer der Wächter mich und Mehru aus ungefähr 20 Meter Entfernung gesehen. Nach einer so langen Arbeitszeit wird er sich bestimmt nicht mehr genau an uns erinnern oder seinen Verdacht verdrängen, damit er nicht noch länger arbeiten muss, weil er seinem Hauptmann einen genauen Bericht erstatten müsste. Überdies müsste er noch weitere Schwierigkeiten befürchten, weil wir Passierscheine haben. Also sollen wir, wenn die meisten Leute nach Miatr kommen und gleichzeitig die Wächter am wenigsten aufmerksam sind, dorthin gehen, und das ist frühmorgens."

„Ein weiser Rat!", erwiderte ihm Fagol, streckte ausgedehnt seine Gliedmaßen und sprang geschwind auf seine Füße. „Dann lass uns mal Mehru holen und unsere Sachen zusammenpacken. Wenn wir fertig sind, kann uns Stahro über den Fluss setzen."

Auf Mehru brauchten sie nicht zu warten, sie stand bereits mit gepackten Sachen in der Schuppentür. Stahro trieb sie zur Eile an, zumal er in einer Stunde einen Fahrgast auf der anderen Seite erwartete und es vermeiden wollte, dass sie von dieser Person gemeinsam gesehen wurden. So blieb ihnen kaum Zeit, sich von Fitr und Pavron zu verabschieden.

Wenige Minuten später befanden sie sich mit der Fähre auf dem Fluss. Keiner sprach ein Wort, man vernahm lediglich das rhythmische Eintauchen des Stakens, unterbrochen von dem Moment, den Stahro brauchte, ihn durch das Wasser bis zur Oberfläche zu ziehen. Dies wiederholte sich unzählige Male, bis sie am anderen Ufer angelangt waren.

„Mehru wird euch zur ‚Gaststätte zum letzten Groschen‘ führen", sagte Stahro, als sie auf dem Anleger standen. „Wollt ihr mir eine Nachricht hinterlegen, könnt ihr das jederzeit über den Wirt machen. Er lässt sie mir durch seinen Knecht überbringen. Jetzt wünsche ich euch viel Glück und ein gutes Gelingen für euer Unternehmen."

„Vielen Dank", sprach Fagol nun für alle drei, „für deine freundliche Hilfe und Unterstützung. Wir werden von uns hören lassen. Auch dir viel Glück!"

Und mit diesen Worten nahmen sie Abschied voneinander, und während sich Stahro kleinen Ausbesserungen an seinem Fährboot zuwendete, strebten die drei anderen der Stadt Miatr entgegen.

KAPITEL 2

I

Kurz vor dem Stadttor wurden sie von acht berittenen Stadtwächtern zum Anhalten aufgefordert. Sie mussten unwillkürlich an die Geschehnisse vom Tag zuvor denken und etwas bang war ihnen schon zumute, obzwar ihnen Stahros Aussage, sie hätten nichts zu befürchten, noch im Ohr klang. Schließlich waren sie im Besitz von Passierscheinen.

„Halt!", fuhr sie der Anführer des Wachtrupps barsch an. „Ich darf euch nur weiterziehen lassen, wenn ihr Zugangsberechtigungen vorweisen könnt. Andernfalls müsst ihr mit uns kommen und in unserem Lager auf die Entscheidung des Stadtoberen warten."

Nachdem sie ihre Passierscheine vorgezeigt hatten, merkten sie deutlich eine Änderung in der Haltung der Stadtwächter. Diese benahmen sich nun nicht mehr abweisend und distanziert ihnen gegenüber, sondern waren ausgesprochen höflich, ja zuvorkommend zu ihnen. *Schon erstaunlich, was ein Fetzen beschriebenes Papier bewirken kann,* dachte Mehru bei sich. Wären weniger Besucher in die Stadt gezogen, hätten sie bestimmt eine Eskorte bis zur „Gaststätte zum letzten Groschen" erhalten, so rissen sich die Stadtwächter darum, den Fremden behilflich zu sein, sofern sie einen Passierschein vorlegen konnten. Mehrmals entschuldigten sich die Wächter. Sie hätten ihre Arbeit zu tun und könnten ihnen leider weder die Stadt noch gute Unterkünfte zeigen.

Mehru, Fagol und Amtrok waren erleichtert, als die Stadtwächter sich von ihrer kleinen Gruppe abwendeten und die hinter ihnen befindlichen Besucher kontrollierten. Nun konnten sie alleine und ungehindert nach Miatr durch das Stadttor hineingehen und den direkten Weg zu der von Stahro empfohlenen Gaststätte einschlagen.

Es dauerte nur wenige Minuten, bis sie davorstanden. Etliche Fenster – vermutlich gehörten sie zum Schankraum – und die Tür standen weit offen, damit die schlechte Luft entweichen konnte und die Gäste, die frühstücken wollten, nicht durch Alkohol-, Tabak- oder Schweißgeruch gestört würden. Gerade trat eine junge Frau mit einem Wassereimer vor die Tür und kippte ihn mit Schwung in Richtung Gosse aus. Da dies unangekündigt geschah, bekam Amtrok, der sich schon auf Höhe der Tür befand, nasse Füße.

„Na, nun hast du ja bereits deine Morgendusche bekommen", rief ihm Fagol belustigt zu. „Hoffentlich warten nicht weitere zwei Eimer auf uns beide." Und er zwinkerte fröhlich die junge Frau an, die sich gefasst hatte und eine Entschuldigung stammelte.

„Das ... das tut mir sehr leid. Normalerweise kommen unsere ersten Gäste erst eine Stunde später. Mit euch habe ich gar nicht gerechnet. Kann ich euch irgendwie behilflich sein?"

„Klar, das könnt Ihr", erwiderte Fagol. „Wir suchen Farmos, um ihm Nachrichten von Stahro zu übermitteln."

„Da muss ich euch etwas vertrösten. Farmos geht nachts nicht vor vier Uhr ins Bett und ist nicht vor zehn Uhr vormittags ansprechbar. Aber vielleicht kann ich euch ein Frühstück zubereiten?"

„Das ist eine großartige Idee", mischte sich nun Amtrok ein. „Ich vergehe schon vor Hunger."

„Na, dann will ich euch mal nicht enttäuschen. Setzt euch an einen Tisch im Schankraum. In einer Viertelstunde werde ich das Frühstück servieren."

Ein derartig üppiges Frühstück hatten sie lange nicht mehr gegessen. Es hatte aus Schinken, Speck, Eiern und Kartoffeln mit je einem Krug Bier bestanden. Wohlig gesättigt erkundigten sie sich danach, ob sie denn ihre Bündel hier im Schankraum lassen könnten, derweil sie eine erste Besichtigungsrunde in der Stadt unternehmen wollten.

„Geht nur", sagte die junge Frau. „Und denkt daran, Farmos steht gegen zehn auf. Um die Uhrzeit könnt ihr ihn hier antreffen und er ist zu dem Zeitpunkt noch nicht so stark beschäftigt, dass ihr ruhig und ausgiebig mit ihm über alles sprechen könnt."

Sie wendeten sich zum Gehen, und als sie aus der Tür ins Freie traten, wurde Mehru von einem Mann, der wie gehetzt an ihnen vorbeirannte, leicht gestreift, wobei sie etwas aus dem Gleichgewicht geriet. „Entschuldigung", rief ihm Mehru hinterher, denn schließlich war sie aus dem Haus getreten, ohne nach rechts oder links zu schauen. Im nächsten Moment ertönte ein gellender Ruf, der sich in etwa anhörte wie „Halt an, du elender Hund!", und sie sahen, wie mit leicht wiegendem Schritt und süffisant lächelnder Miene ein Stadtwächter auf den Mann zukam, der sie gerade überholt hatte. Der Mann musste fürchterliche Angst haben, denn er zitterte am ganzen Körper.

„Wer wird denn so viel Schiss in der Hose haben?", sprach ihn der Wächter an und man sah, wie sein Griff an den Gürtel ging, an dem eine Peitsche hing. „Willst du der Dame und den beiden Herren nicht einen guten Morgen wünschen. In Miatr sind wir doch alle höflich zueinander, oder etwa nicht?"

„Doch, doch", brachte der Mann stammelnd hervor. „Ich wünsche einen guten Morgen."

„Geht das nicht ein wenig lauter? Ich habe nichts davon gehört?" Der Stadtwächter genoss es regelrecht, wie sich bei dem Mann zunehmende Panik ausbreitete.

„Guten Morgen, meine Dame und meine Herren", brüllte dieser nun und Mehru, Fagol und Amtrok zuckten zusammen, als der Stadtwächter dem Mann mit der Peitsche ins Gesicht schlug.

„Das war gar nicht fein. Du solltest wissen, wir brüllen unsere Gäste nicht an", grinste der Wächter dem Mann entgegen. „Du hast Glück, ich bin heute gut gelaunt, sonst hätte ich dich auf die Wache mitgenommen und einen Bericht für die Stadtoberen verfasst. Du weißt, das wäre für dich sehr unangenehm ausgegangen. Nun verzieh dich!"

So schnell konnten sie gar nicht sehen, da war der Mann bereits um die nächste Ecke verschwunden.

„Ich hoffe, dieser Rüpel hat euch nicht die Laune verdorben", wendete sich der Stadtwächter an Mehru, Fagol und Amtrok, die innerlich noch erstarrt waren über das Gesehene. „Er brauchte seine Lektion. Bei uns in Miatr herrscht die Regel vor, den Gästen der Stadt größte Hochachtung zu zeigen. – Wenn ihr es erlaubt, zeige ich euch ein wenig die Stadt."

„Gerne", antwortete ihm Fagol. „Doch sagt mir erst einmal, gibt es nicht auch eine andere Regel in Miatr, die besagt, dass ein Stadtwächter einen Menschen nicht schlagen darf, außer er kann dadurch einen größeren Schaden verhindern?"

„Da habt ihr recht. Und gesetzt den Fall, ich hätte diese Missachtung eurer Personen durchgehen lassen, hätte das dazu beitragen können, dass ihr euch in Miatr unwohl fühlt, anderen über euer Unwohlsein berichtet. Und was meint ihr, würde daraus folgen? Da braucht man nicht lange zu überlegen. Die Gäste würden langsam ausbleiben. Und an dieser Stelle können wir klar feststellen, unsere Stadt würde einen gewaltigen Schaden erleiden. – Nun lasst uns nach rechts in die Fragastraße einbiegen, wo die schönsten Bürgerhäuser zu bewundern sind."

Sie befanden sich in der Prachtstraße Miatrs und sie mussten staunen, welch schöne Häuser dort standen. Jedes war mit Erkern und Türmchen versehen, alle bestanden aus Steinen und Dachziegeln und jedes war auf seine urtümliche Art reichlich verziert. – Derartiges konnten sich nur die reichsten Bewohner einer Stadt leisten, während die normalen Bürger in kleinen eineinhalbstöckigen Holzhäusern wohnten.

„Diese Straße ist unsere Prunkstraße und sie führt direkt auf den Rathausplatz. Und genau dort" – dabei zeigte er auf ein Haus auf der gegenüberliegenden Straßenseite – „seht ihr Fragas Haus. Es ist das prächtigste Haus in unserer Stadt. Ihr könnt jetzt bereits von außen die vielen mühevoll angefertigten Skulpturen und Fresken bestaunen. Auch der kunstvoll gearbeitete Türklopfer ist sehenswert, dafür hat Fraga extra einen Künstler aus Zafach kommen lassen. Allerdings richtig entfaltet das Haus seine Herrlichkeit erst, wenn man es von innen betrachtet. Es enthält wundervolle Wandgemälde und im unteren Bereich, der der Präsentation dient, als zusätzliche Bereicherung Mosaikfußböden und Springbrunnen. In den meisten Räumen des Hauses gibt es Fußbodenheizungen und über ein Pumpensystem sind die drei Bäder mit fließendem Wasser ausgestattet, das aus goldenen Hähnen in gleichmäßigem Strom fließt."

„Dieser Fraga muss ungeheuer reich sein", bemerkte Amtrok. „Bislang habe ich von solchen Dingen nur gehört und ich weiß, dass Prekus Palast in Zafach solche Dinge beherbergen soll. Aber bisher wurde es stets so dargestellt, als ob das einzigartig wäre. Nun muss ich hören, sogar in unserer Bezirkshauptstadt herrscht vergleichbarer Überfluss. Woher stammt denn Fragas Reichtum?"

„Ganz genau weiß das in Miatr niemand. Allein aus dem Erbe seines Vaters hätte er einen derartigen Reichtum nicht aufbauen können. Vermutlich wird er durch viel Glück in für ihn günstigen Leihgeschäften und Spekulationen seinen Reichtum angehäuft haben."

„Wird diese Straße nach seinem Namen benannt, weil er der reichste Bürger der Stadt ist, oder gibt es einen anderen Grund?", fragte Amtrok weiter.

„Ich kenne keinen Fall, in dem eine Gasse, Straße oder ein Platz nach einem Bürger benannt worden ist, weil er Reichtümer erworben hätte. Nein, das ist kein Grund. Aber Fraga hat in den nunmehr 18 Jahren, seit denen er das Amt des Bürgermeisters von Miatr ausübt, den Wohlstand der Stadt gewaltig vermehrt. Es hat hier seit seiner Regentschaft durch sein vorausschauendes Handeln keine Hungersnot mehr gegeben. In schlechten Jahren dienten uns die Kornspeicher hinterm Rathaus – diese hat Fraga anlegen lassen –, um die schlimmsten Monate gut überstehen zu können. – Jedoch, so leid es mir tut und so gerne ich euch mehr von unserer schönen Stadt zeigen würde, ich muss in Kürze am Südtor meinen Dienst antreten. Heute kommt eine Gesandtschaft aus Zafach, die prüfen soll, ob König Preku seinen nächsten öffentlichen Gerichtstag in Miatr abhalten kann. Ich wünsche euch einen schönen Aufenthalt in unserer Stadt."

Sodann verabschiedete er sich mit einem kurzen Kopfnicken, was die drei erwiderten, und begab sich in Richtung Südtor – das Tor, durch das Mehru, Fagol und Amtrok in die Stadt gelangt waren.

Fagol wendete sich nun an Mehru und Amtrok: „Ich denke, ich weiß, womit Fraga einen Großteil seines Reichtums zusammengerafft hat. Möglicherweise erinnert ihr euch an die letzten Hungersnöte. Vor 15 Jahren hatte es einmal drei Jahre in Folge Missernten durch Hagel, übermäßige Hitze und Dauerregen gegeben. Schon im zweiten Jahr waren uns die Vorräte ausgegangen und wir mussten uns an Händler wenden, die uns für viel Gold Getreide verkauft haben. Nach dem dritten Hungerjahr hatten alle Dörfer im Bezirk Boful ihren gesamten Reichtum verloren, den sie vorher mühsam erarbeitet hatten. Ja, die meisten Bauern mussten ihre Höfe und ihr Land verkaufen, und weil sie nichts mehr besaßen und auf keinen Fall als Knechte auf ihrem eigenen Land arbeiten wollten, sind viele in die Stadt gezogen. An diesen Hungersnöten muss Fraga verdient haben."

„Ich finde das fürchterlich gemein", sagte Mehru. „Die Not der anderen auszunutzen und sich damit eine goldene Nase zu verdienen. Und was die Sache noch verwerflicher macht, die Bürger von Miatr finden es völlig in Ordnung, dass rings um sie herum die Hungersnot wütet, sie jedoch am eigenen Leib davon nichts merken, weil einer ihrer Bürger damit Geschäfte macht und großzügige Spenden an seine Stadt richtet. Indem sie dem Herrn Ehre erweisen und eine Straße nach ihm benennen, beweisen sie, sie würden im Wiederholungsfall nicht anders handeln und wären nicht bereit, dafür zu sorgen, wenigstens die Preise für die lebensnotwendigsten Dinge einigermaßen erschwinglich zu halten."

„Na ja, noch wissen wir nichts Genaues darüber, wie Fraga zu diesem Reichtum gelangt ist", gab Amtrok zu bedenken. „Außerdem sollten wir jetzt allmählich zurück zur Gaststätte."

„Dennoch ist es auffällig", gab Fagol zu bedenken, „dass der Grundstein für dieses Haus erst vor ca. 15 Jahren gelegt worden ist. Und daraus folgere ich, dieser Fraga hat seinen Reichtum anscheinend in Verbindung mit den Hungersnöten erworben. Sein Vater war zwar wohlhabend gewesen, aber als dieser vor 18 Jahren starb, hat er seinem Sohn ein Haus und eine Werkstatt in Miatr sowie einen Gutshof in Mumur hinterlassen. Das reicht für ein gutes Leben aus, allerdings wie ein König kann man davon nicht leben. Ich weiß, Fraga besitzt etliche Dörfer, zum Beispiel gehört ihm heute ganz Mumur. – Amtrok, du hast recht, wir sollten zur Gaststätte eilen. Farmos wird wohl schon aufgestanden sein."

II

Als Mehru, Fagol und Amtrok in den Schankraum traten, kam ihnen die junge Frau gleich entgegen, führte sie zu einem Tisch und teilte ihnen mit, Farmos habe bereits gefrühstückt und werde jeden Augenblick herunterkommen. Kaum hatte die junge Frau ausgesprochen, trat ein stämmiger kleinerer Mann an den Tisch heran.

„Ihr habt nach mir verlangt und bringt mir Nachrichten von Stahro?", hörten sie eine tiefe Stimme neben sich fragen.

„Ja, das stimmt", hob Mehru an zu sprechen. „Stahro hat uns geschickt, um nach dem Rechten zu sehen."

„Julia, hol doch mal die Zimmerschlüssel für unsere Gäste", rief er der jungen Frau zu. „Julia ist meine Tochter und ich bin Farmos, wie ihr sicher schon von Stahro erfahren habt. Julia und ich führen seit dem Tod meiner Frau die Gaststätte gemeinsam. Darf ich auch eure Namen erfahren?"

„Natürlich, entschuldigt, dass wir nicht vorher darauf gekommen sind", beeilte sich Fagol zu sagen. „Das hier ist Mehru, neben mir sitzt Amtrok und ich heiße Fagol. Wir kommen aus Imifrich, wobei die beiden vor gut einem Monat aus Gritolk zu uns gezogen kamen."

„Darf ich nach dem Anlass eurer Reise fragen?"

„Das soll kein Geheimnis bleiben. Wie Ihr vielleicht wisst, befindet sich in unserem See ein Karzol und Karzole sind bekanntlich vom Aussterben bedroht. Unser Karzol konnte die Veränderung der Menschen in Imifrich nicht übersehen. Die Flut an Beratern, die sich über unsere Dörfer ergoss, setzte vielen Bewohnern einen Goldfloh ins Ohr und sie meinten, sie könnten tatsächlich mit wenig täglicher Arbeit wohlhabend werden. Allerdings hatte bereits seit ungefähr zehn Jahren ein ständiger Wettkampf eingesetzt, wer das größte Fest aller Zeiten ausrichten könnte, und es wurde nicht mehr gefeiert, weil man Spaß daran hatte, sondern um allen anderen zu zeigen, was man sich alles leisten konnte. Manch ein Bauer verschuldete sich derartig, dass er sein Land verkaufen und den Beratern in die Stadt folgen musste. Unser Karzol ist darüber schwermütig und verzweifelt geworden, sodass er unseren See gewaltig aufgewühlt hat und unsere Häuser durch die wuchtigen Peitschenhiebe mit seinem Schwanz überschwemmt wurden. Das nahmen nun die Dorfbewohner als Anlass, den Ort zu verlassen und nach Miatr zu ziehen. Der Karzol hat in uns drei Vertraute erkannt, die bereit sind, seine Aufgaben zu erfüllen. Diese bestehen darin, das Dorf am Leben zu erhalten und das Geheimnis der Karzole in die Welt zu tragen, bevor es verloren geht."

„Ja, ja, es ist schon bitter", bemerkte Farmos. „Wenn die Gier alles beherrscht. Lange schon darf ich hier in Miatr erleben, wie die Therfas von Tag zu Tag reicher, die Feste rauschender und die Menschen, die in den Werkstätten oder auf den Gütern arbeiten, immer unglücklicher werden. Allerdings gibt es unter den Therfas Ausnahmen. Zum Beispiel zahlt Bochre einem jeden, der bei ihm arbeitet, einen gerechten Lohn, den er sogar weiterzahlt, wenn jemand krank wird oder seine kranken Kinder pflegen muss; darüber hinaus bekommt jeder pro Woche einen freien Tag und alle zwei Wochen einen weiteren freien Tag. Also, ich kann schon sagen, die bei Bochre Arbeitenden werden von vielen in Miatr beneidet. Würden die Therfas sich seine Regeln angewöhnen, müssten sie bestimmt keine so genannten ‚Notregeln' für nach Miatr Kommende erfinden, um mehr Arbeitskräfte zu erhalten. Na ja, aber das Ziel der Herren ist eben, von den Arbeitenden alles zu verlangen, am besten 28 Stunden tägliche Dauerarbeit, damit sie sich ihre Häuser, ihren Prunk, ihre Besitzungen leisten können. Überdies wissen sie natürlich, ihr Reichtum könnte dahinschwinden bis hin zum Nichts, würden sie gerechte Löhne zahlen. Und da sie bisher allein aufgrund ihrer Macht vieles erlangt haben, können sie sich nicht vorstellen, die von ihnen unterdrückten Menschen könnten ein Bestreben haben, die alte Macht aufzulösen, ohne als einzelne Personen diese wieder an sich zu reißen, um andere zu beherrschen. Not und Elend kann nur beseitigt werden, wenn Menschen ihr Mitgefühl für die anderen behalten, eben nicht gleichgültig auf das Unglück ihrer Mitmenschen blicken und ihnen auch nicht weismachen wollen, jeder sei in der Lage, sein Schicksal selbst in die Hand zu nehmen. Nichts anderes als eine Schuldzuweisung spricht daraus, weil es ja so einfach ist, auf den anderen mit seinem Finger zu zeigen. So, nun habe ich aber genug lamentiert. Richtet euch erst einmal in euren Zimmern ein. Julia wird euch heute Abend den Weg zu unserer Versammlungsstätte weisen, denn ich denke, ihr werdet sehr daran interessiert sein zu erfahren, was wir tun und wer alles mitarbeitet. Ich werde heute Abend nicht kommen können, denn einer muss schließlich die Gäste im Schankraum bedienen."

Damit erhob sich Farmos und stellte sich an seinen gewohnten Platz hinter der Theke, derweil Mehru, Fagol und Amtrok sich auf ihr Zimmer begaben, um sich etwas von der letzten sehr kurzen Nacht zu erholen.

III

Es dämmerte bereits, als es an der Tür klopfte. Julia trat mit einem Tablett ein, auf dem ein kleiner Imbiss für die Gäste zubereitet war. Freilich hatten sie nicht viel Zeit zum Genießen der dargebotenen Häppchen, schließlich sollte heute um 19 Uhr das Geheimtreffen stattfinden. Schon nach einer Viertelstunde brachte Julia das Tablett wieder in die Küche und kehrte wenig später mit einer Öllampe zurück. Sie bedeutete ihnen, ihr zu folgen, und geleitete sie zunächst die Stiege hinunter, anschließend ging es über den Hinterhof hin zu einer alten, nicht mehr ihrem

Zweck dienenden Schmiede, in der die Esse mit dem Rauchfang und der Amboss noch vollständig erhalten waren und in der einzelne Stauch- und Lochplatten, Spaltkeile, ein zerbrochener Schraubstock, mehrere Zangen, ein Vorschlaghammer und ein Schmiedehammer auf dem Boden verstreut herumlagen. Julia führte sie nun in einen kleinen Nebenraum, der völlig kahl war. Dort blieb sie vor der Wand zur rechten Seite stehen, und bevor sie überhaupt bemerkt haben konnten, wie dies geschehen war, öffnete sich die Wand einen Spalt, der gerade breit genug war, damit sie auf einen dahinter befindlichen schmalen Gang hindurchschlüpfen konnten. Nach wenigen Schritten gelangten sie an eine eisenbeschlagene Tür, an der Julia in scheinbar verabredeter Weise anklopfte. Ein dreimaliges Dadadadaa wurde jeweils mit einem Daadadadadaa beantwortet und schließlich öffnete ein Mann mittleren Alters die Tür von innen.

Sie befanden sich in einem nahezu kreisrunden fensterlosen Raum von etwa zehn Meter Durchmesser, in dessen Mitte ein großer Holztisch stand. An jeder Längsseite stand eine lang gezogene Bank, die jeweils acht bis zehn Personen Platz bot. Auf dem Tisch waren zwei Leuchter mit Kerzen platziert. Fünf Türen verbanden diesen Raum mit der Außenwelt und neben den Türen waren in Brusthöhe Halterungen befestigt, in denen brennende Fackeln steckten. Der Tür gegenüber, durch die die vier den Raum betreten hatten, flackerte ein Feuer in einem Kamin. Amtrok dachte bei sich, dass man hier eine gute Belüftung eingebaut haben musste, denn von den üblichen Gerüchen beim Verbrennen von zum Teil noch feuchtem Holz nahm er nichts wahr. Es dauerte nicht lange und sie hörten nacheinander an drei Türen das vereinbarte Klopfzeichen und weitere Leute wurden in den Raum eingelassen. Nun waren sie scheinbar vollzählig und der Mann, der ihnen die Tür geöffnet hatte, forderte alle auf, sich hinzusetzen.

Schweigend nahm jeder einen Platz ein, und kaum saßen sie, stimmte jemand summend einen Ton an, in den die anderen der Reihe nach einfielen. Nachdem dieser Ton eine Weile erklungen war, entstand unerwartet ein neuer Ton, der von Einzelnen übernommen wurde, während die meisten den alten Ton beibehielten. Noch ein dritter Ton kam auf diese Weise zustande, sodass ein harmonischer Dreiklang den Raum ausfüllte. Allein durch das Summen empfanden sich Mehru, Fagol und Amtrok von der Gemeinschaft getragen, aufgenommen und emporgehoben. Mehru fühlte sich erinnert an Amtroks und ihr gemeinsames Lied. Auch dort umhüllte sie eine Art Schutzmantel, der aus Tönen bestand, der sie teilhaben ließ an dem innigsten Empfinden der akustischen Berührung, die alles miteinander zu verbinden in der Lage ist. Das Aushallen geschah wie bei einer Stimmgabel, die angeschlagen zunächst hell und laut erklingt, um nach und nach den Ton in sich zurückzunehmen.

Der Mann, der sie in den Raum gelassen hatte, wendete sich nun den drei Gästen zu und sagte: „Wir tun das jedes Mal, bevor wir unsere Besprechungen abhalten, damit wir uns besser auf das konzentrieren können, was jeder zu sagen hat, und damit man seine eigenen Gedanken klarer ausdrücken kann. – Ich weiß über Stahro von eurer Ankunft und ich habe euch die Passierscheine ausgefüllt. Meinen Namen kennt ihr also bereits. Ich lege hier auf diesen Tisch zehn Goldmünzen – für die meisten in dieser Runde stellt das ein großes Vermögen dar. Eine Familie schafft es damit, wenigstens ein Jahr zu überleben. Zögert ihr lediglich einen kleinen Moment, ob ihr für die Erfüllung eures Auftrags, über den ich ebenfalls durch Stahro informiert bin, stark genug seid, dann nehmt die zehn Goldstücke und zieht in euer Dorf zurück. Keiner wird euch hier aufhalten. Bekräftigt ihr allerdings vor allen hier Anwesenden, dass ihr euch nach sämtlichen euch zur Verfügung stehenden Kräften bemühen werdet, diesen Auftrag durchzuführen, müssen wir über unsere Regeln sprechen, zu deren Einhaltung wir euch anschließend auffordern werden."

Mit übereinstimmendem Nicken gaben Mehru und Amtrok Fagol ein Zeichen, für alle drei zu sprechen, und so begann Fagol: „Bochre, es ist uns eine Ehre, euch dabei unterstützen zu dürfen, gegen die Maßlosigkeit zu kämpfen, die in Miatr in den letzten Jahren um sich gegriffen hat. Glaubt mir, auch auf den

Dörfern breitet sich die Gier aus. Würden sonst so viele Dorfbewohner ohne Not den betrügerischen Angeboten der Berater in die Stadt folgen? Du kannst noch 100 Goldstücke dazugeben und unser Entschluss gerät nicht ins Wanken. Wir werden das tun, was in unseren Kräften steht, um das Augenmerk der Menschen, mit denen wir zu tun haben, darauf zu lenken, sich gegenseitig zu achten und denjenigen zu helfen, die in Not geraten sind. Das schwören wir!"

„Das hören wir gerne und jeder Unterstützer ist uns willkommen. Nun hört unsere Regeln und entscheidet bis zu unserem nächsten Zusammenkommen, ob ihr diese einzuhalten bereit seid.

Unsere wichtigste Regel besagt, egal was geschieht, Gewalt ist kein Mittel, dessen wir uns bedienen. Diese Regel ist deswegen so wichtig, weil wir uns sonst ständig im Kreis drehen würden. Mit unserem Verhalten geben wir ein Vorbild für die anderen Menschen ab, und wenn wir Gewalt ausüben, setzen wir uns über andere Menschen, indem wir auf sie Druck ausüben. Aus diesem Kreislauf wollen wir ausbrechen und die einzige Gewalt, die wir akzeptieren wollen, ist die von Gesetzen, die in gemeinsamer Übereinkunft nach gerechten Maßstäben verabschiedet werden. Unsere Grenze wird von der Natur gezogen, der wir zwar mit unserer Technik etwas entgegensetzen, die jedoch jederzeit von Urgewalten zerschmettert werden kann.

Damit ist schon unsere zweite Regel angesprochen, die besagt, dass wir mit unserem Tun Achtung und Respekt vor den Mitmenschen, vor sich selbst und vor der Natur bezeugen. Wie oft werden Mitmenschen deswegen missachtet, weil ein Einzelner sich sonst zurückgesetzt empfindet. Darüber hinaus wird eine Unmenge an guten Ideen aus dem Grunde nicht aufgegriffen, weil dem anderen das Wissen ob der inneren Zusammenhänge dessen, was angesprochen worden ist, nicht zuerkannt wird, oder es wird von anderer Seite, die ihre Macht bedroht sieht, klar gesehen, welche Sprengkraft in den Ideen liegt.Darüber hinaus wird eine Unmenge an guten Ideen nicht aufgegriffen, weil das Wissen über die damit verbundenen Zusammenhänge vorenthalten wird oder weil Personen mit Macht die Sprengkraft der Ideen erkennen und fürchten. Das heißt natürlich nicht, wir würden uns nicht wehren, sondern uns liegt daran, unfaires Vorgehen unserer Gegner offenzulegen und uns selbst solcher Methoden zu enthalten. Mit diesem Mittel gehe ich bereits in der Ratsversammlung der Therfas vor, seitdem ich daran teilnehme, und es bewährt sich immer wieder, selbst wenn ich damit bisher weder gegen die ‚Notregeln' noch grundsätzlich die Gier anderer Ratsmitglieder ankommen konnte.

Unsere letzte und dritte Regel ist die am schwierigsten einzuhaltende. Es geht um die innerliche Verpflichtung, den Menschen, die in Not geraten sind, unsere Hilfe anzubieten. Das kann bedeuten, dass wir uns für jemanden einsetzen, den wir als Menschen gar nicht mögen. Über diese Schranke müssen wir uns hinwegsetzen können, schon allein aufgrund unserer zweiten Regel. Selbst wenn wir letztlich für unser Handeln allein verantwortlich sind, besteht die Zielrichtung in einem gemeinsamen Handeln, das für uns Menschen den Himmel näher auf die Erde holt. Diese Aufgabe ist so ungeheuer groß, dass sie ein Einzelner nicht zu lösen vermag. Manche Könige haben weise Entscheidungen gefällt und milde Regierungen geführt, allein es war jeweils an die einzelne Person gebunden und jeder nachfolgende König konnte mit einem Schlag das Erreichte ins Gegenteil verkehren. Hätten sich die guten Ideen allerdings durchgesetzt, weil sie den Menschen mehr Weisheit, Wohlstand, Glück und Zufriedenheit gebracht haben, würden wir jetzt bereits in einer Welt leben, die kaum einer großen Verbesserung bedürfte. Das aber wird unsere bleibende Aufgabe sein.

Also überlegt, ob ihr diese drei Regeln einhalten wollt und ob ihr euch dazu in der Lage seht, und dann hören wir beim nächsten Treffen eure Entscheidung.

Entschuldigt, ich habe euch die Runde noch nicht vorgestellt. Selbstverständlich wissen die hier Anwesenden von euch und sie kennen auch eure Namen, sodass sich dieser Teil für uns erübrigt. Hier rechts neben mir sitzt Karmak mit seinem Adoptivsohn Darsto. Beide führen sie die Bäckerei in der Unteren Gasse.

Zu meiner Linken, das ist Fima mit ihrer Tochter Merma. Fima ist Besitzerin der Töpferei in der Mauerstraße. Und schließlich darf ich euch Karen vorstellen. Ihr gehören ein Gutshof in Hangstu und eine der zwei Großwebereien in Miatr. Normalerweise sind bei unseren Treffen noch Fitr, den ihr bereits kennen gelernt habt, und Therdolf dabei, die Vertreter der Fonas sind. Heute sind beide jedoch verhindert. Wer die Fonas sind, brauche ich euch wohl hier nicht mehr zu erklären, das werdet ihr spätestens von Stahro gehört haben. Ihr könnt euch vorstellen, dass wir die Fonas nur außerhalb der Stadt beschäftigen können und somit lediglich Karens und meine Arbeitsstätten in Frage kommen. Allerdings haben sich einzelne Fonas entschieden, in der Stadt zu bleiben, und diese arbeiten für uns zum Beispiel als Nachrichtenübermittler. Sie sind dabei ständig der Gefahr ausgesetzt, von einem Therfa oder Stadtwächter erkannt zu werden.

So, nun lasst uns anderen Dingen zuwenden. Hat von euch einer etwas vorzutragen?"

„Ja, ich habe eine dringende Sache", meldete sich Darsto. „Mir ist heute Nachmittag von einem Stadtwächter, der uns unterstützt, berichtet worden, die Wachsoldaten, die gestern außerhalb der Mauern ihren Dienst versahen, hätten zwei Menschen erschlagen. Die Getöteten gehörten zu einer Gruppe, die aus Imifrich nach Miatr gekommen waren. Unter den Opfern soll sogar ein Kind gewesen sein. Ein Dritter ist ihnen wohl entkommen. Die Gruppe, es waren an die 15 Personen, wurde gleich zum Sonnentempel gebracht."

„Ihr müsst wissen", wendete sich Bochre an Fagol, Mehru und Amtrok, „der Sonnentempel ist eigentlich für Gemütskranke eingerichtet worden. Allerdings passiert es inzwischen immer häufiger, dass dorthin Leute gebracht werden, die unseren Bürgermeister Fraga und seine Mitstreiter gefährden könnten. Sie werden sodann mit Mitteln vollgepumpt, die ihren Verstand umnebeln. Ja, es gibt möglicherweise Mittel, die den Menschen auf Dauer völlig zerstören, sodass der Einzelne nicht mehr weiß, wer er ist. In dem von Darsto beschriebenen Fall wird es hingegen darum gehen, ein Mittel einzusetzen, das sie die Vorgänge vor dem Stadttor möglichst vergessen macht, denn Fraga braucht für sich und die anderen Therfas, die mit ihm zusammenarbeiten, billige Arbeitskräfte. Er wird sich sicher über die zusätzlichen Ausgaben für diese Mittel ärgern. Denn erstens ist es schwierig, die Mittel zu besorgen, was bedeutet, sie sind teuer, und zweitens muss er den 15 Leuten, die der Gruppe angehören, ständig dieses Mittel verabreichen, damit sie sich nicht an die Geschehnisse erinnern können.

Ich vermute, Fraga wird den oder die, die hier ohne Not getötet haben, zur Verantwortung ziehen, nicht weil er etwas gegen diese Morde einzuwenden hätte, sondern damit er Herr der Lage bleibt. Selbstverständlich wird Fraga keinen Prozess anstrengen, sondern alles so erledigen, dass möglichst niemand in Miatr etwas davon erfährt. Wir hätten gegen Fraga vielleicht eine Möglichkeit, würde ein Stadtwächter sich bereit erklären, in einer öffentlichen Versammlung Zeugnis abzulegen ..."

„Amtrok und ich sind Zeugen dieser Taten", warf nun Mehru ein. „Wir können zwar nicht bezeugen, wer die Taten begangen hat, weil wir zu weit entfernt standen, dennoch haben wir die Morde gesehen. Dem Dritten haben wir gemeinsam zur Flucht verholfen. Er hält sich zurzeit bei Stahro zusammen mit Fitr auf."

„Gestern Nacht habe ich Therdolf zur Fähre geschickt", sagte Bochre, „damit er Stahro die drei Passierscheine übergibt. Hätte ich Therdolf nicht den Auftrag erteilt, nach Passierscheinübergabe sofort Richtung Hangstu weiterzueilen, um dort eine geheime Mission zu erfüllen, wären wir besser informiert gewesen und hätten in der Nacht beobachten können, wo die Leichen der beiden Getöteten ‚entsorgt' worden sind."

„Darüber braucht ihr euch keine Sorgen zu machen", erwiderte ihm Amtrok. „Bevor die Stadtwächter zurückkommen konnten, um die Leichen zu holen, habe ich die beiden Toten an dem Weg in Richtung Ferfolm im Gebüsch versteckt. Zusammen mit Fitr habe ich sie anschließend in der Nacht bestattet."

„Das wird uns weiterhelfen", seufzte Bochre erleichtert auf. „Denn neben den Zeugen brauchen wir am besten auch Belege für die Taten. Allerdings müssen wir jetzt ein wachsames Auge auf die Gräber werfen. Ich kann mir gut vorstellen, dass Fraga großes Interesse daran haben wird, die Leichen verschwinden zu lassen. Also sollten wir in jeder Nacht dort zwei Posten aufstellen. Einer soll die Stadtwächter, falls sie kommen, beobachten, derweil der andere uns in der Zwischenzeit alarmiert. Für heute Nacht müssten sich zwei aus unserem Kreis dafür bereit erklären. In den darauf folgenden Nächten werden sich Karens und meine Leute diese Aufgabe teilen."

„Ich bin heute Nacht dabei", warf Darsto spontan ein und beinahe genauso schnell hatte Amtrok zugesagt, nachdem er in Mehrus Blick Zustimmung für sein Wollen erkannt hatte.

„Wenn keiner mehr etwas vorzutragen hat, können wir zum Schluss kommen", wandte sich Bochre an die Versammelten und fuhr fort, als keiner das Wort ergreifen wollte. „Wir sind es gewohnt, unsere Zusammentreffen mit Musik, einem Gedicht, einem Sinnspruch oder einer Geschichte zu beenden. Wenn ihr drei etwas für unsere Runde darbieten wollt, bitte ich euch darum, es uns vorzutragen."

Mehru blickte Amtrok an und beide waren einverstanden. Auch Fagol nickte ihnen auffordernd zu. Also holte Amtrok seine Flöte heraus und begann die bekannte Weise zu spielen. Nach wenigen Tönen fiel Mehru mit ihrer hellen, klaren Stimme ein. Die Töne umspielten einander, jedoch die Melodieführung war nicht leicht und schwebend, sondern tief und tragend, sodass der Hörer sich getröstet ob der Menge des Leids im Leben empfinden konnte. Ihre Harmonien wiesen auf etwas, was eine stärkere Kraft als der einzelne Mensch besaß, was die Zuversicht in ihnen aufbaute, sich trotz widriger Umstände am Leben, diesem kostbaren Geschenk, zu erfreuen. Nachdem sie geendet hatten, saßen alle noch einen Moment still verharrend, wie wenn sie den verhallenden Tönen nachlauschen wollten.

„Danke", flüsterte Bochre. „Das war ein wunderbares Geschenk. Amtrok und Darsto, ihr müsst jetzt aufbrechen, wir dürfen keine Zeit verlieren."

Und an Amtrok gewandt sprach er weiter: „Darsto kennt den Weg. Du wirst staunen, denn unsere Stadt verfügt über ein altes Tunnelsystem. Dabei gibt es in jede Himmelsrichtung einen Ausgang hinter den Stadtmauern. Die Gänge dienten zu früheren Zeiten dem Schutz der Bevölkerung. Heute sind wir die einzigen, die sich dort auskennen und sicher bewegen können. Ich möchte dich ausdrücklich davor warnen, auf eigene Faust in den Tunneln auf Erkundung zu gehen. Du wärst nicht der Erste, der sich darin verlaufen würde. Die meisten haben nicht mehr herausgefunden und sind elendig zugrunde gegangen. Das heißt natürlich, du musst am Grab bleiben, sollten die Stadtwächter sich heute die Leichen holen wollen."

Amtrok wendete sich nach einer kurzen Verabschiedung von Mehru schon Darsto zu, der an der Tür beim Kamin stand. „Moment", rief ihm Mehru zu. „Ich muss dir noch etwas geben." Und sie holte aus ihrem Gurtbeutel die Feder des Karzols hervor und schob sie in Amtroks Brusttasche. „Vielleicht wirst du sie brauchen", flüsterte sie ihm zu und noch leiser: „Ich liebe dich, pass auf dich auf!" Amtrok hauchte ihr einen Kuss auf die Wange, verabschiedete sich mit einem „Mach ich! Ich liebe dich auch" von ihr und verschwand mit Darsto, der sich eine der Fackeln aus einer Halterung neben der Tür ergriffen hatte, durch die Tür.

IV

Darsto und Amtrok eilten durch die Tunnel unter der Stadt und nur an wenigen Stellen mussten sie etwas aufpassen, weil sie auf felsigen und unebenen Untergrund stießen und sich nur langsam voranbewegen konnten. Die meisten Tunnelgänge waren gut zu durchschreiten und schienen durch die Tätigkeit von Menschen geglättet.

„Sag mal, Darsto", fragte Amtrok seinen Begleiter, „wie alt ist dieses Tunnelsystem eigentlich?"

„Also, genau weiß das niemand. Allerdings, was wir wissen, ist, es hat unsere Stadt und sogar ganz Mobirowien vor 400 Jahren gerettet. Die mit uns damals verfeindeten Hamaler hatten unser Land überfallen. Wäre Miatr gefallen, hätte sich König Ramok II. ergeben müssen. Alle Hoffnungen beruhten auf unserer Stadt. Die Hamaler belagerten Miatr schon zwei Jahre und der Hunger war groß. In der Zwischenzeit arbeiteten Ramoks Soldaten und die Bürger unserer Stadt emsig an dem bereits vorhandenen Tunnelsystem und statteten es mit zusätzlichen Gängen aus. Die gesamten Arbeiten dauerten ungefähr zwei Jahre, aber als das System fertig war, konnte Ramok mit seinem Heer den Hamalern aus vier Richtungen gleichzeitig in den Rücken fallen, denn wie ihr euch denken könnt, haben sie die Ausgänge hinter die feindlichen Linien gelegt. Die Niederlage der Hamaler war so gründlich gewesen, dass sie sich davon nie mehr erholen sollten. Das Tunnelsystem wurde allerdings in den Jahrhunderten danach nur noch in seltenen Fällen genutzt, sodass es mehr und mehr in Vergessenheit geriet. Und da es an mehreren Stellen baufällig geworden war, wurden viele Gänge einfach zugeschüttet. Wir haben in den letzten zehn Jahren einen Teil des alten Systems wiederhergestellt. Auf jeden Fall verfügen wir inzwischen wieder über vier Ausgänge."

Darsto hörte auf zu sprechen, denn sie näherten sich dem Ausgang, der in der Nähe des Flusses lag. Dort angekommen, legte Darsto seine Hand in eine Vertiefung und bewegte einen sich darin befindlichen Stein, sodass sich die Tür einen Spalt öffnete, durch den sie nach draußen schlüpften. Als sie in die dunkle Nacht hinaustraten, stellte Amtrok fest, dass der Ausstieg in einer Senke lag, in der sich etliche mit Moos überwachsene Felsbrocken, mannshoher Adlerfarn und vereinzelt Rotbuchen befanden. Nachdem Darsto auf gleiche Art, wie er sie geöffnet hatte, die Tür von außen schloss, unterschied sie sich nicht mehr von den anderen dort herumliegenden Felsbrocken.

„Ich werde uns von hier aus zum Weg bringen, der zur Fähre führt. Danach übernimmst du die Führung", flüsterte Darsto Amtrok zu. Der Pfad war bald erreicht, von wo sie noch etwa zehn weitere Minuten benötigten, bis sie das Grab erreichten. Es war weder vom Fluss aus noch vom Weg her einsehbar, zumal Fitr und Amtrok einen dicht bewachsenen Einschnitt in die

Landschaft genutzt hatten, um die beiden Toten im Schutz der Natur zu begraben. An diesem Ort wuchsen keine Bäume, sondern es hatte sich bis zu zwei Meter hoher Adlerfarn ausgebreitet.

Als sie vor dem Grab standen, bemerkten sie, der Grabhügel hob sich gegenüber den umliegenden Hügeln nicht besonders ab, außer dass unter den anderen Hügeln mit Erde bedeckte Felsbrocken lagen. Nachdem sie untersucht hatten, ob jemand die Totenruhe gestört hatte, suchten sie sich ein Versteck, von dem aus sie das Grab gut einsehen konnten. Beide schauten sie wie gebannt, jedoch ebenfalls beklommen auf den Hügel und weiter auf die nächstliegende Umgebung. Sie verharrten lange versunken in ihren Beobachtungen und Gedanken.

„Sag mal, Darsto", brach schließlich Amtrok flüsternd das Schweigen. „Fagol hat uns eine Geschichte erzählt, in der ein Darsto als Sechsjähriger aus seinem Elternhaus hinausgeworfen worden ist, weil er Hungernden in Miatr Essen gebracht hatte. Hast du eventuell mit diesem Darsto etwas zu tun?"

„Ja, zufällig bin ich gerade dieser Darsto, der von seinem eigenen Vater des Hauses verwiesen wurde, und das nicht wie üblich als Erwachsener, sondern als Kind. Ich wusste erst gar nicht, wo ich hin sollte. Dann fiel mir Bochre ein, mit dem meine alte Familie entfernt verwandt ist. Bochre hat mich zunächst bei sich schlafen lassen. Da er sich allerdings nicht gegen meinen und seinen Vater auflehnen wollte – und nicht anders wäre das gewertet worden, hätte er mich auf Dauer in seinem Haus beherbergt –, hat er mich zu Karmak geschickt. Karmak war mir nicht allein ein nachsichtiger und gütiger Lehrherr, sondern er hat die Stelle des mir fehlenden Vaters bedeutend besser als mein tatsächlicher Vater erfüllt, sodass ich bald keine Sehnsucht mehr nach meinem alten Zuhause verspürte. Die wertvollste Erkenntnis, die ich durch ihn erworben habe, ist, Hass richtet unsere Seele zugrunde, die Fähigkeit aber, verzeihen zu können, erhält uns lebendig. Sogar sich selbst gegenüber soll man nachsichtig sein, zumal niemand zum Heiligen geboren ist und man immer wieder in selbst gestellte Fallen gerät. Für diese Erkenntnis habe ich lange gebraucht, bis sie mir in voller Klarheit und Konsequenz gegenwärtig war."

„Also, ich weiß nicht, ob ich ähnlich wie du gedacht hätte, wäre ich an deiner Stelle gewesen. Ich stamme aus ganz einfachen Verhältnissen. Mein Vater war Fischer in Gritolk und so war es mir ebenfalls bestimmt, das Fischerhandwerk zu erlernen. Mein Vater lehrte mich die Lebewesen zu achten, denn jedes hat seine eigene Seele. Töten wir Fische und andere Tiere, tun wir dies nicht aus dem Grunde, um ihnen Schaden zuzufügen, sondern um selbst leben zu können. ‚Lerne es‘, pflegte mein Vater zu sagen, ‚den Tieren zu danken, dass sie da sind und dir zum Leben dienen.‘ Bevor wir auf dem Ferfolm unsere tägliche Fangfahrt begannen, sprach mein Vater stets ein Dankgebet. Er dankte Gott, dass er die Tiere für uns erschaffen hat, und er dankte den Fischen, die in unseren Netzen ihr Leben lassen mussten, damit wir überleben konnten.

Besonders intensiv erinnere ich mich noch an die drei aufeinander folgenden Hungerjahre. An vielen Tagen kamen wir mit nur einem oder gar keinem Fisch nach Hause. Das bedeutete dann, wir mussten hungrig ins Bett gehen. Bei manchen Fängen hatte mein Vater ausnahmslos kleine Fische gefangen und die hat er wieder ins Wasser gesetzt. Er sagte mir, dies wären die Kinder von den großen Fischen, und würden wir diese essen, könnten wir bald keine Fische mehr im Fluss angeln. Damals verstand ich als zehnjähriges Kind das nicht, denn mein Magen knurrte und mein Vater warf unser Abendbrot in den Fluss zurück. Heute empfinde ich eine stille Dankbarkeit, wie mir mein Vater mit einfachen Worten das Leben erklärt hat. Er starb leider viel zu früh. Es war vor acht Jahren und er ruderte wie üblich auf den Fluss hinaus. Nachher, als man ihn ertrunken am Flussufer auffand, hörte ich von unseren Nachbarn, dass sie ihn gewarnt hatten. Die Bauern haben das so im Gespür und an dem Tag tobte tatsächlich ein gewaltiger Krofass, der alle Boote von den Leinen losriss, viele Dächer abdeckte und den Ferfolm derartig aufwühlte, dass jedes Boot kentern musste. Wer sich zu dem Zeitpunkt auf dem Wasser befand, konnte den fürchterlichen Sturm nicht überleben. Mein Vater wurde wie ein Strohsack aus dem Boot in den Fluss geschleudert und die Fluten haben ihn regelrecht verschlungen. Es ...“

„Pst, ich höre Geräusche vom Weg her“, raunte Darsto ihm zu. Und tatsächlich konnte man deutlich die Stimmen von zwei Personen, die miteinander sprachen, unterscheiden.

„Hauptmann, ich verstehe nicht, dass Fraga auf uns so wütend ist und wir jetzt die Toten holen sollen“, hob der eine an.

„Murto, du bist und bleibst ein Dummkopf“, antwortete ihm der andere. „Hättest du die zwei nicht erschlagen, wäre uns das hier erspart geblieben. Aber nun muss Fraga so tun, als ob niemand zu Schaden gekommen wäre. Ohne Leichen ist es schwer, eine Tat nachzuweisen, selbst wenn es Zeugen gibt. Stell dir mal vor, Preku hält den Gerichtstag in Miatr ab, diese Tat wird vorgetragen und Fraga wird damit in Verbindung gebracht. Du würdest an den Galgen wandern und Fraga wäre nicht mehr unser Bürgermeister, könnte also nicht mehr für unser Wohl sorgen. – So, jetzt müssen wir uns aber auf unsere Aufgabe konzentrieren. Du weißt, Fraga hat uns angedroht, er wird uns auspeitschen lassen, sollten wir mit leeren Händen zurückkommen. Wo würdest du denn die Toten begraben?“

„Na ja, ich würde sie erst einmal verstecken und dann mir in Ruhe einen guten Platz aussuchen, der jedoch vom Weg her nicht zu sehen ist.“

„Zufällig hast du mal einen richtigen Gedanken gedacht. Wer nach deiner Ruhmestat die Toten weggetragen und begraben hat, wird sich mit ein wenig Fantasie vorstellen können, dass diese Toten für uns wichtig sind. Folglich muss das Grab entweder versteckt liegen oder sich, was hoffentlich nicht geschehen ist, auf der anderen Seite des Ferfolms befinden.“

„Was wäre denn so schlimm daran, wenn die Toten auf der anderen Seite des Flusses bestattet sind? Wir fahren rüber und holen sie.“

„Hättest du ein wenig Verstand im Kopf, so wüsstest du es: Auf der anderen Seite des Flusses endet der Machtbereich von Fraga. Die Gebiete dort gehören Karen und die wird, wenn es darum geht, Fraga eins auszuwischen, das mit Vergnügen tun. Liegt das Grab auf der anderen Seite, werden mit Sicherheit Wachen aufgestellt sein, um deinen Vorschlag zu verhindern. – Los, ihr zwei, sucht rechts und links des Weges das Unterholz nach dem Grab ab", wendete er sich an die beiden anderen Männer, die sie schweigend begleitet hatten. Diese legten ihre Schaufeln in die Schubkarre und schlugen sich nach rechts und links in den Wald.

„Falls du den Ruf eines Uhus nachmachen kannst", flüsterte Amtrok Darsto zu, „dann ruf ungefähr zweimal in der Minute. Ich werde mich an den Hauptmann und seinen Soldaten heranschleichen und ihnen einen bleibenden Schrecken einjagen. Vorher muss ich noch den anderen, der in diesem Waldstück nach dem Grab sucht, einschüchtern. Können wir das so machen?"

Darsto nickte stumm, legte beide Hände übereinander, sodass ein Hohlraum entstand, und erzeugte mit dem Luftstrom, den er über den Spalt zwischen den aneinander gelegten Daumen in den Hohlraum fließen ließ, einen derartig überzeugend echten Uhuschrei, dass Amtrok unwillkürlich über sich in den Baum schaute, ob da nicht doch so ein gewaltiger Vogel säße. Beide grinsten sich an und Amtrok wendete sich mit einem leichten Nicken des Kopfes der Richtung zu, aus der ein lautes Knacken von Ästen zu hören war. Dort suchte scheinbar jemand nach dem Grab. Da er nun mit einer Hand von unten nach oben über die Karzolfeder gestrichen hatte, war er für seine Umgebung unsichtbar geworden. Er ging direkt auf die suchende Person zu und bemühte sich dabei gar nicht, leise zu sein. Der Suchende schaute verstört in seine Richtung, konnte aber niemanden erkennen. Nach dem nächsten Uhuschrei stieß Amtrok leise zischend und knurrend hervor: „Was suchst du hier?" Vor Schreck erstarrt stammelte der Mann einzelne unverständliche Worte, von denen nur „Grab" zu verstehen war. „Mein Grab ist auf der anderen Seite des Flusses. Ich suche den Ort meines Todes auf. Kehr zurück zu den Deinen." Amtroks dumpfe, melodielose Stimme klang nun wie eine direkt aus dem Grab dringende Warnung. Der Mann drehte sich blitzartig um und raste wie vom Teufel gejagt zum Weg zu den Stadtwächtern zurück. Er hörte ihn noch einzelne in Panik an die Wächter gerichtete Satzfetzen herausstoßen: „Da im Waldstück ... ein Geist ... ein Toter ... kein Grab ... von drüben her!"

„Ein Geist! So was gibt es nicht!" Aber der Hauptmann war unsicher geworden, sah er doch das von Entsetzen gezeichnete Gesicht des Mannes, den er mit der Suche beauftragt hatte. „Wir untersuchen das Waldstück zu zweit!", wendete er sich an Murto. „Damit uns nicht Ähnliches wie ihm da passiert" – und er zeigte dabei auf den Geängstigten – „bleiben wir zusammen."

Beide Stadtwächter gingen gemeinsam in die Richtung, aus der der andere Mann, wie vom leibhaftigen Teufel verfolgt, gerannt gekommen war. Amtrok hatte sich leise von hinten an sie herangeschlichen und als er in ihrer Reichweite war, trat er dem Hauptmann heftig mit seinem Fuß in die rechte Kniekehle, sodass dieser wie ein gefällter Baum zu Boden krachte. „Mach das nicht noch einmal! Sonst wirst du es bereuen!", schrie der Hauptmann Murto an. „Du scheinst mit offenen Augen zu träumen! Ich hab' dich noch nicht einmal berührt", donnerte Murto zurück. Wütend gingen sie nebeneinander her, ohne den anderen eines Blickes zu würdigen. Das war für Amtrok der passende Moment, um den Hauptmann ein zweites Mal, jetzt auf der linken Seite, in die Kniekehle zu treten. Vor Wut schäumend sprang der Hauptmann behänd wieder auf die Füße, riss sein Schwert aus der Scheide und stieß es Murto bis zum Heft in die Brust. „Ich hatte dich gewarnt", knurrte er.

„Du hast mich und Towo gerächt", presste Amtrok mit rasselnder und heiserer Stimme hervor. „Jetzt werden wir nie wieder auf diese Seite des Flusses kommen müssen. Unsere Seelen haben ihren Frieden gefunden." Bei den letzten Worten gab sich Amtrok erhebliche Mühe, jedes Wort einzeln hervorzupressen und dabei seine Stimme immer leiser klingen zu lassen, als würde sie vom Winde auf die andere Seite des Flusses verweht.In höchstem Maße verängstigt raste der Hauptmann zum Weg zurück. Dort angekommen gab er den beiden anderen Männern den Befehl, die Leiche von Murto aus dem Waldstück zu holen, sie auf die Schubkarre zu verfrachten und nach Miatr zu eilen. Fünf Minuten später befanden sich die drei mit ihrer traurigen Fracht auf dem Rückweg zur Stadt.

V

Der Hauptmann der Stadtwache hämmerte mit voller Wucht mit dem Türklopfer an Fragas Haustür. Nach einer Weile konnte man schlurfende Schritte hinter der Tür vernehmen, anschließend öffnete sich eine kleine Luke in Kopfhöhe und ein Diener fragte: „Was ist Euer Begehren? Ich hoffe, der Grund ist wichtig genug. Ihr habt das gesamte Haus aufgeweckt." „Hol deinen Herrn! Ich muss ihm Bericht erstatten über eine nächtliche Geheimmission."

Die Luke schloss sich und danach wurde die Tür knarrend geöffnet. Der Diener bat den Hauptmann ins Haus und führte ihn in einen kleinen Nebenraum, der entgegen der Pracht der anderen Räumlichkeiten des Hauses eine Kargheit und Schlichtheit besaß, die man nicht vermutet hätte. Im Raum befand sich kein einziges Möbelstück, der Fußboden war aus Stein und die Wände waren kahl, abgesehen von einzelnen Fackelhalterungen. Zwei brennende Fackeln tauchten den Raum in ein gespenstisches Licht, das durch Luftströmungen ständig verändert wurde und dabei auf den dort Wartenden den Eindruck erweckte, als würden Schattengeister durch den Raum huschen. Das passte genau mit seinen Erlebnissen am Fluss zusammen und der sonst so mutige Hauptmann fühlte sich zunehmend verzagter und wäre gerne aus diesem Raum geflohen. Er sehnte den Moment herbei, in dem die Tür aufgehen und er durch die Anwesenheit einer anderen Person seine Angst verlieren würde. Jedoch – dies war sein nächster Gedanke – würde Fraga ihn nicht ohnedies bestrafen, zumal die Mission missglückt war und er zudem noch einen Untergebenen erschlagen hatte? Fraga war in jeder Beziehung unberechenbar. Mal erteilte er ungeheuer drastische Strafen für relativ geringfügige Vergehen und mal verzieh er einem eine grobe Vernachlässigung der Pflicht und schenkte einem noch obendrein einen freien Tag. Aus Fraga konnte man nicht schlau werden, immerhin wusste er, Fraga tat niemals etwas, ohne einen Nutzen davon zu haben. Folglich war jedes Verzeihen für Außenstehende zwar unverständlich, basierte allerdings auf Berechnung.

Als die Tür plötzlich mit einem Krachen geöffnet wurde, schreckte der Hauptmann derartig heftig aus seinen Gedanken hoch, dass Fraga lauthals lachen musste. „Du siehst aus, als wäre dir dein eigener Geist begegnet", brachte Fraga stückweise, von prustendem Lachen begleitet, hervor. Genauso unerwartet verfinsterte sich Fragas Miene wieder und er fragte:

„Was willst du hier mitten in der Nacht? Ich hoffe, du bringst keine schlechten Nachrichten?"

„Herr, es … es ist et...etwas Schlimmes passiert", brachte der Hauptmann stammelnd hervor. Und er erstattete Fraga seinen Bericht und ließ dabei keine Einzelheit aus. „Herr, Murto hat mich zweimal angegriffen und das kann ich nicht auf sich beruhen lassen, sonst habe ich bald keinen Respekt mehr bei meinen Männern. Also habe ich ihn mit meinem Schwert getötet. Und was die beiden Toten betrifft, muss ich sagen, war unsere Suche von vorneherein vergeblich, denn der Geist des Bauern hat mir gesagt, das Grab läge auf der anderen Seite des Flusses. Außerdem hat er mir gedankt, weil er und das Kind nun gerächt wären und sie beide ihren Seelenfrieden gefunden hätten." Damit beendete der Hauptmann seinen Bericht und stand mit gesenktem Kopf da, die Ansage einer Strafe durch Fraga erwartend.

„Nun, unglücklich bin ich lediglich darüber, dass du mir die Toten nicht gebracht hast. Dennoch ist Murtos Tod für uns von Vorteil. Falls Preku nach Miatr kommt, um Gericht zu halten, können wir sagen, wir hätten aus Gründen der Gerechtigkeit den, der andere tötet, zum Tode verurteilt und das wird nicht nur Preku richtig finden, sondern auch Bochre und Karen können ihre Stimmen nicht dagegen erheben. Lieber wäre es mir allerdings, wir könnten so tun, als hätte es keine Toten gegeben. Und du weißt genauso wie ich, ein Toter, den man nicht findet, stellt keinen Beweis für die Tat dar, selbst wenn viele Zeugen den Mord gesehen haben."

Fraga hielt einen längeren Augenblick inne, um anschließend zum Hauptmann gerichtet fortzufahren: „Andererseits könnte Preku den Zeugen mehr Glauben schenken als unseren Unschuldsbeteuerungen. Und wie würde ich dastehen, wenn meine Stadtwache Morde begeht und ich das nicht mitbekomme? Preku wird mich sehen als jemanden, der nicht mehr Herr der Lage ist. Meine Tage als Bürgermeister wären gezählt und Karen oder Bochre würde als mein Nachfolger eingesetzt werden. Zusatzverdienste gäbe es für euch keine mehr, Miatr müsste in Zeiten des Hungers wie die anderen Städte leiden und Handel und Handwerk würden ein kümmerliches Dasein fristen, bis Miatr nicht mehr als ein kleines Städtchen ist und sich als Bezirkshauptstadt nicht mehr eignet. Betrachte ich die Sache von der Seite her, hast du dich für die Stadt verdient gemacht. Ich werde meinen Diener anweisen, dir fünf Goldstücke auszuzahlen. Darüber hinaus hast du morgen und übermorgen dienstfrei. Ich wünsche dir eine gute Nacht."

Staunend und dankbar salutierte der Hauptmann, ging zur Tür hinaus und wollte gerade vom Diener die Geldbörse in Empfang nehmen, als dieser ihm anzeigte, er müsse sich noch einen Moment gedulden und solle in dem Raum warten, in dem er soeben mit Fraga gesprochen hatte.

Kaum hatte er den Raum wieder betreten, hörte er, wie hinter ihm der Schlüssel im Schloss umgedreht wurde. Danach vernahm er ein Geräusch, das ihn erstarren ließ. Knirschend mahlte Stein auf Stein und dies konnte nur bedeuten, er befand sich in einem Raum, in dem die Wände verrückbar waren. Und tatsächlich bewegten sich allmählich zwei Wände aufeinander zu, sodass er zermalmt werden würde, sollte diese Bewegung nicht angehalten werden.

Hektisch und panisch überlegte er, ob es nicht einen Ausweg gäbe, jedoch das Fenster lag zu hoch und in keiner der beiden Wände gab es eine Vertiefung, wie zum Beispiel einen Kamin, in die er hätte kriechen können, um dem sicheren Tod zu entrinnen. Er wollte auf gar keinen Fall auf eine Weise sterben, die ihn zum tatenlosen Zusehen, nur dem Schicksal ausgeliefert, verdammen würde. Nein, er besaß sein Schwert, das ihm einen selbst gewählten Tod bescheren würde. Und kurz bevor die Mauern ihn eingeklemmt hatten, nahm er all seinen Mut zusammen und stürzte sich in das von der rechten Hand gehaltene Schwert. Er fühlte noch das Eindringen der Klinge in seinen Körper, was er aber nicht als Schmerz wahrnahm. Danach wurde es dunkel um ihn.

VI

Noch war die Sonne nicht aufgegangen, erst in einer Stunde würde sich die Stadt wieder ihrem alltäglichen, geschäftigen Treiben zuwenden. Amtrok kam ins Gästezimmer zurück und schaute wie gebannt auf seine Frau Mehru, die mit ihrem vollen, schwarzen Haar, das ihr in langen sanften Wellen bis zum Gürtel reichte, wie dahingegossen dalag. Mehru hatte sich auf den Bauch gedreht und ihr Kopf schmiegte sich seitlich an die Unterlage. Ihr roter, leicht geöffneter Mund, durch den der Atem ruhig ein- und ausströmte, schien ihn zu locken. Sie lächelte im Schlaf und bewegte ihre Hand, die ein wenig über ihrem Kopf lag, liebkosend und streichelnd über das Kissen.

Nachdem er sie eine Weile betrachtet hatte, merkte er, er konnte der Versuchung nicht mehr widerstehen, seine Frau zu berühren. Unwillkürlich fuhr er sanft mit seiner Hand über ihre Stirn und er konnte sehen, wie diese Bewegung ihr Lächeln verstärkte. Einen kleinen Moment nur ruhte seine Hand dort, als Mehru ihre Augen aufschlug und ihr tiefer inniger Blick den seinen traf. Zunächst legte sie ihre Hand ganz leicht auf die seine, um sie dann kräftig zu drücken. Mit einem tiefen Seufzer der Erleichterung schlang sie die Arme um seinen Hals und zog Amtrok zu sich heran. Es war, als klammerte sie sich an ihn und wollte ihn nie mehr loslassen, während Amtrok bei dieser plötzlichen kräftigen Umarmung das Gleichgewicht verlor und es nicht verhindern konnte, ins Bett auf sie zu stürzen. „Mein geliebter Schatz", flüsterte Mehru ihm ins Ohr. „Wie habe ich mich gefürchtet, dir könnte etwas zustoßen."

Dann nahm sie zärtlich sein Ohrläppchen zwischen die Zähne, knabberte daran und fuhr leicht mit der Zunge darüber.

„Geliebte Mehru, ich musste heute Nacht ständig an dich denken. Gern wäre ich bei dir gewesen. Ich finde es wunderschön, dich zur Frau zu haben."

Sie fuhr mit der Zungenspitze leicht in sein Ohr, sein Atem beschleunigte sich und er fühlte einen Schauer über den gesamten Rücken fahren.

„Dir gelingt es immer wieder, mich auf neue Art aufzuregen", hauchte ihr Amtrok zu und merkte, wie er allmählich ein starkes Verlangen nach ihr verspürte.

„Sag er mal, kann er sich nicht zusammenreißen vor der Dame seines Herzens?" „O, ich bin untröstlich betrübt, wenn ich Euch als zu aufdringlich erscheine." „Na ja, er weiß doch, Damen haben höhere Ansprüche. Möge er all seine Kunst anwenden, die ihn seinem Ziel näher bringen kann. Er könnte erhört werden!" „Also, ein Gedicht aufsagen kann ich nicht, eine kunstvolle Geschichte schreiben gelingt mir noch viel weniger. Da bleibt mir allein die Sprache meines Körpers übrig." „Dann möge er sie hurtig einsetzen, sonst ist es noch zu spät."

Somit küsste er sie lang und anhaltend auf den Mund und begann ihr gesamtes Gesicht mit Küssen zu bedecken, wanderte den Hals hinunter, verweilte länger in den Kuhlen, die sich zwischen dem Kopf und dem Halsansatz befinden; dort versüßte er seinen Kuss noch mit leichten Bewegungen der Zungenspitze entlang der Vertiefung, was Mehrus Körper in starke Wallungen brachte; sie wand sich wonnig unter dieser Berührung. Bevor Amtrok sich nun den weiteren Körperregionen bei seiner Frau widmen konnte, stemmte Mehru beide Hände gegen seine Brust, schaute ihm mit ihrem tiefen dunklen Blick in die

Augen und sprach: „Schwöre mir, mich immer zu lieben, solange ich lebe, und nur mit mir eine Familie gründen zu wollen!"

Amtrok war etwas verwundert, denn er musste an seinen Hochzeitsschwur denken. Natürlich hatte er ihr das, was sie nun von ihm verlangte, schon längst versprochen, also, warum sollte er dieses Versprechen noch einmal geben? In demselben Moment musste er über sich schmunzeln, denn er erinnerte sich daran, ihr gerade kurz vor ihrem Auszug aus Imifrich auch ein in diese Richtung weisendes Versprechen gegeben zu haben. Die Situation war zwar völlig anders gewesen, denn er hatte ihr geschworen, Zeit seines Lebens den besten Fisch allein für sie zu angeln und bei jeder Naturschönheit, die er erblicken würde, ausschließlich an sie zu denken, aber es war ihm spätestens jetzt klar geworden, dass in einer Beziehung alte Versprechen abnutzen und es beiden Partnern guttut, dieselben zu erneuern, was ihnen eine neue Frische und Farbe verleiht.

„Meine allerliebste Prinzessin, ach was, du Königin meines Herzens, hiermit schwöre ich dir ewige Liebe. Überdies dürstet es mich, einzig und allein mit dir eine Kinderschar zu zeugen und großzuziehen."

„Eigentlich müssten wir jetzt noch einen Zeugen herbeirufen, freilich verzichte ich darauf zugunsten der Besonderheit der Situation. Jetzt musst du mir nur noch schwören, nicht vor mir aus dem Leben zu scheiden. Das könnte ich nicht ertragen."

„Ich werde mich anstrengen, allen deinen Bedürfnissen entgegenzukommen, doch du weißt schon, Gott kannst du, sofern er anderes vorhat, nicht ins Handwerk pfuschen."

„Ja, leider ist mir das allzu bewusst, jedoch reicht mir deine Bereitschaft, dich dafür einzusetzen."

„Wie lange muss ich denn Euch noch Dinge versprechen, bevor ich mich Euch nähern und von der verbotenen Frucht kosten darf?"

„In der Regel bestrafe ich Ungeduld sofort, allerdings hier werde ich mal eine Ausnahme erlauben. Er hat sich bisher so ritterlich gezeigt, doch frage ich mich, wie viel Zeit er noch mit umschweifigen Sermonen verplempern will?"

Kaum hatte sie das letzte Wort gesprochen, verspürte er in sich eine Kraft aufsteigen, die sich anfühlte, als würde eine Seele die andere streicheln, als würden hier zwei voneinander verschiedene Wesen in ihrem Erleben, Erschauen, in ihrer gesamten Weisheit miteinander verschmelzen. Er war sich überhaupt nicht mehr wichtig, es war ein neues Wesen entstanden, zwar nur für den Moment, aber einer zarten Pflanze gleich, die der richtigen Pflege und Hege bedarf, um zu ihrer wahren Größe zu wachsen. Jede noch so feine Berührung verkündete die allumfassende Liebe, die beide füreinander empfanden, die eine unerklärliche, bis ins All, bis zu Gott strebende Gesamtheit erfahrbar machte. Es entwickelte sich für beide ein Orkan aus dem unendlichen Strom der Farben und Klänge, der auf ihren Körpern als Lichtstrahlen in der aufgehenden Sonne tanzte, ein Fest des Lichtes, der Gefühle, der tiefsten Empfindungen, mündend in einen Regenbogen intensivsten Erlebens, dessen Lichterscheinung in ihren Körpern noch lange nachklang. Dieses intensive Mitschwingen mit der Seele des anderen begleitete sie den gesamten Tag hindurch und beide fühlten sich wie frisch Vermählte mit dem einzigen Unterschied, dass sie schon viele Male zuvor dieses Fest miteinander hatten feiern können, und dennoch erstaunte es sie, sich immer wieder, obschon sie nun bereits einige Jahre vermählt waren, mit neuen Augen sehen zu können.

VII

Alle dreißig Ratsmitglieder waren im Großen Saal des Rathauses versammelt. Fraga hatte sie heute zusammenrufen lassen wegen der ungewöhnlichen Ereignisse in den letzten Tagen. Nicht nur die „Selbsttötung" des Hauptmanns und der Tod des Stadtwächters beunruhigten die Gemüter, sondern man hatte am Morgen die Leichen von zwei Dienern aus Fragas Haus auf dem Weg zum Fluss gefunden. Die Diener, so vermutete man, waren einem Raubüberfall zum Opfer gefallen. Sie waren unterwegs zum Fährmann gewesen, um ihm den jährlichen Lohn für seine Fährdienste für Miatr zu übergeben. Da die Toten kein Geld bei sich trugen, ging man davon aus, dass es die Räuber an sich genommen haben mussten, nachdem sie die Diener getötet hatten.

„Ich verlange im Namen der Bürger Aufklärung über die Menge an Todesfällen, die nicht als natürliche stattgefunden haben, sondern durch Gewalt von außen herbeigeführt worden sind", ereiferte sich gerade ein kleiner, rundlicher Ratsherr. „Viele Bürger haben Angst, den Fährweg zu benutzen. Wie können wir für die Sicherheit unserer Bürger garantieren?"

Fraga erhob sich und antwortete: „Ja, ich kann die Ängste der Bürger verstehen. Wir könnten tagsüber den Weg von einzelnen Stadtwächtern bewachen lassen. Jedoch heißt das auch, wir müssten aus dem Stadtsäckel zusätzlich Stadtwächter anwerben und bezahlen. Ich weiß nicht, ob das im Interesse unserer Stadt liegt, zumal wir dringend Geld für die Ausbesserung der Befestigungsanlage brauchen. Zudem wisst ihr, Preku will hier möglicherweise seinen alljährlichen Gerichtstag abhalten und der Stadt entstehen dadurch erhebliche Auslagen. Das heißt, ich rate den Bürgern, zunächst den langen Weg über die Brücke zu benutzen. Nach etwa einem halben Jahr kann man den Fährweg wieder nehmen. Die Räuber werden sehen, dass sie hier nichts mehr holen können, und werden weiterziehen. In den nächsten drei Tagen führen wir allerdings eine Durchsuchung der Waldgebiete am Fährweg durch unsere Stadtwächter durch, um die Räuber eventuell noch festzunehmen."

Bochre meldete sich nun zu Worte: „Das klingt sehr vernünftig, was Fraga uns vorgetragen hat. Hat sich die Tat jedoch tatsächlich so zugetragen, wie unser Bürgermeister es beschrieben hat? Gibt es nicht möglicherweise einen Zusammenhang zwischen den Todesfällen? Warum hat Fraga uns bisher verschwiegen, dass bereits vor zwei Tagen vor den Toren unserer Stadt zwei Menschen von einem Stadtwächter erschlagen worden sind? Warum habe ich erst gestern im Laufe des Tages über meine Bediensteten etwas davon gehört? Seit du die ‚Notverordnung‘ heimlich erlassen hast, Fraga – ich kann mich nicht erinnern, erstens über ein solches Vorhaben informiert worden zu sein und zweitens darüber abgestimmt zu haben –, sind die Stadtwächter rauer im Umgang geworden. Sie scheinen Handgeld für das Festhalten unbescholtener Bürger zu bekommen. Wenn du deine Bediensteten so schlecht bezahlst, dass sie von dir weglaufen, dann versuch es doch mal mit angemessener Entlohnung und darüber hinaus mit vernünftiger Behandlung. Ich bin nicht bereit, den Stadtsäckel und den Ruf unserer Stadt aufs Spiel zu setzen, indem wir Menschen zur Arbeit verpflichten. Wird erst einmal in Boful und Mobirowien bekannt, dass niemand, der nicht im Besitz eines Passierscheins ist, nach Miatr kommen kann, ohne dabei zu Zwangsarbeit verpflichtet zu werden, wird es nicht lange dauern und keiner besucht mehr unsere Stadt, nicht einmal zu Handelszwecken. Man kann ja nie wissen, ob unser Bürgermeister nicht auf die Idee kommt, sogar Menschen mit Passierscheinen zwangsweise zu Arbeit zu verpflichten. Eine Menge Fragen stehen hier im Raum und du solltest dir jetzt die Zeit nehmen, sie zu beantworten.“

Fraga schaute etwas gehetzt im Raum herum, fing sich jedoch sehr schnell und begann seine Antwortrede: „Um Bochres Bitte nachkommen zu können, müsst ihr mir gestatten etwas länger dazu Stellung zu beziehen. Zunächst möchte ich die Fragen um die Todesfälle klären. Richtig ist, ein Stadtwächter namens Murto hat ein Kind und einen Bauern, die aus Imifrich in unsere Stadt gekommen waren, erschlagen. Für diese Handlung gab es keine Begründung, folglich wurde Murto am selben Tag vom Hauptmann der Stadtwache in meinem Beisein zum Tode durch das Schwert verurteilt. In seiner Funktion als Stadtwächter hatte Murto Anspruch darauf, dass das Urteil abgeschirmt von der Öffentlichkeit durchgeführt wurde. Und dieses Recht hat er eingefordert. Mir zwängte sich der Eindruck auf, wir müssten schnellstens ein Exempel statuieren, damit gar nicht erst der Gedanke entstand, jemand käme ungeschoren davon, bloß weil er Stadtwächter ist. Darüber hinaus wollen wir auf gar keinen Fall Nachahmungstäter haben. Deswegen habe ich die Vollstreckung des Todesurteils, ohne Rücksprache mit dem Rat zu halten, angeordnet. Das Urteil wurde heute Morgen im Beisein des stellvertretenden Kommandanten der Stadtwache und zwei weiterer Offiziere vollzogen.

Somit komme ich zur Selbsttötung des Hauptmanns. Dieser hat sich heute Nacht das Leben genommen, weil er die Schande, die Murto der Stadtwache angetan hat, nicht ertragen konnte. Er hatte mich zuvor in der Nacht um eine Unterredung gebeten, wobei er mir seine Empfindungen geschildert hat. Mein Angebot, in meinem Hause zu nächtigen, hat er nicht angenommen. Als er mich verließ, wirkte er gefasst auf mich, wie wenn er das Unvermeidliche der Schande akzeptiert hätte, die nicht ursächlich in ihm selbst lag. Er gab mir zu verstehen, er würde sich nun wieder mit voller Kraft seiner Arbeit zuwenden. Es wäre mir nie in den Sinn gekommen, dieser mutige, standhafte und ehrliche Mann könnte sich etwas antun. Allerdings ist der Lauf der Dinge eben unerklärlich. Ich gehe davon aus, niemand im Rat wird dem Stadtkommandanten ein Ehrenbegräbnis verwehren.

Nun zu Bochres Vermutung, zwischen den Todesfällen könnte ein Zusammenhang bestehen. Ich gebe zu, bei allen vier Todesfällen haben niedere Beweggründe eine Rolle gespielt. Während in dem einen Fall das Motiv vielleicht war, den Dorfbewohnern aus Imifrich die eigene Macht zu demonstrieren, so ist das Motiv in dem anderen Fall völlig anders. Die Bediensteten, die am Fährweg ermordet worden sind, trugen den Jahreslohn für den Fährmann bei sich. Das müssen die Räuber irgendwie erfahren haben. Diese Morde gehen mit Sicherheit darauf zurück, dass sich Einzelne bereichern wollten. Mir jedenfalls fehlt die nötige Fantasie, um hier einen Zusammenhang herzustellen. In meinen Augen handelt es sich um zwei voneinander völlig unabhängige Taten, jede Verbindung zwischen den Taten erscheint mir konstruiert und den vernünftigen Menschenverstand außer Acht lassend.

Zum Schluss möchte ich dem Rat den Grund für meine Entscheidung erläutern, die ‚Notregeln‘ erlassen zu haben. Obwohl wir in den letzten Jahren den Bewohnern der Dörfer wiederholt unter guten Bedingungen Arbeit gegeben haben und diese im Gegenzug für einen sicheren Arbeitsplatz einschließlich Wohnung und Essen sich für durchschnittlich ein Jahr verpflichtet hatten, uns mit ihrer Arbeitskraft zur Verfügung zu stehen, hat die Zahl derjenigen zugenommen, die lediglich ihre Rechte gesehen haben – nämlich unsere Verpflichtung ihnen gegenüber, eine Bleibe und ausreichend Essen zu garantieren. In der Folge kam es zu wilden Arbeitsverweigerungen, die wir mit strengen Maßnahmen ahnden mussten. Eine Gemeinschaft wird nicht funktionieren, wenn die Starken den Schwachen nur geben und von den Schwachen nichts zurückkommt. Ein Schwacher muss sich dem Starken unterordnen und seinen Weisungen Folge leisten, zumal der Starke weiß, was für alle am besten ist. Wenn nun jedoch der Bedienstete keine Anweisungen mehr erfüllt, wird der Starke auf Dauer nicht stark bleiben. Die Ernte wird auf den Feldern verfaulen, Teppiche werden sich nicht selbst weben, Brot bleibt ungebacken und so weiter. Die Versorgung würde also vollständig zusammenbrechen. Und weil dies ein Naturgesetz ist, musste ich gezwungenermaßen die Notregeln erlassen. Vergesst nicht die Zeit der Hungersnöte rings um Miatr. Kann mir mal einer von euch erklären, warum es in Miatr keine Hungersnot gegeben hat? – Ich will euch die Antwort geben, denn ich habe dafür gesorgt, eine ausreichende Anzahl an Getreidespeichern bauen und sie vor der Hungerzeit füllen zu lassen, weswegen wir sogar einen großen Teil unseres Getreides verkaufen konnten.

Bochre, du weißt genau, es ist heute für die meisten Werkstätten schwierig geworden, Leute zu finden, die ihre Verträge einhalten und die nicht nach drei oder vier Wochen weglaufen. Wollen wir unsere Stadt am Leben erhalten, müssen in den Werkstätten weiterhin Waren hergestellt werden. Schon haben die Kaufleute begonnen, am Markttag eher in die anderen Städte in Mobirowien zu ziehen, weil sie dort mehr verkaufen können als bei uns. Soll ich dabei tatenlos zusehen und unsre Stadt offenen Auges in den Ruin laufen lassen? Hier kann ich nur ein entschiedenes Nein entgegnen. Und weil ich die drohende Notlage erkannt habe, musste ich handeln und die ‚Notregeln' erlassen. Hat sich unsere Stadt wieder erholt, werden die Notmaßnahmen unverzüglich abgeschafft.

Nun zum letzten Punkt, den ich beantworten werde. Ich muss schon sagen, Bochre, deine Fantasie kennt keine Grenzen, wenn du davon ausgehst, die Stadtwächter bekommen Handgelder für das Festhalten unbescholtener Bürger. Mit Nachdruck möchte ich darauf hinweisen, die Stadtwächter erfüllen lediglich ihre Pflicht und ihnen ist genauso wie den meisten Bürgern von Miatr am Wohl unserer Stadt gelegen. Dies ist Motiv genug, um Vorschriften zu erfüllen, und dass manch einer dabei etwas rau wirkt, möchte ich gerne zugeben, denn der neu in die Stadt ohne Passierschein Kommende wird es zunächst nicht durchschauen können, warum wir so handeln. Allerdings wird jeder dieser Neuankömmlinge so bald wie möglich darüber in Kenntnis gesetzt, dass er nach diesem einen Jahr Zwangsarbeit in der Stadt als freier Bürger bleiben darf, der sogar das Recht hat, irgendeine Werkstatt zu eröffnen, ohne weitere Konzessionszahlungen an die Zünfte zu leisten. Hier schließt sich nun der Kreis an einem Punkt, an dem wir klar erkennen können, die Zwangsarbeit führt letztendlich zu einer bevorzugten Behandlung in Miatr und jeder nach Miatr Kommende sollte sich glücklich schätzen, diese Chance zu bekommen."

Fraga hatte sichtlich bei vielen Ratsherren einen Eindruck hinterlassen, der davon zeugte, sie trauten ihm zu, richtige und gute Entscheidungen für die Stadt zu fällen. Viele nickten zustimmend.

Nur einige wenige konnten sich der hypnotischen Wirkung Fragas entziehen, unter ihnen Karen, die sich von ihrem Platz erhob, um ihre Sicht der Dinge vorzutragen.

„Fraga, du hast gerade versucht, uns verständlich zu machen, warum du die Notmaßnahmen ergriffen hast, und dabei auf das Weglaufen der Bediensteten aus den Werkstätten verwiesen. Du weißt allerdings genau, dies geschieht allein in deinen und den Werkstätten deiner Anhänger. Und die Ursache dafür musst du bei der Art des Umgangs mit den Bediensteten suchen. Wie du zum Beispiel in Bochres und meinen Werkstätten sehen kannst, gibt es keine einzige Person, die von uns fortgelaufen ist, im Gegenteil konnten wir uns vergrößern und weitere Werkstätten hinzukaufen, weil immer mehr Leute bei uns arbeiten wollen. Wir kennen keinen Zwang zur Arbeit, sondern jeder leistet das, was er möchte. Höchstwahrscheinlich würdest du dazu sagen, dann liegen bald alle auf der faulen Haut und keiner sorgt dafür, wie die Werkstatt weiterlaufen kann. Aber ich sage dir, hier täuschst du dich gewaltig, denn erstens weiß jeder, Essen und Wohnung stellen sich nicht von alleine her, und zweitens, und das ist ein ganz wichtiger Punkt, ermöglichen wir jedem, nachdem er eine bestimmte Arbeitsmenge bei uns geleistet hat, die weitere Zeit darauf zu verwenden, zum Beispiel mit von uns gekauftem Garn an einem freien Webstuhl Kleidungsstücke zu weben, die er entweder an uns oder auf dem Markt verkauft. Und du wirst es nicht glauben, aber etwas mehr als die Hälfte unserer Bediensteten nimmt dieses Angebot an und hat so einen bescheidenen Wohlstand erarbeitet. Die anderen legen ihre Hände nicht etwa in den Schoß, sondern sie erleben, dass sie, indem sie arbeiten, Anerkennung gewinnen. Entscheidend dabei ist, sie leisten ihre Arbeit aus freien Stücken heraus und fühlen sich somit uns und den Werkstätten verbunden. Sie selbst sind die Ursache dafür, dass es uns gutgeht. Nicht selten wird bei uns gelacht und gesungen. Das kann ich mir in deinen Werkstätten, Fraga, absolut nicht vorstellen. Dort wird eher gejammert und geklagt, weil bei dir in jeder Hinsicht der Zwang regiert. Bereits deine Verträge, die den Bauern von den Beratern in betrügerischen Absichten zur Unterschrift vorgelegt werden, sind für sie nicht das Papier wert. Sie werden damit zu einer Arbeit verpflichtet, die man nicht anders als barbarisch bezeichnen kann. Du nutzt dabei aus, dass die wenigsten des Lesens mächtig sind, und schreibst Klauseln rein, die die Einzelnen verpflichten, die überteuerten Betten zu nutzen, die du ihnen zum Übernachten anbietest, statt sich bei einem Bürger der Stadt für einen fünffach geringeren Preis einen Bettplatz zu mieten. Überdies verpflichtest du sie dazu, dein Essen ebenfalls für einen weit höheren Preis als üblich entgegenzunehmen. Sofern du das gute Bedingungen nennst, beweist das, wie wenig du an das Wohl deiner Leute denkst und wie viel wichtiger dir dein Gewinn ist. Jedoch ohne zufriedene Leute kein dauerhafter Gewinn und an dieser Stelle zeigt sich, du musst der Stadt noch den Nachweis erbringen, dass das Bürgermeisteramt an die richtige Person vergeben ist."

Ein Murmeln erhob sich im Saal und es gab etliche Ratsmitglieder, die entrüstet den Kopf schüttelten, andere schienen eher Zustimmung zu signalisieren, waren allerdings unentschlossen, ob es angebracht wäre, sich hinfort gegen Fraga zu entscheiden, denn schließlich wussten sie nur zu gut, über welche Macht der Bürgermeister verfügte. Zwar behandelten Bochre und Karen ihre Bediensteten stets gut und entlohnten sie gerecht, doch was Karen hier vorgetragen hatte, war meilenweit von dem entfernt, wie Bedienstete normalerweise behandelt wurden; es gab ihnen sogar ein Stück weit die Macht in die Hand und das verstieß so völlig gegen die Form des Umgangs zwischen Dienstherr und Bediensteten, dass vielen bereits bei dem Gedanken daran der Ekel gewaltig aufstieß. Die Unterscheidung zwischen Schwachem und Starkem stand wie eine Trennwand zwischen beiden Gruppen und die Vorstellung, dem Schwachen Macht an die Hand zu geben, erschien ihnen absurd, weil diese Macht sich in den Händen des Schwachen in Luft auflösen würde. Aber viele Schwache gab es nur, weil man sie schwach hielt, und dies kam ihnen nicht in den Sinn.

„Nachdem ich deine Rede vernommen habe", begann Fraga seine Erwiderung an Karen, „muss ich feststellen, dass Bochre und du scheinbar das Gesetz Gottes – ich hoffe unwissentlich – missachten. Gott fordert den Menschen auf, sich seinem Herrn unterzuordnen. Es steht geschrieben ‚Gebt dem Herrn, was des Herrn ist, und gebt Gott, was Gottes ist.‘ Der Mensch hat Gott gegenüber Gottes Gebote einzuhalten und der Bedienstete hat seinem Herrn gegenüber die Gebote des Herrn zu erfüllen. Wenn ihr die Bediensteten gegen ihre Herren aufhetzen wollt, vergesst bitte nicht den anderen Teil der Aussage. Eure Logik müsste sich folglich gegen Gottes Gebote stellen, zumindest sie in Frage stellen und das hieße, die Herrlichkeit und Weisheit des Wortes Gottes in Zweifel zu ziehen. So weit würdet nicht einmal ihr gehen wollen. Infolgedessen nehme ich an, ihr handelt nur im Irrtum, und ich biete euch gerne meine Hilfe an, wie ihr auf den rechten Weg wieder zurückkommen könnt."

Nun konnte sich Bochre, der schon eine Zeit lang recht ungeduldig mit den Fingern auf seiner Stuhllehne zu trommeln begonnen hatte, nicht mehr zurückhalten.

„Diese Anschuldigung ist mehr als ungeheuerlich und zeigt, wie sehr du von den Gemeinschaftsangelegenheiten der Stadt ablenken möchtest, um zu einer Art von Religiosität überzuleiten, die ich als irregeleitet bezeichnen muss. Gott verweist im Gleichnis vom Weinberg darauf, dass jeder Mensch von Geburt an eine bestimmte Menge an Gaben mitbekommen hat. Diese Talente gilt es zu entwickeln, sonst wären sie uns von Gott vergebens mitgegeben worden. Einerseits sind wir Gott die Tätigkeiten schuldig, die es uns erlauben, unsere Talente zu entwickeln. Das heißt, der Bedienstete sollte solche Arbeitsbedingungen vorfinden, die ihn in die Lage versetzen, das Beste aus dem ihm Mitgegebenen zu machen. Andererseits ist es ebenso bekannt, dass Glück sich dort einfinden kann, wo jemand Zufriedenheit mit sich und seinen Mitmenschen entwickelt. Dies wird geschehen, sofern jeder von seinem Herrn in seinem Können und seinen Talenten ernst genommen wird, also an dem Platz arbeitet, der für ihn am besten geeignet erscheint. Wir als Herren haben eine Verantwortung den Bediensteten gegenüber, die besagt, neben der Arbeit muss immer genügend Zeit für Muße, Vergnügen und Beschäftigung mit sich selbst bleiben. Jeder Bedienstete, der nur für die Arbeit leben muss, entfacht in sich die Gefühle der Unzufriedenheit, Verbitterung, ja, wahrscheinlich auch Wut. Hierin ist eher ein Grund für Arbeitsverweigerung oder schlechte Arbeit zu sehen. Deswegen möchte ich die Ratsmitglieder dringend dazu auffordern, ihre Behandlung der Bediensteten stärker an Karens und meinen Vorstellungen auszurichten von dem, wie Bedienstete zu behandeln sind. Alles andere würde den Niedergang unserer Stadt nur noch befördern.

Nun, Fraga, zu deinem Ansinnen, meine Vermutung als Hirngespinst darzustellen, die Morde und die angebliche Selbsttötung des Stadtkommandanten könnten zusammenhängen. Denke ich an vergangene Zeiten zurück, kann ich mich noch sehr genau daran erinnern, auf welche Art du zum Beispiel die drei Hungerjahre hervorragend genutzt hast, um einerseits dich in der Stadt als Wohltäter hervorzuheben, andererseits deinen Reichtum derart ungeheuerlich zu vermehren, wie es unter normalen Umständen nicht möglich gewesen wäre. Hast du nicht vor der Hungersnot den Bauern der umliegenden Dörfer das Getreide für wenig Geld abgekauft, derweil viele Bauern trotz guter Erntejahre sich nichts zurücklegen konnten und sogar in den guten Jahren hungern mussten? In den Hungerjahren hast du ihnen damals ihr eigenes Getreide anfangs für den zehnfachen, später für den zwanzigfachen Preis, den du bezahlt hattest, wiederverkauft. Manche Bauern haben dir ihr Land gegeben, um für ihre Familien und sich Essen zu bekommen. Anschließend mussten sie für dich auf ihrem eigenen Land arbeiten und nichts gehörte ihnen mehr. Du magst dich hier als Wohltäter darstellen, hingegen das Wohl, das du der Stadt erkauft hast, kennt zu viele Entehrte und Betrogene, die sich an dich verkauft haben, um des blanken Überlebens willen.

Den Bau der städtischen Getreidespeicher hast du langfristig zu deinen Gunsten geplant. Kaum konnte die Stadt die riesigen Speicheranlagen finanzieren. Deine Planung war von Anfang an gewesen, einen Großteil des Speichers für wenig Geld als Lager zu mieten. Du hättest dich selbst ruiniert, hättest du derartig große Getreidespeicher von deinem Geld errichten müssen. Also hast du den Stadtrat benutzt, um ihn mit allen möglichen Gründen wie zum Beispiel Belagerungen der Stadt, Hungersnöten sowie Vermehrung des Reichtums der Stadt zum Bau der Speicher zu bewegen. Als dann vor der Hungersnot der eine Speicher gefüllt war, der vollends ausgereicht hätte, um die Stadt über fünf Jahre zu ernähren, hast du dem Stadtrat vorgeschlagen, den anderen Speicher an dich zu verpachten. Anschließend hast du ringsum alles Getreide, das du bekommen konntest, aufgekauft. Die Geschäfte, die du an dich gezogen hast, hätte die Stadt ebenso durchführen können. Da hätte es allerdings einen großen Unterschied gegeben. Der Verkauf des Getreides hätte um weniges über dem Einkaufspreis gelegen, zumal dem Stadtrat daran gelegen sein muss, Stadt und Umgebung zu erhalten und nicht an einer Notlage verdienen zu wollen. Grundlage für dein Handeln bildete stets die Vermehrung deines Reichtums.

Dieser scheint jedoch auf ziemlich wackligen Füßen zu stehen, denn auf der einen Seite hast du, wie ich gerade gezeigt habe, deine Stellung als Bürgermeister benutzt, um Verträge oder Bauten vor uns zu rechtfertigen, die dir erheblich und Miatr ein wenig zum Vorteil gereichten. Auf der anderen Seite besteht nun die Gefahr deiner Amtsenthebung, sollte Preku am Gerichtstag in Miatr feststellen müssen, deine Wache bringt unbescholtene Bürger um, die Stadt droht durch deine Notmaßnahmen ruiniert zu werden, die Bevölkerung lebt in Angst vor der Stadtwache und schließlich unser Stadtkommandant muss sich umbringen, damit du vor Preku besser dastehst.

Um einen ähnlichen Grund wird es sich bei den Morden am Fährweg handeln, denn dass deine Bediensteten geschickt worden seien, um dem Fährmann den jährlichen Lohn für seine Dienste zu entrichten, kann ich nicht nachvollziehen. Jedes Jahr hat Miatr diese Zahlung im Spätsommer geleistet. Warum soll also plötzlich die Zahlung um Monate vorgezogen werden?

Der Zusammenhang, der zwischen den Todesfällen besteht, zeichnet sich für mich noch nicht klar ab, dennoch bin ich sicher, nach den bisher vorliegenden Erkenntnissen soll mit den Morden etwas verdeckt werden, das niemand und schon gar nicht der Stadtrat, geschweige denn unser König, wissen soll.

Ich schlage dir vor, Fraga, von deinem Amt als Bürgermeister zurückzutreten, bevor es durch den König verkündet wird, womit du halbwegs ehrenhaft aus der Angelegenheit herauskommen kannst. Solltest du dies allerdings nicht tun, wird sich die wirtschaftliche Lage unserer Stadt derartig zuspitzen, dass viele Bürger Not leiden werden. Du solltest wissen, ich habe bereits mit einzelnen Ratsmitgliedern gesprochen. Sollte es zu einer Abstimmung über eine mögliche Ablösung kommen, kannst du dir der Mehrheit nicht sicher sein. An deiner Stelle würde ich mir jedoch diese Schande ersparen. Von meiner Seite ist alles gesagt, was zu sagen wichtig gewesen ist. Wenn nicht weitere Gesprächspunkte meine Anwesenheit erfordern, möchte ich mich gerne zu meinen alltäglichen Arbeiten zurückziehen."

Einen kurzen Moment blickte Bochre in die Runde. Als keiner etwas Neues vorzutragen hatte, erhob er sich und verließ den Ratssaal ohne Fraga eines Blickes zu würdigen. Nachdem dieser gewohnheitsmäßig seinen Satz „Hiermit ist die Sitzung beendet!" hatte fallen lassen, gingen die anderen Ratsmitglieder ebenfalls aus dem Saal.

Fraga raste vor Wut, jedoch gleichzeitig empfand er eine bisher nie gekannte Leere, die ihm eine Art Warnzeichen war, diese seine Wut nicht an der Person auszutoben, auf die sie sich richtete. Würde er Bochre umbringen lassen, würde der Verdacht nach dem heutigen Tag allzu schnell auf ihn fallen. Er müsste also einen anderen Weg finden, seinen schärfsten Gegner zu bändigen, damit dieser ihm nichts mehr anhaben konnte. Zumindest bis Preku den Gerichtstag in Miatr abgehalten haben sollte, denn die königliche Gesandtschaft hatte ihm mitgeteilt, dem Gerichtstag stünde nichts mehr im Wege und Miatr könne sich glücklich schätzen, in diesem Jahr ausgewählt worden zu sein.

KAPITEL 3

I

Der Fluss lag schwarz vor ihnen und aus der Ferne konnten sie das bekannte glucksende Geräusch des eintauchenden Stakens vernehmen. Stahro war über Bochres Boten informiert worden, er müsse in der Nacht eine traurige Fracht befördern, und sobald ihm die verabredeten Lichtzeichen vom anderen Ufer gegeben worden waren, hatte er sich mit seinem Fährboot in Bewegung gesetzt. Dort angekommen hoben Amtrok und Darsto die in Tücher gewickelten Toten ins Boot, begrüßten kurz Stahro und schwiegen während der Überfahrt. Auf der anderen Seite des Ferfolms wartete bereits ein Pferdegespann von Karens Gut auf sie. Sie bedankten sich bei Stahro und weiter ging die Fahrt in Richtung Hangstu. Pavron saß mit Fitr still und in sich gekehrt neben ihnen, denn er hatte trotz seiner starken Kopfschmerzen mit ihnen kommen wollen, um seinen Sohn Towo auf seiner letzten Fahrt zu begleiten und ihn gemeinsam mit Hasmo Seite an Seite zu bestatten.

Alles musste in dieser Nacht schnell gehen. Darsto und Amtrok hatten sich vorgenommen, möglichst noch in der Nacht nach Miatr zurückzukehren. Als sie auf dem Gut angelangten, fanden sie zwei bereits von Karens Bediensteten ausgehobene Gräber vor, in die sie die Toten betteten. Die verfügbare Zeit erlaubte ihnen lediglich ein kurzes Gebet, das Amtrok sprach:

„Herr, nimm die Seelen der Verstorbenen in dein ewiges Reich auf und hilf uns, ihren Tod zu sehen als Opfer, das auf dem langen Weg zu unserer Befreiung gegeben worden ist. Wir haben einen Weg beschritten, der noch einiges Leid hinter sich ziehen kann. Hilf uns stark genug zu sein, unsere Gedanken nicht mit Rachegedanken zu verdunkeln, sondern die Sonne deines Reiches nie aus dem Blick zu verlieren. Unser Sieg kann allein ein Sieg der Liebe sein, der somit keine Verlierer kennt. Herr, gib Pavron die Kraft, nicht zu verzweifeln, nimm ihn an die Hand und wische ihm die Tränen weg, damit er trotz seiner großen Trauer die Schönheit deiner Schöpfung bewundern kann und darüber Trost findet. Amen."

Nun ergriffen Amtrok, Fitr und Darsto die Spaten, die in den neben den Gräbern aufgehäuften Erdhügeln steckten, und begannen, die Gräber zuzuschaufeln. Während sie diese Arbeit verrichteten, hatten sich etwa zehn von Karens Bediensteten an den Gräbern eingefunden. Sie trugen zwei Öllampen und zwei Holzkreuze bei sich. Nachdem sie sich in die Richtung der Gräber verneigt hatten, begannen sie kaum hörbar eine Melodie zu summen, die allmählich in der Lautstärke anschwoll. Die Worte, die sie dabei formten, entstammten einer fremden Sprache, aber in ihnen schwang viel Leid mit, gleichzeitig umhüllten sie jeden wie in einer Wiege mit Trost. Jedermann, der das hörte, wurde zuversichtlich gestimmt, denn er befand sich nicht allein auf dieser Welt, sondern viele fühlten mit ihm und gaben ihm über dieses Mitfühlen ihre Liebe mit auf den Weg. Wie sie den Gesang angefangen hatten, beendeten sie ihn auch. Sie brachen ihn erst ab, als ihre Stimmen vom kaum vernehmbaren Wind übertönt wurden. Danach stellten sie auf jedem Grab eine Öllampe und eines der Holzkreuze ab und gingen schließlich zu Pavron, der vor dem Grab seines Sohnes zusammengesunken kauerte. Sie legten ihm ihre Hände auf Schulter und Rücken, wie wenn sie ihm sagen wollten, wir sind bei dir, du kannst auf uns zählen und von uns Kraft erhalten. Tatsächlich erhob sich Pavron vom Boden, drehte sich zu ihnen um und wendete ihnen, ohne sich dessen zu schämen, seinen tränenverschwommenen Blick zu. Einer nach dem anderen nahmen sie Pavron nun in die Arme und nachdem Amtrok und Darsto ihm auf die gleiche Art ihr Mitgefühl vermittelt hatten, führten Karens Bedienstete Pavron ins Haus.

Bevor Amtrok und Darsto ebenso, wie sie dorthin gekommen waren, das Gut verlassen sollten, trat Fitr an sie heran: „Ich glaube, es ist so sehr viel besser als vorher, zumal Pavron hier in Ruhe trauern kann, ohne befürchten zu müssen, dass Fraga die Leichen stehlen lässt. Vielen Dank für eure tatkräftige Hilfe. Es wird Pavron guttun, mit mir bald über die Dörfer zu ziehen. Das wird ihn auf andere Gedanken bringen. Lebt wohl bis zu unserem nächsten Treffen." Nacheinander nahm Fitr beide herzlich in die Arme und sie fühlten, die Wärme der Umarmung gab ihnen Kraft und Mut. Erst in dem Moment, in dem dieses warme Gefühl sie durchströmte, stellten sie fest, dass sie sich durch die Erlebnisse in der Nacht völlig entleert gefühlt hatten und nun mit Zuversicht den Rückweg antreten konnten.

II

Als Fraga an diesem Morgen aufstand, ließ er sofort nach Krefu, seinem Spion in Bochres Haus, schicken. Sein Plan war einfach und klar durchdacht: Krefu sollte in Bochres Essen oder Getränk das Rauschmittel Krasch streuen, damit er auf der nächsten Ratsversammlung als geistig verwirrt in den Sonnentempel gebracht werden könnte. Er kannte genauestens die Wirkung von Krasch. In den ersten drei Tagen verhält man sich in der Regel wie ein kleines Kind oder wird antriebslos, dann beginnt man Dinge zu sehen, die nicht existieren, und anschließend entwickelt man anderen gegenüber eine unberechenbare Wut, die mit Demutsgebärden gekoppelt auftritt. Am Schluss kriecht man in sich hinein und fühlt sich wie ein Haufen Unglück, jammert und weint, bis sich absolute Leere ausweitet, die den Menschen in einer Art Starre zurücklässt. Weil der Stoff Krasch bis zu einer Woche wirkt, ist es schwer zu erkennen, ob es sich um eine Verwirrtheit des Geistes oder die Wirkung eines Rauschmittels handelt. Überdies war Krasch in Mobirowien im Allgemeinen nicht bekannt. Wollte er Bochre in der nächsten Ratssitzung für den Sonnentempel geeignet erscheinen lassen, stellte dieses Mittel die beste Möglichkeit dafür dar. Je länger er seinen Plan in Gedanken betrachtete, desto mehr heiterte sich sein Gemüt auf und er freute sich hämisch darüber, dass sein gefährlichster Gegner ihn demnächst nicht weiter bei seinen Geschäften stören würde.

Er war tief in seine Siegesgedanken versunken und hätte fast das laute Klopfen an der Tür überhört. Erst nach dem dritten Klopfen rief er laut vernehmbar „Herein!" und Krefu betrat den Raum.

„Herr, Ihr habt mich rufen lassen. Womit kann ich dienen?", fragte dieser.

„Krefu, du bist mein treuester Diener. Ich brauche dich für einen Spezialauftrag bei Bochre. Ich gebe dir hier ein Mittel, das du Bochre nächste Woche ins Essen oder in den Wein streuen sollst. Es muss genau am Mittwoch in der Früh sein. In der Regel dauert es zwei Stunden, bis sich die Wirkung voll entfaltet. Es ist kein Mittel, das tötet, jedoch es verändert den Menschen. Jeder Außenstehende wird denken, man sei plötzlich verrückt geworden. Kann ich mich auf dich verlassen?"

„Herr, nichts würde mir ferner liegen, als Euch enttäuschen zu wollen. Dieser Auftrag ist bei mir in den besten Händen und ich werde ihn zu Eurer Zufriedenheit ausführen." Nachdem er so gesprochen hatte, verneigte sich Krefu und wurde mit einem zufriedenen Kopfnicken von Fraga entlassen.

Wenn Bochre erst einmal im Sonnentempel steckt, wird auch Karen ihren Widerstand aufgeben, außer, sie möchte Bochre Gesellschaft leisten, dachte Fraga bei sich. Die Ratsversammlung würde er in die Tasche stecken, es hatten zwar etliche mit Bochres und Karens Meinung sympathisiert, allerdings gesagt hatte niemand sonst etwas, und das kannte er aus den vergangenen Jahren, in denen er letztendlich immer die Oberhand behalten hatte. Jedermann wusste, dass Bochres und Karens Werkstätten und Güter florierten, doch ein Großteil des Reichtums floss an die Bediensteten zurück und das war eine Vorstellung, die kaum einem Ratsmitglied gefiel. Ja, sie hatten – in seinen Augen berechtigterweise – Angst vor Aufständen der Bediensteten, die darauf abzielen würden, sie als Herren von ihrem Eigentum zu vertreiben. Und genau das war der wunde Punkt, an dem er sie allesamt – außer Bochre und Karen – packen konnte. Wäre erst einmal wieder Ruhe in seiner Stadt eingetreten, könnte er sich seinem größeren Plan zuwenden. Er war der Meinung, Preku verhielt sich viel zu nachsichtig gegenüber Leuten wie Bochre. Dieser stellte doch eine Riesengefahr für das gesamte Reich Mobirowien dar. In allen Städten gab es bereits ähnlich geleitete Werkstätten wie die der beiden Stadtrebellen, wie er sie zu nennen pflegte. Wenn Preku das weiter duldete, würde das wahrscheinlich die Autorität des Staates gegenüber den anderen Staaten untergraben. Und was daraus folgen würde, läge allzu offen auf der Hand. Man würde vermuten, Mobirowien wäre eine einfache Beute. Nein, so weit dürfte es nicht kommen, vorher müsste er Maßnahmen ergreifen, die verdeutlichen würden, dass Mobirowien ein starker Staat ist, in dem die Macht in den Händen der Herren und des Königs vereinigt bleibt. Aber Preku schien diese Notwendigkeit nicht zu sehen, folglich musste überlegt werden, wie die alten Machtverhältnisse in Mobirowien wiederhergestellt werden könnten, um den Staat zu retten. Na ja, ihm gefiel die Rolle des Staatsretters in seinen Gedanken, da er so gleichzeitig Anrechte an Positionen erheben konnte, die ihn in Höhen führten, die er zwar innerlich heiß begehrte, die ihm hingegen umso sicherer sein würden, wenn die Mehrheit der Herren im Lande ihn zur Übernahme auffordern würden. Er fühlte, wie die Vorstellung größter Macht durch seinen Körper floss und wie er gegenüber seinem Volk wie eine Lichtfigur erstrahlte und unzählige Blitze in die Richtung der Feinde schickte, um sie zu zerstören. Keiner würde ihn aufhalten können. Ein Glockenton, der ihm das baldige Frühstück ankündigte, unterbrach seinen Tagtraum und er wusste, er hatte noch ungeheuer viel Arbeit vor sich.

III

An diesem Abend trafen sie sich wieder im Hinterhof der „Gaststätte zum letzten Groschen". Nach ihrer Begrüßungszeremonie schaute Bochre sehr ernst in die Runde. Es war ihm anzusehen, er hatte Wichtiges zu besprechen.

„Wie ihr wohl schon wisst", steuerte er ohne Umschweife auf das los, was ihn besorgt machte, „hat es in der letzten Ratssitzung eine Auseinandersetzung zwischen Fraga auf der einen Seite und Karen und mir auf der anderen Seite gegeben. In solcher Härte habe ich bislang noch keinen Streit mit unserem Bürgermeister erlebt. Es ging letztendlich darum, dass ich meine Meinung dargelegt habe, die Morde und die so genannte Selbsttötung des Hauptmanns würden zusammenhängen. Selbst wenn uns jeglicher Beweis fehlt, müssen die anderen Ratsherren meine Überlegungen mit einbeziehen und es schien mir, einige würden diesen meinen Gedanken sehr aufgeschlossen gegenüberstehen. Ich muss jetzt allerdings mit allem rechnen – bis hin zum Mord. Im Grunde habe ich mit dieser Offenlegung eine Situation geschaffen, in der Fraga zurückschlagen muss. Er wird versuchen, mich als unglaubwürdig erscheinen zu lassen, und ihm wird dafür jedes Mittel recht sein. Ihr müsst mir jedoch glauben, ich verfüge über starke Verbindungen, die mir dabei helfen, Fraga nicht übermächtig erscheinen zu lassen. Sollte das Schlimmste geschehen, ist schon jetzt dafür Sorge getragen, dass mein Platz nicht leer bleiben wird, zumal ich meine Tochter Serla in alles eingeweiht habe, und sie wird mich bestens ersetzen können. Ihr werdet keinen großen Unterschied feststellen.

Um eins muss ich euch dennoch inständig bitten und dabei schließe ich euch, Mehru, Fagol und Amtrok, mit ein, die ihr uns heute euer Versprechen gegeben habt. Lasst euch niemals dazu verleiten, gegenüber euren Mitmenschen Gewalt auszuüben."

„Das wissen wir doch!", rief Farmos etwas entrüstet aus. „Jedermann, der in unserem Kreis ist, hat die Regeln anerkannt."

„Das möchte ich wohl meinen", entgegnete Karen. „Bochre möchte euch einzig darauf aufmerksam machen, dass viele Menschen Versprechen gegeben haben, sich jedoch in einer besonderen Situation nicht daran gebunden fühlen. Gleiches ist hier in unserer Stadt mit den Notregeln betrieben worden. Manch einer wird sich in einer Lage, in der andere auf ihn Gewalt ausüben, hilflos vorkommen. Vielleicht sollten wir uns jetzt einmal darüber unterhalten, wie wir uns trotz Unterlassens von körperlichen Angriffen auf andere Menschen dennoch wehren können."

„Endlich sprichst du mal das an, was für mich einen der wichtigsten Punkte zurzeit darstellt", wendete sich Darsto an Karen und sprach dann weiter. „Bislang haben wir nur mit Worten gehandelt und ich muss sagen, wir haben dadurch keinen einzigen Therfa überzeugen können, seine Bediensteten besser zu behandeln."

„Darsto, ich kann deine Ungeduld verstehen", erhob nun Fagol seine Stimme. „In jüngeren Jahren trieb es mich ebenfalls zu sofortigem Handeln, doch im Laufe der Jahre musste ich feststellen, manche Dinge brauchen ihre Zeit, um zu reifen. Ein verfrühtes Handeln kann manches um Jahre zurückwerfen oder gar ganz verunmöglichen. Auf jeden Fall müssen wir uns auf eine Sache konzentrieren, die Bochre erwähnt hat. Es gibt für die Zusammenhänge der Morde keine eindeutigen Beweise. Das sehe ich als eine unserer Aufgaben an. Wir müssen uns darüber im Klaren sein, dass wir, wollen wir Beweise finden, Fraga und die Stadtwächter intensiv beobachten müssen. Unsere Gegner sind für ihre Gier nach Gold bekannt. Demnach bedarf es ein wenig des gelben Metalls, um die Informationen zu erhalten, die wir brauchen. Ich gehe von Bochres tatkräftiger Unterstützung aus."

„Ihr könnt jederzeit auf mich zählen", sagte Bochre. „Wir wissen inzwischen, einzelne unserer Gegner lassen sich nicht durch unser Vorbild beeindrucken. Die Art der Behandlung unserer Bediensteten kann noch so gute Ergebnisse zeigen, gerade auch in der Hinsicht, dass es die Werkstätten erhält und vergrößert. Es geht eher um die grundsätzliche Frage, wie Menschen miteinander umgehen sollen, ob ein starres Oben und Unten aufrechterhalten bleiben soll und, wenn ja beziehungsweise nein, aus welchen Gründen. Fraga zum Beispiel sieht lediglich seinen Machterhalt und den Erhalt seines Reichtums, ohne sich der Frage zu stellen, was für alle Menschen erstrebenswert wäre. Nun verfüge ich bereits ohne sein Wissen über direkte Verbindungen in sein Haus. Allerdings bin ich nicht über alles informiert. Beispielsweise tagt in Fragas Haus ein Geheimbund, der sich ,Die reine Therfamacht' nennt, über den ich bislang wenig weiß. Mein Wissen beschränkt sich darauf, dass diese Gruppe sich jeden Freitagabend in seinem Haus trifft. Gibt es unter euch jemanden, der eine Idee hat, wie wir unsere Kenntnisse über diesen Kreis erweitern können?"

„Ich denke", ergriff Mehru das Wort, „ich kann diese Aufgabe übernehmen." Und sie erzählte die Geschichte mit dem Karzol und der Feder.

„Aber, wenn wir die Möglichkeit haben", warf Darsto Stirn runzelnd ein, „uns mithilfe dieser Feder unsichtbar zu machen, wird doch Fraga über ebensolche Möglichkeiten verfügen."

„Nein, Darsto", erwiderte nun Karen, „zumal der Karzol von demjenigen, der auf Macht und Gier setzt, zu einem Hirngespinst erklärt wird. Kann er ihn überhaupt wahrnehmen, wird das wohl eher nur sein schreckliches Aussehen betreffen, allerdings wird er von seinem inneren Wesen nichts verspüren können, denn das ist nur denjenigen möglich, die Liebe und Mitgefühl zu ihren Mitmenschen empfinden können. Daher sorg dich nicht um Dinge, die nicht sein können."

„Das beruhigt mich etwas. Trotzdem sollten wir darüber nachdenken, ob nicht mehr zu unternehmen ist, um die uns von unseren Gegnern drohende Gewalt abwenden zu können."

„Na ja", schaltete sich Bochre ein, „zunächst ist es natürlich wichtig, möglichst viele Leute über unsere Ansichten in Kenntnis zu setzen, insbesondere wie wir über Gewalt denken. Unser Gewaltverzicht wird auf die Mitmenschen abstrahlen und sie auffordern, es uns gleichzutun. Aber auch unsere Vorstellung, den anderen zu helfen, gehört ins Bewusstsein der anderen geschoben. Sind viele Menschen von der Richtigkeit unserer Ansichten überzeugt, können wir uns weitere Gedanken darüber machen, ob wir zum Beispiel Markttage verhindern, indem wir den anreisenden Kaufleuten in beiläufigen Gesprächen mitteilen, wir würden aus diesem Ort fliehen, weil die Pest im Ort wüten würde. Das würde nicht nur die Händler davon abhalten, in Miatr ihre Sachen verkaufen zu wollen, sondern die hiesigen

Werkstätten und Gutshöfe würden Schwierigkeiten bekommen, ihre Ware anderswo in Mobirowien zu verkaufen. Fragas großer Reichtum beruht hauptsächlich auf dem Besitz riesiger Ländereien. Folglich wird er wohl kaum über genügend Einfluss auf dem Handelsmarkt verfügen, um den Kaufleuten die nötigen Absatzmöglichkeiten zu beschaffen, die sie brauchen, um die Waren aus Miatr zu vertreiben. Allerdings habe ich weit reichende Verbindungen bis in andere Länder hinein. Wollen die Betriebe ihre Waren loswerden, kann ich ihnen meine großzügige Hilfe anbieten, die an die Auflage geknüpft sein wird, Bedienstete in den Werkstätten unter unseren Arbeitsbedingungen arbeiten zu lassen."

„Ich gewinne den Eindruck, unsere Seite ist gar nicht so schwach, wie ich es anfangs empfunden habe", bemerkte Farmos. Und hiermit hatte er das vorherrschende Gefühl aller anderen in diesem Raum zusammengefasst und zum letzten Teil ihrer Zusammenkunft übergeleitet.

Anmutig trug Karen ihr erst heute in den Morgenstunden entstandenes Gedicht „Ahnungen" vor:

Leise regt sich etwas ohne Form,
es ist Gesang in mir
der mich beruhigt
doch halt, der Ton wird stärker
gewinnt an Form
malt eine Melodie
die Ansporn ist und Nahrung für mein Tun
es braust zukünftige Musik
mit Mitteln nie gekannt
in mir und reißt mich mit
im Urstrom aller Harmonie
zu Ufern, die früher nicht erreichbar schienen
wo ist mein Halt
wenn nicht in mir
ich wend' mich um zum lieb geword'nen Strom
mein Vogel fliegt dahin

spielt mit den Wolken
zum Schluss ein Federgruß und ich bleib' hier
es ist Gesang in mir
der mich erhebt
zu dir und dem, was in mir lebt.

Ähnlich wie nach Mehrus und Amtroks Musik bei der letzten Versammlung breitete sich nach Karens Worten eine wohlige Ruhe bei allen aus, in der die Worte in jedem ihren eigenen Nachklang fanden und Mehru zu ihrer Entscheidung, Fragas Geheimgesellschaft auszuspionieren, Mut einflößten.

IV

Draußen flog ein Falke in rasendem Sturzflug auf seine Beute zu. Es war die Übungsstunde für den königlichen Gerfalken, der sich gegen alle anderen Falken durch seine höhere horizontale Geschwindigkeit auszeichnet. Lieber würde er jetzt selbst mit seinem Falken die Übungsflüge durchführen, jedoch hatte er seinen engsten Berater zu einer wichtigen Besprechung bestellt. Etwas missmutig saß er auf dem Thron im Beratungssaal seines Palastes in Zafach und musste daran denken, wie er vor gut siebzehn Jahren als unerfahrener König dagestanden hatte. Die Begräbnisfeierlichkeiten für seinen Vater Ghoro mit anschließender Inthronisierung hatte Preku endlich hinter sich gebracht und daran anschließend dieses aufschlussreiche Gespräch mit dem jüngsten Berater seines Vaters geführt. Die Ansichten, die Machut äußerte, waren ihm äußerst sympathisch erschienen, zudem stellten sie eine fruchtbare Ergänzung seiner eigenen Pläne dar. Seiner Meinung nach besaßen die Therfas zu viele Machtbefugnisse, die sie oft missbrauchten, um Bedienstete unter schlimmsten Bedingungen arbeiten zu lassen. Hier musste etwas geändert werden und Machut hatte ihm mit seinen klaren Darlegungen deutlich machen können, wie seine Überlegungen in Gesetze gegossen werden konnten. Im ersten Jahr hatten die neuen Gesetze nur für Zafach gegolten. Jeder Bedienstete in Zafach hatte von da ab die Möglichkeit, die Rechte und Pflichten zwischen dem Herrn und sich selbst in einem Vertrag beiderseitig festlegen zu lassen. Strafen der Herren durften sich nur noch im Rahmen dieser Gesetze bewegen. Verfuhr ein Herr nach altem Recht, konnte der Bedienstete sich an ein Gericht wenden, das alsdann diese Angelegenheit behandeln musste. Ziemlich schnell hatte er feststellen müssen, dass auch die Art und Weise, wie vor Gericht verhandelt wurde, durch eine neuartige Prozessordnung zu verändern war, damit die Privilegien der Therfas abgebaut wurden und jedem Normalbürger gleiches Recht, Anträge zu stellen, zu sprechen, Einsprüche zu erheben oder Ähnliches zugestanden wurde. Nachdem Gesetze samt Prozessordnung schließlich in Zafach nach einem Jahr sich als praktikabel erwiesen hatten, wurden sie auf ganz Mobirowien ausgedehnt. Die Bevölkerung nahm diese Änderungen mit Freuden und Begeisterung entgegen, jedoch versuchte ein Großteil der Therfas wiederholt, die neuen Gesetze zu unterlaufen. Zwar war um den Konfliktherd neue Gesetze zurzeit halbwegs Ruhe eingetreten, allerdings misstraute er dem vermeintlichen Frieden, denn über seine Berater war er genauestens darüber im Bilde, in welchen Regionen nach wie vor erheblicher Widerstand geleistet wurde und in welchen Gebieten er durch seine eigene Anwesenheit den Gesetzen Nachdruck zu verleihen hatte. Da bislang jeder König Mobirowiens auf den üblichen Inspektionsreisen durch das Land Gerichtstage abgehalten hatte, bot sich ihm dies als die beste Möglichkeit an, die Einhaltung der Gesetze zu überprüfen und einzufordern. Die nächste Reise sollte ihn auf Anraten seines wichtigsten Beraters Machut in den Bezirk Boful nach Miatr führen. Nachdenklich strich er sich über sein Kinn und überlegte, warum gerade Miatr ausgesucht worden war, hatte er doch den Bürgermeister der Stadt als einen sehr fähigen Mann erlebt, der einem Teil der Stadtbevölkerung zu bescheidenem Wohlstand verholfen hatte. Er war etwas unglücklich darüber gewesen, den Wunsch des

Bürgermeisters abzuweisen, den Therfa Sarko als Steinlieferanten für königliche Bauvorhaben einzubeziehen, doch die Steine, die er weiterhin beziehen wollte, hatten eindeutige Vorzüge gegenüber denjenigen aus der Region Boful. Länger konnte er sich allerdings seinen Gedanken nicht zuwenden, denn nun wurde die Flügeltür zum Beratungssaal geöffnet und ein Diener kündigte seinen Berater Machut an.

„Majestät, Ihr habt mich einbestellt. Hier bin ich zu Euren Diensten!" Mit dieser Begrüßung verneigte er sich vor dem König.

„Lieber Machut, lasst doch diese Formalitäten; solange Ihr mich allein antrefft, möchte ich gerne auf Eure Verbeugung verzichten."

„Ihr seid zu gütig, Majestät."

„Schon gut, schon gut. Findet Ihr nicht, dass der heutige Tag zu schön ist, um Besprechungen durchzuführen? Die Sonne lacht, die Falken flitzen am Himmel herum, allein wir müssen uns hier im Innern des Palastes zusammensetzen, um über Politik nachzugrübeln. Es ist eigentlich eine Schande!"

„Majestät, wichtige Besprechungen sollte man durch nichts aufschieben und ich gehe davon aus, Ihr habt mich nicht aus einem nichtigen Anlass zu Euch gebeten."

„In der Tat, Ihr habt recht, Machut. Ich habe Euch hergebeten, um mit Euch über den Gerichtstag in Miatr zu sprechen. Zunächst möchte ich aus Eurem Munde hören, warum Ihr Miatr vorgeschlagen habt." Der König warf Machut einen eindringlichen Blick zu, der ihm zu verstehen gab, er wollte jetzt die Wahrheit hören und würde eine ausweichende Antwort nicht akzeptieren.

„Majestät, mir ist aus zuverlässiger Quelle zu Ohren gekommen, dass viele Therfas in Miatr mit den Bediensteten Verträge abschließen, die ihnen praktisch keine Rechte zugestehen, und das widerspricht offensichtlich Euren Vorstellungen, wie die neuen Gesetze auszulegen sind. Es gibt allerdings zwei Therfas in der Stadt, Bochre und Karen, die Eure Gesetze vorbildlich umsetzen und noch darüber hinausgehen, indem sie jedem Bediensteten einen freien Tag pro Woche zugestehen und ihnen den Lohn bei Krankheit weiterzahlen sowie sie in ihrer

Freizeit Material und Werkzeug der Werkstätten benutzen lassen, um etwas Eigenes herzustellen und gegebenenfalls wieder an sie zu verkaufen."

„In der Tat, dieser Bochre ist mir als kluger Kopf bekannt und ich hatte damals nicht verstanden, warum die Therfas in Miatr Fraga das Bürgermeisteramt übertragen haben, statt den als umsichtiger geltenden und stärker ans Gemeinwohl denkenden Bochre zu wählen. Wahrscheinlich haben die Therfas damals geglaubt, Fraga hätte über seinen Vater die besten Voraussetzungen für das Amt geerbt. Letztendlich hat er die Stadt sehr gut durch die drei Jahre während Hungersnot gebracht."

„Ich bin sicher, Majestät, Bochre könnte uns dazu einiges mehr erzählen, sodass von einem leuchtenden Vorbild nur die Glut eines an seinem eigenen Nutzen interessierten Therfas übrig bleibt. Auf jeden Fall ist Bochre überhaupt nicht gut auf Fraga zu sprechen, zumal Letzterer sich inzwischen sogar mit rebellischen Therfas in einem Geheimbund zu treffen scheint und dabei möglicherweise Umsturzpläne ausarbeitet. Jeder in Miatr weiß, Fraga und seine Anhänger wollen die alten Gesetze wieder einführen."

Mit Mühe konnte Preku seine aufkeimende Wut niederkämpfen, brachte noch schwerfällig und gedehnt, so als würde er mit übermenschlichen Anstrengungen seine Kiefer aufeinanderpressen und wieder öffnen, den Satz „Dann müssen wir uns der Sache zuwenden und nach Miatr gehen!" vor und entließ mit diesem Satz Machut aus seinen Gemächern.

Finster blickte er der sich schließenden Tür hinterher und dachte daran, wie gut doch der heutige Tag begonnen hatte, als ihm nicht nur die Sonne ins Angesicht gelacht, sondern auch seine geliebte Frau ihm nach den üblichen Morgenneckereien erzählt hatte, sie würde wahrscheinlich ein Kind von ihm bekommen. Schon zwei Monate lang hatte sie sich ihm nicht mehr entzogen und er hatte sich nach dem Aufstehen wie der glücklichste Mensch in seinem gesamten Königreich gefühlt. Nachdem seine erste Frau Martha vor drei Jahren gestorben war, ohne Nachkommen zu hinterlassen, hatte er sich vor einem Jahr mit Sala verheiratet.

In Gedanken arbeitete er schon an einer weiteren Gesetzes-
änderung, die ihm eingefallen war, als er sich an die mögliche
Schwangerschaft seiner Frau erinnerte. Sollte Sala ein Mädchen zur Welt bringen, müsste unbedingt bedacht werden, dass
in Zukunft auch Frauen als regierende Königinnen von Mobirowien in Frage kommen konnten. Er spürte, dass ein Abwenden seiner Gedanken von den möglichen landesverräterischen
Entwicklungen in Miatr seine Laune merklich besserte. Folglich beschloss er, noch am selben Tag ein Gespräch mit Machut
über die angedachten Gesetzesänderungen betreffs der Thron-
folge anzuberaumen, um der sich ausbreitenden Hochstimmung
mehr Raum zu bieten.

V

Mehru, Fagol und Amtrok erlebten auf ihren täglichen Gängen
durch die Stadt gelegentlich Situationen, in denen Bedienstete
von Vorgesetzten oder Stadtwächtern schlecht behandelt wurden. Jedoch war bislang ein Gespräch mit einem Betroffenen
nicht möglich gewesen. An diesem Tag war es allerdings anders.
Sie waren auf ihrem Erkundungsgang in ein Viertel der Stadt
gelangt, in dem ausschließlich Arme lebten. Nicht nur waren
alle Häuser in dieser Gegend baufällig und nicht selten stürzte über Nacht ein Haus ein, sondern es gab hier keine Abwas-
serrinnen und ein einziger Brunnen musste für alle Bewohner
ausreichen. Wer solche Viertel nicht kannte, wurde erst einmal
von dem fürchterlichen Gestank abgeschreckt.

Kleine Kinder kamen auf die Besucher zu und streckten ihnen ihre dürren Hände bittend entgegen. Ihre Augen lagen tief
in den Augenhöhlen, die Haut wirkte direkt auf die Knochen
gespannt und einige hatten aufgedunsene Bäuche. In ihren Blicken lagen Verlorenheit und Hilflosigkeit.

Die drei hatten damit gerechnet, auf hungrige Menschen zu
treffen und deshalb beim Bäcker Brot eingekauft, das sie nun

versuchten, gleichmäßig unter den Kindern aufzuteilen. Nicht jeder konnte etwas abbekommen, zu viele Hände streckten sich ihnen entgegen.

Nachdem sie das Brot ausgegeben hatten, sahen sie, wie ein Junge ihnen ein Zeichen gab mitzukommen. Sie folgten dem Kind in ein kleines, schief stehendes Häuschen, in dessen Inneren sich ein einziger dunkler Raum befand. Es dauerte eine Weile, bis sich ihre Augen an die Dunkelheit gewöhnt hatten und sie eine Lagerstatt erkannten, auf der eine anscheinend kranke Frau lag.

„Na, mein Sonnenschein", lächelte sie schwach den Jungen an. „Welch hohen Besuch bringst du mir da?"

„Mama, die drei haben mir und den anderen Kindern ihr Brot gegeben. Siehst du, dann bekommst du heute mal wieder etwas zu essen." Damit gab der Junge seiner Mutter das Brot, welches er von Mehru erhalten hatte.

„Ihr scheint krank zu sein. Können wir euch helfen?", sprach Fagol die Frau an.

„So viel Hilfe, wie ich brauche, kann ich von euch nicht erwarten", antwortete ihm die Frau. „Doch fürs Erste wäre mir mit etwas mehr Brot gedient, damit nicht nur ich, sondern auch mein Kind etwas erhält."

„Ihr sollt täglich genug zu essen bekommen", erwiderte ihr Fagol. „Geht zur ‚Gaststätte zum letzten Groschen' und erwähnt dort, Fagol aus Imifrich habe euch geschickt, sodann werdet Ihr und euer Sohn ein kostenloses Mittagsmahl einnehmen dürfen."

„Das ist zu viel des Guten!" Während sie sprach, erhob sich die Frau mühsam von ihrem Lager. „Wie soll ich euch das jemals vergelten?"

„Darüber seid unbesorgt. Uns reicht es zunächst, wenn Ihr uns Eure Geschichte erzählt", gab ihr Fagol zu verstehen.

„Ihr seid also Geschichtensammler. Aber ich habe nur eine traurige Geschichte zu erzählen. Überdies könnten alle meine Nachbarn eine ähnliche Geschichte vortragen und das klingt überhaupt nicht interessant."

„Doch, wir sind gerade daran interessiert. Uns geht es sehr nahe, dass sich viele Menschen in Miatr in einer Notlage befinden. Wollen wir die Erlebnisse der Armen ins Land tragen und sind die Gründe für das Elend bei den meisten sehr ähnlich, brauchen wir keine langen Berichte vorzutragen, es verkürzt ungemein. Stellt Euch vor, wir würden Preku etwas darüber mitteilen wollen und wir müssten stundenlang berichten. Ich denke, Preku würde eher ungehalten darauf reagieren und unsere Audienz wäre schneller beendet, als wir etwas bewirken könnten. Nun erzählt uns Euer Schicksal, bitte."

„Gut, wenn ich euch damit ein wenig weiterhelfen kann, werde ich das gerne tun. Ihr müsst wissen, mein Mann und ich sind im letzten Jahr mit unserem Sohn aus Mochos nach Miatr gekommen. Eigentlich hatten wir ein bescheidenes, zufriedenes Leben dort geführt. Jedoch fühlte sich mein Mann stets unglücklich, sobald er sah, dass andere Leute ihren Frauen und Kindern mehr kaufen konnten als er. Er sagte mir fortwährend, ich hätte einen anderen Mann verdient, der mir Schmuck und schöne Kleider kaufen könnte. Und er wollte, dass unser Sohn Lesen und Schreiben lernte, damit er einmal ein einfacheres und besseres Leben führen könnte als er selbst. Dann kamen diese Berater nach Mochos und er sah das als die große Möglichkeit, seinen Traum durch eigene Kraft zu verwirklichen. Man hatte uns das Übliche versprochen: genug zu essen, ein Dach über dem Kopf, ungefähr vier Arbeitsstunden pro Tag und einen freien Tag in der Woche. Mein Mann hätte genug Zeit gehabt, um nebenbei andere Arbeiten zu erledigen und dafür ein wenig Geld zur Seite zu legen. Ich habe ihm zu jener Zeit zugeredet, das hat sich alles so vernünftig angehört. Doch kaum waren wir in Miatr angekommen, stellten sich die Versprechungen als Lügen heraus. Zu essen gab es nur, nachdem mein Mann mindestens 14 Stunden am Tag gearbeitet hatte, freigestellt von der Arbeit waren wir lediglich an den Feiertagen, an denen sowieso niemand arbeitet, und das Dach überm Kopf war dieses Häuschen, das wir uns mit vier Familien teilen müssen und das überall undicht ist. An und für sich sollte mein Mann noch monatlich genügend Geld ausbezahlt bekommen, womit unser Sohn hätte zur Schule gehen können. Aber nein, der Vorarbeiter rechnete uns vor, die Miete für das Haus und das Essen für uns drei würden alles Geld verbrauchen. Leider erkrankte mein Mann schwer. Wollten wir weiter wohnen bleiben und Essen bekommen, mussten wir uns bei unserem Therfa verschulden. Das führte dazu, dass mein Mann, als er sich wieder gesund fühlte, seine Arbeitszeit auf 20 Stunden täglich erhöhte, um möglichst schnell seine Schulden abzutragen. Nach etwa drei Monaten brach er zusammen, er wurde abermals krank, ja, er fing an, Blut zu spucken und wir wussten, wir könnten ihm nur noch helfen, würden wir einen Arzt und Medizin bezahlen können. Da wir das nicht konnten, mussten wir hilflos mit ansehen, wie er von Tag zu Tag schwächer wurde, bis er schließlich eines Tages nicht mehr aufwachte. Das ist jetzt drei Wochen her und nächste Woche muss ich dem Herrn das Essen und Wohnen für drei Monate bezahlen. Gebe ich ihm das geforderte Geld nicht, schmeißt er mich mit meinem Sohn auf die Straße."

„Wir werden sehen, ob wir da eine Lösung für Euch finden", tröstete sie Fagol und nahm ihre Hand sanft in die seine, denn beim Erzählen waren ihr Tränen in die Augen getreten. „Ist Euer Mann bei der Arbeit geschlagen worden?"

„Er hat mir nie davon etwas erzählt, allerdings kam er oft nach Hause zurück und sah aus, wie wenn er zusammengeschlagen worden wäre. Fragte ich ihn dann, sagte er nur, er wäre unglücklich gefallen. – Doch, jetzt erinnere ich mich. Er hatte mir einmal berichtet, er wäre geschlagen worden. Sein Vorarbeiter hatte ihm die Peitsche quer durchs Gesicht gezogen und die an ihrem Ende befindlichen metallenen Spitzen hatten eine Wange ganz aufgeschlitzt. Mein Mann meinte damals, er wäre selbst schuld gewesen, weil er seinen Vorarbeiter angebrüllt hätte. Dieser hatte zum wiederholten Mal einen anderen Bediensteten, der noch ein Kind war, auf den Boden gestoßen und ins Gesicht getreten."

„Würdet Ihr das, was Ihr uns erzählt habt, vor anderen Menschen bezeugen?", fragte Fagol.

„Ich weiß nicht. Es könnte eventuell gefährlich für meinen Sohn werden. Mein eigenes Leben halte ich für nicht so wichtig und im Grunde lebe ich einzig dafür, dass es ihm einmal besser geht als seinen Eltern. Wir waren einfach dumm und ich möchte nicht meinen Sohn unseren Fehler wiederholen lassen. Sofern ich merke, er könnte durch meine Aussage zu Schaden kommen, werde ich nicht als Zeuge zur Verfügung stehen."

„Eure Ängste kann ich gut nachvollziehen, habe ich schließlich selbst vor etlichen Jahren ein Kind verloren. Das war zwar durch das Fieber, aber ich weiß, ich hätte nie etwas unternommen, das das Leben des Kleinen gefährdet hätte. Erst einmal sage ich Euch vielen Dank, dass Ihr uns so viel anvertraut habt. Ihr sollt wissen, einige Leute in Miatr bemühen sich um die Verbesserung eurer Lage. Jeder soll dann in sein Dorf zurückkehren können, sofern er das möchte."

„Ihr wisst gar nicht, wie sehr ich mich danach sehne, nach Mochos zurückkehren und unser Land bearbeiten zu dürfen. Es erinnert mich immerfort daran, auch ich führte einmal ein glückliches Leben, und vielleicht kann ich ein kleines Stück davon zurückgewinnen."

„Gute Frau, ich gebe Euch diese Münze. Damit kann Euer Sohn Brot für die nächsten Tage kaufen und es bleibt noch genug übrig, um Eure Mietschulden zu begleichen. Denkt auch daran, in die ‚Gaststätte zum letzten Groschen' zu gehen und auf mich zu verweisen." Mit diesen Worten verabschiedeten sich Fagol, Mehru und Amtrok von der Frau und ihrem Sohn.

Nachdenklich kehrten sie in das Gasthaus zurück. Sie hatten nun nicht nur einen direkten Blick in das Elend der Stadt Miatr geworfen, sondern hatten darüber hinaus Ungeheuerliches gehört. Sie hatten hier endlich eine Bestätigung bekommen. Fitrs Beschreibungen waren keine Übertreibungen gewesen. Schon allein der Gestank und die dürftige Behausung wiesen genügend darauf hin, dass hier jemand betrogen worden war. Zumal wer gibt ein zwar bescheidenes, aber einigermaßen gesichertes, selbstständiges und halbwegs glückliches Leben auf, um sich in derartige Zwänge zu bewegen, wo er nur noch um sein blankes Überleben kämpfen muss?

„Wenn ich solche Düsternis und Trostlosigkeit antreffe, wird mir ganz schwer ums Herz", brach Mehru seufzend das Schweigen. „Und ich verliere die Hoffnung, ans Ziel gelangen zu können."

„Wie kannst du so etwas sagen, Mehru?", erwiderte ihr Amtrok. „Wir haben in den letzten Tagen erlebt, dass viele Leute auf unserer Seite stehen, und vor allem vergiss nicht, mit Bochre und Karen können wir auf zwei sehr einflussreiche Therfas bauen. Ohne die beiden würde es sehr viel trostloser aussehen."

„Aber du weißt genauso gut wie ich, Fraga wird alles daransetzen, deren Einfluss zu verringern und sie möglichst ganz auszuschalten. Die Gegner scheinen mir so sehr viel mächtiger."

„Ich kann dich schon verstehen, Mehru", schaltete sich nun Fagol ein. „Manchmal erscheint einem eine Aufgabe zu schwierig und man möchte lieber erst gar nicht anfangen, statt ein Scheitern erleben zu müssen. Doch solange ein bisschen Hoffnung auf eine geringe Möglichkeit des Erfolgs besteht, zähle ich zu den Letzten, die ans Aufgeben denken. Im Moment fühlst du dich einfach angeschlagen, und das ist völlig in Ordnung, jedoch bereits morgen wirst du mit neuer Kraft an unsere gemeinsame Aufgabe herangehen. Jetzt möchte ich mich bis zu unserer abendlichen Zusammenkunft mit Bochre und den anderen etwas ausruhen."

Damit ging Fagol in sein Gästezimmer und ließ die beiden anderen in der Gaststube zurück.

VI

„Was machst du bei mir? Willst du mich mitnehmen, blauer Engel? Es fühlt sich alles so leicht an. Ich möchte dich begleiten. Du musst mir unbedingt meine Mutter zeigen, die du schon vor vielen Jahren geholt hast. – Mama, komm doch etwas näher. Nein, ich will nicht, dass du immer weiter weggehst von mir, jetzt, wo ich dich endlich wiedergefunden habe." Seine Augen zielten ins Leere. Dort, wo er in seinen Fieberträumen seine längst verstorbene Mutter gesehen hatte, breitete sich ein leerer, von schummrigem Licht erhellter Raum aus. Das Fieber hatte ihn erschöpft und an die Grenze zwischen Leben und Tod gebracht. Im Halbdämmer hörte er noch die Stimme des Medikus zu seinem Vater sprechen:

„Das Wichtigste ist, dein Sohn erhält genug zu trinken; das musst du ihm löffelweise eintrichtern, wenn es nicht anders geht. Außerdem musst du ihm öfter den Schweiß wegwischen und die Sachen wechseln, damit er sich nicht erkältet. Am besten, du wachst die Nacht über neben seinem Bett."

„Wird denn mein Amtrok wieder gesund, er ist mein einziges Kind?"

„Versprechen kann ich dir nichts, denn ich kenne Gottes Pläne nicht. Doch wenn du dich an meine Ratschläge hältst, hat er gute Aussichten, den morgigen Tag zu erleben. Schafft er das, sollte er über den Berg sein."

„Papa, ich kann mir mit Amtroks Vater die Krankenwache teilen, dann kann jeder ein wenig schlafen und Amtrok bekommt die Zuwendung, die er zum Genesen braucht."

Wie bei vielen Krankenbesuchen hatte der Medikus seine Tochter Mehru mitgebracht, und das hatte sich häufig als recht nützlich erwiesen. Mehrus Ausstrahlung wirkte auf jedermann beruhigend und Hoffnungen aufbauend. So auch jetzt auf Amtroks Vater, der schon mit dem Schlimmsten zu rechnen begonnen hatte und dem nun plötzlich ein Leuchten in die Augen getreten war, weil allein die Aussicht, eine Hilfe an die Seite gestellt zu bekommen, ihn aufrichtete und seine Hoffnungen auf ein Überleben seines Sohnes stärkte.

„Mehru, wenn du denkst, du schaffst das mit Amtroks Vater gemeinsam, lasse ich dich hier und gehe allein zu unserem Haus zurück."

Es war nicht das erste Mal, dass Mehru bei Kranken geblieben war, und in den meisten Fällen hatten die Kranken ihre kritischsten Phasen überstanden, dank Mehrus Anwesenheit und Pflege.

Amtrok nahm Mehrus Gesicht in die Hände und schaute ihr zärtlich in die Augen. „Ja, wenn du damals nicht geblieben wärst, wäre ich wahrscheinlich dem blauen Engel gefolgt. So entschied ich mich für meinen Wachengel, der mir den Schweiß abtrocknete, der mir zu trinken einflößte, der mir die Hand hielt und der mir zeigte, wie unendlich kostbar mein Leben ist, das ich als Geschenk von Gott bekommen habe. Du, mein Wachengel, zeigtest mir, die Anstrengung, die Leben in dem Moment für mich bedeutete, war es wert, da noch unermesslich viel mehr auf mich wartete, sofern ich mich entscheiden sollte, weiterleben zu wollen. So wurdest du zu meiner Lebensretterin."

Hinter ihren leicht geöffneten Lippen konnte er ihre elfenbeinfarbenen Zähne erkennen und er konnte kaum der Versuchung widerstehen, sie zu küssen. Jedoch wusste er, es waren noch andere Gäste in der Schänke, und er hielt sich wie jeder andere in seiner Lage zurück.

„Völlig uneigennützig war mein Handeln damals nicht, zumal du der hübscheste junge Mann im Dorf warst. Außerdem gefiel mir die Art, wie du mit deinen Mitmenschen umgingst. Ich musste an das Dorffest im Jahr zuvor zurückdenken. Du hattest nur mit mir getanzt, obwohl du einer zerflossenen Liebe hinterhergetrauert hast."

„Ach was, ich dachte lediglich, sie geliebt zu haben, dabei hatte sich zwischen Farka und mir kein tiefes, inniges Band entwickelt und im Nachhinein muss ich sagen, Farka hätte mir gar nicht gutgetan, denn sie hatte mich sitzen lassen, weil ein anderer ihr ein leichteres Leben bieten konnte."

„Ich war ja froh darüber, dass du frei warst. Und in jener Nacht, in der ich dich zusammen mit deinem Vater gepflegt habe, habe ich beschlossen, du solltest mein Mann werden, sofern du mich haben wolltest. Komischerweise bedurfte es dann doch noch fünf weiterer Jahre, bis wir vor den Traualtar geschritten sind."

„Tja, du hast eben nicht mit meiner Schüchternheit gerechnet. Überdies denk mal daran, dein Vater war zuerst nicht einverstanden. Er hätte dich am liebsten mit einem Therfa verheiratet, ein Fischer schien unter der Familienwürde zu sein."

„Klar wollte mein Vater das Beste für mich, das ist normal bei Eltern. Es dauerte nur etwas länger, bis er erkannte, du bist das Beste für mich. Glaubst du" – und dabei schaute Mehru ihn verschwörerisch an – „du würdest deine Tochter dem Erstbesten, der vorbeikommt, als Frau mitgeben, ohne wenigstens einen klaren Hinweis dafür zu erhalten, ob er sie ernsthaft liebt?"

„Ich bin doch nicht der Erstbestdahergekommene! – Allerdings, wenn ich so darüber nachdenke, muss ich sagen, du hast recht. Ich würde nicht zulassen, dass meine Tochter in ihr Unglück rennt. Aber meine Geduld ist dabei ganz schön strapaziert worden."

Er war froh, mit ihr alles besprechen zu können, ohne denken zu müssen: *Halt! Das darfst du ihr nicht mitteilen.* Ihre Beziehung war nicht immer einfach. Mehru forderte viel von ihm, doch war er auch bereit, viel zu geben und ebenfalls einzufordern. Von daher passten beide sehr gut zueinander. Oft war es ihm geschehen, dass sie spontan eine Idee aussprach, die ihm zur gleichen Zeit durch den Kopf gegangen war, oder sie hatten beide gleichzeitig ein und dasselbe Wort ausgesprochen. Das kam ihm besonders magisch vor, wie wenn beide die Fähigkeit besäßen, die Gedanken des anderen zu lesen. Natürlich täuschten sie sich dabei. Es verhielt sich nur so, weil sie besonders achtsam miteinander umgingen, wodurch dem einen kleinste Regungen wie zum Beispiel ein Zucken der Augenbrauen oder ein leichtes Verziehen der Mundwinkel schon deutliche Hinweise auf das Erleben der anderen gaben. Selbst wenn sie nicht immer einer Meinung waren, manchmal den anderen Dinge tun sahen, die ihnen missfielen, respektierten sie das Anderssein des Partners, ja, es gehörte zu ihrer Liebe dazu wie das tägliche Brot zum Leben.

Mehru schaute Amtrok mit einem schelmischen Blick in die Augen und merkte, wie ihr dabei warm wurde, als er ihren Blick mit einer leichten Unsicherheit zunächst und alsdann mit einem langen, verschmitzten Lächeln beantwortete, das sie mit tiefer träumerischer Genauigkeit in ihrem Liebeszentrum traf. Sie hatte sich erneut in ihren Mann verliebt, ihr Herz schlug ihr bis zum Hals und in ihrem Magen breitete sich ein angenehmes Kribbeln aus.

„Ich bin mir sicher, mein Vater wollte deine Geduld nicht auf die Probe stellen. Jedoch verlangte es ihn nach Gewissheit und die bekam er erst, als er mit ansehen musste, wie seine Tochter beinahe in den Fluten des Ferfolms ertrunken wäre. Obschon ein Krofass wütete, hast du nicht gezögert und bist mir hinterhergesprungen. Ich selbst hatte mich schon aufgegeben, bis ich deinen starken Arm spürte, wie er meine Hüfte umfasste und mich nach oben zog. Glaub mir, mein Vater war ab dem Zeitpunkt unendlich stolz auf seinen Schwiegersohn, der bereit war, für seine Tochter sein Leben zu opfern.“

„Das war doch nichts Besonderes! Ich würde jedes Mal genauso handeln, weil ich dich nicht verlieren will. Das hätte ich nicht ertragen. Ich denke mal, jeder, der seine Liebste ertrinken sieht, springt ihr hinterher, sogar wenn er nicht schwimmen kann. Ich halte das für das Allernatürlichste in der Welt.“

Er legte sanft seine große, raue Hand auf ihre zierlichen Finger und in ihr verstärkte sich ein Empfinden der Geborgenheit, das ihr Gemeinschaft und ein lebenslanges Versprechen anzeigte. Sie fühlte sich wohl mit ihm, auf diese Art hätten sie noch stundenlang in der Schänke sitzen können. Ihre Hingezogenheit zu ihm bedeutete ihr einerseits eine Art des Angekommenseins, andererseits ein Verlangen, das im Kennenlernen sich keiner Grenzen bewusst war, ohne jemals einzugrenzen, einzuengen oder Fremdes auszuschließen. Ohne Worte gab ihm ihr Blick, ihr Atmen, ja ihr Körperduft zu verstehen, dass sie ihn liebte und sie es schön fand, mit ihm hier zu sitzen, ihn anzuschauen, zu träumen, ihn in seinen Gedanken, Empfindungen, leichtesten Anspannungen zu spüren. Ihre Fantasie spielte im Strom elektrischer Entladungen, die sie mit einem warmen, anhaltenden Lachen an den Punkt führte, wo es sich anfühlte wie kühlender Regen auf der nackten Haut an einem heißen Sommertag. Sie stieß einen kleinen, kaum hörbaren Freudenseufzer aus und erinnerte Amtrok daran, dass sie noch etwas vorhatten. Im Raum zurück blieb eine Atmosphäre angefüllt mit verklingendem Gedankenstreicheln zweier vertrauter Seelen, die sich jetzt als freigelassene Energie auszubreiten begann und von der sich Amtrok und Mehru in ihrer Gerichtetheit auf das Treffen mit Bochre und den anderen verabschieden mussten.

VII

Fraga schritt würdevoll mit Bürgermeisterkette und -robe angetan über den Rathausplatz zur Stadtwache. Er hatte wichtige Gespräche zu führen und in seinem Haus bestand die Gefahr, unerwünschte Zuhörer könnten mitbekommen, was er zu besprechen hatte. Zudem tat ihm ein wenig frische Luft ganz gut. Die zwei Wachsoldaten nahmen Haltung an und machten den Weg zum Eingang frei. Ohne zu grüßen, verschwand Fraga im Innern des Hauses.

Der neu ernannte Hauptmann baute sich vor dem Bürgermeister auf und wollte gerade seine Meldung abgeben, als dieser ihn anfuhr „Hauptmann, ich brauche deine Meldung jetzt nicht! Sorg dafür, dass ich mich mit Semol und Kermu ungestört im hinteren Wachraum unterhalten kann."

„Zu Befehl, Herr!", brüllte der Hauptmann, wie er es vom Heer gewohnt war, dem Bürgermeister entgegen.

„Darf ich Euch eine Flasche unseres besten Weines bringen lassen?"

„Für gewöhnlich höre ich noch ganz gut, du brauchst mich also nicht anzubrüllen. Hingegen stimmt mich dein Vorschlag mit der Weinflasche wieder gütig dir gegenüber. Kannst du mir absolute Ungestörtheit garantieren, will ich den kleinen Vorfall schnell vergessen. Im Übrigen habe ich nach dem Gespräch mit den beiden noch mit dir zu reden."

Damit ließ er den Hauptmann wie einen kleinen Jungen stehen und begab sich in den hinteren Wachraum.

„Herr, Ihr habt uns rufen lassen?" Zwei Stadtwächter hatten die Tür aufgerissen und den Raum betreten.

„Würdet ihr die Freundlichkeit haben, den Raum zu verlassen, um einen zweiten Versuch, aber jetzt höflich, zu starten?"

Die Wächter hatten verstanden, schlossen die Tür von außen und erinnerten sich daran, dass man an eine geschlossene Tür erst einmal zu klopfen hatte, bevor man eintreten konnte. Also klopften sie an und öffneten die Tür.

„Raus!", schallte es ihnen entgegen. „Oder habe ich etwa ‚Herein' gerufen?"

Mit hängenden Köpfen verließen sie ein zweites Mal den Raum und starteten nun ihren dritten Versuch. Sie klopften, warteten, bis ein „Herein" zu hören war, und sagten ihren Satz auf, doch sie wurden ein drittes Mal des Raumes verwiesen.

„Habt ihr keinen Anstand und wisst nicht, dass ich der Erste bin, der zu sprechen anfängt? Also, ein letzter Versuch!"

Jetzt machten sie alles richtig, wobei sie etwas ungeduldig wurden, als Fraga sie zehn Minuten warten ließ, bis er sie ansprach. Jedoch bevor er dies tat, wurde an die Tür geklopft und auf sein „Herein!" kam ein Stadtwächter mit einer geöffneten Flasche Wein und einem Glas herein. „Darf ich noch zwei weitere Gläser bringen, Herr?", fragte dieser den Bürgermeister.

„Nein, ist nicht nötig. Die beiden Herren werden sowieso bald den Raum verlassen. – Warum stehst du da wie ein Standbild und schenkst mir keinen Wein ein?" Und zu den beiden gerufenen Wächtern gewandt sprach er weiter:

„Semol und Kermu, ich habe euch kommen lassen, weil ich mit euch Wichtiges zu besprechen habe. Seid ihr gewillt, mir einen Gefallen zu tun?"

„Es kommt auf die Art des Gefallens an, allerdings grundsätzlich sind wir zunächst geneigt, Euch zur Seite zu stehen", fing Kermu vorsichtig zu sprechen an. Er wusste, ein Nein konnten sich beide nicht leisten. Fraga kannte die Vorliebe der beiden füreinander nur zu gut und niemand von der Stadtwache dürfte davon etwas erfahren. Er wartete einen Moment, bis der andere Stadtwächter den Raum verlassen hatte, dann setzte er das Gespräch fort.

„Seit ein paar Tagen halten sich drei Leute aus Imifrich in der ‚Gaststätte zum letzten Groschen' auf. Ihr sollt sie in den nächsten Tagen beobachten. Es handelt sich um den Dorfältesten und ein junges Ehepaar. Ich glaube, der Mann ist Fischer. Solltet ihr feststellen, diese Leute pflegen irgendwelche Kontakte mit Bochre, Karen oder Bediensteten von mit uns befreundeten Therfas, möchte ich sofort benachrichtigt werden. Fühlt ihr euch dieser Aufgabe gewachsen?"

„Selbstverständlich, Herr", antwortete Kermu. „Jedoch gibt es da ein Problem. Wie sollen wir unseren normalen Dienst mit dieser Beobachtungsaufgabe verbinden? Beides können wir nicht gleichzeitig gut versehen."

„Das ist mir klar. Ab sofort seid ihr vom Dienst freigestellt. Behaltet diese Leute Tag und Nacht im Auge! Mir ist zugetragen worden, ihre Passierscheine seien von Bochre ausgestellt worden, und das scheint mir auf eine Zusammenarbeit hinzuweisen. Also, findet heraus, was die hier treiben, und informiert mich in Kürze darüber. So, jetzt husch an die Arbeit! Und schickt mir den Hauptmann rein!"

„Zu Befehl, Herr", kam es von beiden wie aus einem Munde und Fraga musste in sich hineinlächeln bei dem Gedanken, wie harmonisch sie doch in diesem Moment auf ihn wirkten. Nachdenklich führte er das Glas an die Lippen und kostete. Es war tatsächlich ein ganz besonderer Tropfen. Er konnte sich die beiden nicht wie zwei turtelnde Tauben vorstellen, es stieß ihn ab, aber er dachte bei sich: *Gut, dass ich darüber Bescheid weiß, so kann ich das jederzeit für meine Zwecke ausnutzen. Sollen sie doch miteinander machen, was sie wollen. Hauptsache, ich habe sie in der Hand, und daraus entlasse ich sie nicht mehr.*

Ein Klopfen an der Tür unterbrach seine Gedanken, und als der Hauptmann sich nach seiner Aufforderung ihm gegenüber hingesetzt hatte, lobte Fraga zunächst den guten Wein und kam dann auf die Rolle des Hauptmanns im Stadtleben zu sprechen.

„Du weißt, du nimmst die Stelle des obersten Stadtwächters ein und wirst Stadtkommandant genannt. Das beinhaltet eine Vielzahl an Aufgaben, die an die Aufrechterhaltung der Ordnung in unserer Stadt geknüpft sind. Wie du weißt, haben wir zurzeit Notregeln eingeführt, die jeden, der ohne Passierschein nach Miatr kommt, zur Zwangsarbeit verpflichtet. Allerdings hat es diesen dummen kleinen Vorfall gegeben. Nicht dass ich etwas dagegen hätte, wenn es bei deiner Amtsausübung zu Todesfällen kommt. Das halte ich für normal und manchmal notwendig. Jedoch sollten einige Regeln beachtet werden.

Es war ein Fehler, andere Leute, die sich jetzt in Miatr aufhalten, von den tödlichen Attacken etwas mitbekommen zu lassen. Der zweite Fehler war, die Toten nicht gleich mitzunehmen, sondern sie vor den Toren unserer Stadt liegen zu lassen. Tote, die nicht da sind, können uns nicht belasten. Der dritte Fehler: ein Kind vor den Augen seines Vaters zu töten. Ich möchte nicht falsch verstanden werden, Kinder stehen bei mir nicht grundsätzlich unter besonderem Schutz. Aber du weißt selbst, damit werden schlimmste Gefühle aufgerührt, die auf uns zurückschlagen können. Somit komme ich zum letzten Fehler. Der Vater des Kindes ist euch entkommen und das darf nicht passieren. In Zukunft erwarte ich, dass derartig gravierende Fehler unterbleiben.

Eine weitere Regel besagt, niemand darf etwas über die Handgelder und freien Tage erfahren, mit denen ich euch belohne, wenn ihr Zwangsverpflichtete anliefert. Als letzte Regel hast du unweigerlich zu respektieren, dass bei allen Dingen das letzte Wort bei mir liegt. Das heißt, deine Entscheidungsbefugnis bleibt jeweils an meine Weisungen gebunden und ich kann dir jederzeit Beschränkungen auferlegen, sofern ich es für den Schutz der Stadt erforderlich halte. – Ach so, eines noch: Bei allen Dingen, die dir verdächtig vorkommen, die also die Ruhe und Ordnung stören könnten, holst du immer erst, bevor du handelst, meine Erlaubnis ein. Ich werde dir von Fall zu Fall größere oder geringere Vollmachten zugestehen. Wenn du keine Fragen dazu hast, bist du somit entlassen."

Der Hauptmann erhob sich, dankte für das Gespräch und verließ den Raum. Fraga nahm einen großen Schluck Wein, der ihm angenehm kühl die Kehle herunter in den Magen lief. Dort hatte sich bereits dieses leichte, angenehme Kribbeln ausgebreitet, das er liebte und das ihm die beginnende schwach betörende Wirkung anzeigte. Wenig später merkte er, dass sein Kopf sich leicht anfühlte und er sich fast in Hochstimmung befand. Fast nur, zwar hatte er die wichtigsten Fäden in Miatr in der Hand, jedoch gab es einige Leute, die seine Macht beschneiden wollten oder gar nach seinem Bürgermeisteramt trachteten. Überdies fürchtete er sich vor dem Gerichtstag, an dem der König in der Stadt sein würde. Es dauerte noch einige Wochen, bis der stattfinden sollte, allerdings wollte er mit all seinen zur Verfügung stehenden Kräften jeden Versuch unterbinden, gegen ihn irgendeine Anklage zu führen. Sollte das nicht klappen, gab es nach seiner Ansicht nur einen einzigen Ausweg, und der war nicht der allerschlechteste, dachte er bei sich, weil das seinen sehnlichsten Wunsch in Erfüllung gehen lassen würde. Manchen Wünschen muss man, damit sie wahr werden können, halt etwas nachhelfen. Er trank das letzte Glas in einem Zug aus und verließ in bester Laune die Stadtwache.

VIII

Mehru war auf dem Weg zu Fragas Haus, denn heute Abend sollte der Geheimbund „Die Reine Therfamacht" zusammentreten. Sie war jetzt für niemanden sichtbar, da sie über die Karzolfeder gestrichen hatte. Vor Fragas Haus angekommen brauchte sie lediglich so lange zu warten, bis jemand Einlass begehrte, was keine fünf Minuten dauerte. Bevor der Diener die Tür schloss, schlängelte sie sich an ihm vorbei. Zwar blickte dieser etwas verstört, weil er einen leichten zusätzlichen Luftzug verspürt hatte, derweil Mehru hineingeschlüpft war, registrierte das jedoch unter eingebildete Erscheinungen, ließ seine erste Intuition ruhen, irgendetwas Unerklärliches wäre geschehen, und wendete sich seinen normalen Tätigkeiten zu.

Mehru folgte dem Therfa, der von einem Diener zu dem Raum geleitet wurde, in dem das Treffen stattfinden sollte. Sie hatte noch etwas Zeit, sich in diesem überaus prächtigen Raum umzusehen. An den Wänden hingen äußerst geschmackvolle Wandteppiche, die Bilder aus der Stadtgeschichte, auch aus der Belagerungszeit, zeigten. Für jeden Teilnehmer dieser Runde war eine Liege aufgestellt, wovor sich ein Tisch befand, auf dem Wein und kleine Köstlichkeiten wie zum Beispiel Datteln, Feigen, verschiedene Nusssorten und gefüllte Teigtaschen als Imbiss bereitstanden. Mehru musste sich sehr zusammenreißen, nicht zu naschen. Die Liegen waren rund um den Mosaikboden angeordnet, der das originalgetreue Abbild des Hausbesitzers zeigte. Jeder musste bei dem Blick auf dieses Bild des Eigentümers vor Ehrfurcht erschaudern, zumal das Antlitz Weisheit, Güte und eine Machtfülle ausstrahlte, die weit über Fragas derzeitige Macht hinausreichte. Man gewann den Eindruck, ein mächtiger König blicke einem gleichzeitig streng und wohlwollend entgegen. Sobald der echte Fraga in den Raum trat – natürlich erst, als jedermann anwesend war –, wirkte das auf Mehru, wie wenn Fraga sie an seiner Machtfülle teilhaben ließe und sie sich kurzzeitig emporgehoben empfand. *Aha*, dachte sie bei sich. *Auf die Art entwickelt man also bei den Leuten großartige Vorstellungen, die aber mit der Wirklichkeit nichts gemein haben. Und wird man zusätzlich mit Wein und Leckereien hofiert, fühlt man sich noch wohler in seiner Verschwörerrolle.*

„Liebe Freunde", eröffnete Fraga das Treffen. „Schön, euch hier zu sehen. Greift zu! Es ist nur ein bescheidenes Mahl, das ich für euch habe zubereiten lassen. Jedoch können wir uns bei schweren Speisen nicht so gut konzentrieren. Ich möchte euch heute Krefu vorstellen, der in Bochres Haus arbeitet. Ihr könnt euch vorstellen, wie außerordentlich glücklich ich mich fühle, diesen Bochre bislang so treu ergebenen Diener für unsere Sache gewonnen zu haben. Er wird uns kurz berichten, was ihm heute in Bochres Haus gelungen ist."

Fraga klatschte einmal in die Hände und die Tür wurde geöffnet. Krefu wartete mit demütig auf den Boden gerichtetem Blick darauf, zum Eintreten aufgefordert zu werden.

„Komm zu uns, Krefu. Heute sollst du wie ein Mitglied unseres Bundes behandelt werden und vielleicht ergeben sich einmal in Zukunft Aufstiegsmöglichkeiten für dich, wodurch du einen festen Platz unter uns bekommen kannst."

Krefu verneigte sich vor den Anwesenden, und nachdem er zum Sprechen aufgefordert worden war, begann er.

„Ich habe Bochre heute ein Rauschmittel in den Wein gemischt, das ihn in der Öffentlichkeit wie einen Wahnsinnigen erscheinen lassen wird. Die Wirkung hält etwa eine Woche an. Das sollte von der Zeit her ausreichen, ihn in den Sonnentempel bringen zu lassen. Wie ihr natürlich wisst, wird er dort weiterhin unter Einfluss von Rauschmitteln gesetzt werden, damit wir dem Gerichtstag, den Preku hier abhalten wird, mit Gelassenheit entgegenblicken können."

Was die Anwesenden gehört hatten, löste einen Sturm der Begeisterung aus, alle standen von ihren Liegen auf und applaudierten lange, bis Fraga ein Zeichen gab, das sie verstummen ließ.

„Ihr habt vernommen, unser Erzfeind kann seinen Machteinfluss nicht länger nutzen, um unser Vorhaben zu unterlaufen. Bereits morgen wird er während der Ratssitzung in den Sonnentempel geführt werden, weil er offensichtlich keinen klaren Gedanken mehr fassen kann. Dies wird uns einen großen Schritt nach vorne bringen, um zu den alten Verhältnissen zurückzukehren. Noch vor siebzehn Jahren war es nur Therfas gestattet, eine Werkstatt zu führen. Zwar gab es eine geringe Anzahl von durch Normalbürger geführten Werkstätten, jedoch waren die immer erst durch Therfas zugelassen worden und konnten jederzeit die Erlaubnis entzogen bekommen. Zudem durfte kein Bediensteter ohne Erlaubnis seines Herrn seine Werkstatt und die Stadt oder das Dorf verlassen. Der Bedienstete gehörte seinem Herrn und hatte ihm zu gehorchen. Heute sind die Bediensteten ebenfalls an ihre Herren gebunden, allerdings nicht durch Geburt, sondern durch einen Arbeitsvertrag. Etliche fühlen sich indes an diesen nicht gebunden, weil sie ihn nur als einen Fetzen Papier ansehen. Einer hat mir einmal direkt ins Gesicht gewagt zu sagen, Verträge seien einzig in dem Fall echte Verträge, sobald es für beide Vertragschließende einen Vorteil bedeutet. Sofern ein Teil dem anderen gegenüber nicht gleichberechtigt erscheint, darf gegen den Vertrag verstoßen werden. Denken wir einen kleinen Schritt weiter, ist es nicht schwer, sich vorzustellen, wie die Bediensteten in Zukunft mehr Rechte einfordern werden und unsere Macht schwinden wird. Ich brauche euch nicht weiter auszuführen, dass das den Ruin unserer Stadt und unseres Staates nach sich ziehen würde. Die Werkstätten, in denen die Leute eigenständige Entscheidungen fällen können, mögen in der ersten Zeit besser wirtschaften als unsere Werkstätten, dennoch steckt auf Dauer gesehen in dieser Art des Wirtschaftens der Keim des Niedergangs. Das sehen wir ja in Miatr. Bochre und Karen bieten bessere Löhne, bessere Arbeitsbedingungen und selbstständiges Arbeiten an. Folglich wollen unsere Bediensteten unter gleichen Bedingungen arbeiten und verlassen in Massen ihre Werkstätten. Ziehen wir jetzt mit Bochre und Karen gleich und bieten den Bediensteten Gleiches an, was sie dort bekommen, ist es nur eine Frage der Zeit, wann die nächsten Forderungen kommen, die wir ebenfalls erfüllen müssen, zumal wir bereits einmal nachgegeben haben. Letztendlich wird damit ein Kreislauf in Gang gesetzt, der allen Werkstätten schaden wird, weil nachher jeder lediglich für sich selbst, jedoch niemand mehr für die Werkstatt arbeiten will."

„Ich gebe dir völlig recht", entgegnete ihm Sarko, ein Therfa, dem sämtliche Steinbrüche im Bezirk Boful gehörten. „Wir dürfen unseren Bediensteten keine Rechte zugestehen. Sie werden sonst frech und unverschämt. Ebenso wie ihr bin ich zutiefst überzeugt davon, dass kein Therfa von einem Bediensteten vor Gericht gebracht werden darf. Seit diesem Gesetz vor 16 Jahren hat manch ein Therfa sich für die billigsten Dinge rechtfertigen müssen. Wo kommen wir denn da hin, sofern ein Bediensteter von seinem Herrn nicht mehr ungestraft geschlagen werden darf? Das führt doch zu einer Verrohung der Disziplin. Ich hoffe, das alte Gesetz wird wiederhergestellt, nach dem ein Bediensteter, wenn er das erste Mal weggelaufen war, mit wenigstens 20 Peitschenhieben und nach dem zweiten Weglaufen mit dem Tode bestraft werden durfte. Es ..."

An dieser Stelle war ein lautes Klirren zu hören und sämtliche im Raum Anwesenden starrten erschreckt auf die Scherben des Weinglases, das wie von Geisterhand von einem Tisch heruntergefallen war, ohne dass jemand sichtbar daran gestoßen hätte. Mehru lief es heiß und kalt gleichzeitig den Rücken hinunter. *Werde ich jetzt entdeckt, hat mein letztes Stündlein geschlagen*, dachte sie bei sich. Die Weinlache hatte sich im Mosaikbild so gesammelt, dass der Anschein erweckt wurde, als würde aus Fragas Hand Blut fließen.

Fraga klatschte zweimal in die Hände und zwei Diener eilten in den Raum, um die Scherben und die Weinpfütze zu beseitigen. Merkwürdigerweise gelang es nicht, die Spuren des Weins vollständig wegzuwischen. Es blieb ein roter Fleck auf der Hand zurück, was Mehru mit grimmiger Genugtuung erfüllte.

„Liebe Freunde, wir haben es hier selbstverständlich nicht mit einem Geistwesen zu tun, das das Glas umgestoßen hat, sondern niedergeschriebenen Berichten habe ich entnommen, die Bewegungen von Luftströmungen erzeugen gelegentlich einen Sog, durch den sogar schwere Gegenstände umgeworfen werden können. Also, bevor alle Weingläser samt köstlichem Inhalt zerstört sind, lasst uns gemeinsam auf unseren zukünftigen Erfolg anstoßen! Ein Hoch auf die Reine Therfamacht!“

„Ein Hoch auf die Reine Therfamacht!“, scholl es ihm entgegen und danach: „Nieder mit den neuen Gesetzen! Nieder mit der Gleichmacherei! Nieder mit Preku!“

„Aber, aber, meine Freunde, den letzten Trinkspruch möchte ich überhört haben. Ich stimme ihm zu, dennoch sollten wir uns nicht zu sicher fühlen. Zwar werden aus diesem Raum keine Dinge weitergetragen, jedoch gewöhnt man sich zu schnell daran, etwas zu sagen, was öffentlich nicht erlaubt ist. Ihr könntet euch und den Geheimbund gefährden. Also seid sparsam mit solchen Äußerungen.“

Damit wendete er sich Sarko zu, der ihn in eine Ecke des Raumes führte, in der beide ungestört miteinander sprechen konnten.

„Fraga“, begann Sarko die Unterhaltung, „ich hatte dich doch kürzlich darum gebeten, ein gutes Wort bei Preku für mich einzulegen. Hast du daran gedacht?“

„Selbstverständlich habe ich das. Nur, Tatsache ist, Preku bezieht die Steine für seine Palastneubauten aus einer anderen Quelle. Er hat mir zwar mitgeteilt – vielleicht ein schwacher Trost für dich –, er wisse die Qualität deiner Steine zu schätzen, allerdings gebe es in seiner Verwandtschaft einen Therfa, der diese Aufträge erhält. Da lässt sich leider nichts machen. Doch wenn wir uns mit aller uns zu Verfügung stehenden Kraft weiterhin für die Durchsetzung unserer Vorstellungen einsetzen, wird der Tag nicht mehr fern sein, an dem wir dieses Land beherrschen werden und ich den Thron besteigen kann. Sobald das eintritt, werde ich dich bei allen Bauvorhaben großzügig als Lieferanten der dafür notwendigen Steine berücksichtigen. Bevor ich es vergesse, ich hatte dich letztens um einen Gefallen gebeten. Du erinnerst dich an die beiden aufsässigen Diener? Seit gestern habe ich sie nicht mehr gesehen. Hast du sie bereits zum Schweigen gebracht?"

„Tja, die beiden wollten mir zunächst nicht zur Hand gehen. Ich musste sie mit einem Goldstück für jeden locken. Die haben mir tatsächlich geglaubt, die Ausschachtungen, die sie vorgestern mitten in der Nacht vor dem Nordtor der Stadt durchgeführt haben, wären dringend notwendige Ausbesserungsarbeiten, da sonst das Tor einstürzen würde. Auf die Art haben sie sich, ohne es zu wissen, ihr eigenes Grab geschaufelt. Sobald sie damit fertig waren, habe ich sie noch in der Grube erschlagen. Außer mir war kein Zeuge dabei. Ich musste somit lediglich die einfachere Arbeit, nämlich das Zuschaufeln, übernehmen. Die Stelle befindet sich rechts vom Nordtor zwischen Mauer und Gebüsch."

„Gut, auf dich ist Verlass. Das werde ich dir beizeiten danken. Jetzt, wo wir hier ungestört beieinander sind, kann ich dir ja sagen, die beiden waren nicht aufsässig, sondern ich hatte den Verdacht, sie würden für Bochre spionieren. Und da ist Rücksichtnahme die falsche Antwort. Nun lass uns nicht weiter über solche politischen Notwendigkeiten sprechen und den Rest des Abends genießen. Was macht eigentlich dein Sohn, der ..."

Mehr konnte Mehru nicht hören, weil sie sich langsam von den beiden entfernt hatte, und als Diener neue Leckereien und

Nachschub für einzelne geleerte Weinflaschen brachten, schlüpfte sie geschickt zwischen ihnen auf den Hausflur hinaus. Dort brauchte sie nicht lange zu warten, bis die Haustür für einen verspäteten Gast geöffnet wurde. Sie nutzte die Zeit, die der Diener für seine obligatorische Verneigung vor dem Gast brauchte, um sich aus dem Haus zu schleichen.

Draußen angelangt atmete sie tief die frische und kalte Frühlingsnachtluft ein, denn bei dem, was sie in Fragas Räumlichkeiten gehört hatte, war es nicht verwunderlich, dass ihr übel war und sie starken Kopfschmerz verspürte. *Ich muss schnellstens die anderen über das, was ich gehört habe, unterrichten*, dachte sie bei sich. *Diesen Sieg können wir Fraga nicht gönnen.*

IX

Als Mehru in die „Gaststätte zum letzten Groschen" zurückkehrte, kam Julia ihr ganz aufgeregt entgegen und teilte ihr mit, sie solle gleich in den Raum im Hintergebäude gehen, alle seien dort versammelt, auch Fitr und Pavron.

Ist vielleicht die Nachricht, die Krefu im Geheimbund der Therfas vorgetragen hat, bereits durchgesickert?, fragte sie sich. *Auf jeden Fall darf Bochre morgen nicht in den Sonnentempel gebracht werden. Im Notfall müssen wir ihn dazu zwingen, zu Hause zu bleiben. Jeder öffentliche Auftritt durch Bochre würde Aufsehen erregen, nach dem, was Krefu über die Wirkung des Rauschmittels gesagt hat.*

Soweit ihr Amtrok erzählt hatte, führte scheinbar einer der unterirdischen Gänge, die vom Versammlungsraum ausgingen, zu Bochres Haus. *Möglicherweise weiß Darsto als entfernter Verwandter Bochres, wie man dorthin gelangt.* Sie wusste, das Tunnelsystem verfügte über unzählige Gänge und man konnte sich dort schnell verlaufen.

Als sie die Tür am Ende des Ganges erreicht hatte, machte sie das vereinbarte Klopfzeichen, das ihr entsprechend beantwortet wurde. Fitr öffnete ihr die Tür und begrüßte sie mit den

Worten: „Komm schnell rein, Mehru, wir können deinen Bericht über das Geheimtreffen in Fragas Haus sicher gut gebrauchen."

Kaum hatte sie den Raum betreten, blieb sie verwundert stehen und blickte Fitr fragend ins Gesicht. „Ich verstehe nicht, Fitr, wieso sitzt Bochre bei uns und spricht ganz normal zu den anderen?"

„Also, als du angeklopft hast, wollte er uns gerade über einen gegen ihn gerichteten Komplott berichten, das wirst du jetzt alles mit anhören können."

„Setz dich zu uns, Mehru", sprach Bochre sie an. „Ich weiß es sehr zu schätzen, dass du dich für uns so mutig eingesetzt hast und in Fragas Haus zu dem Geheimtreffen gegangen bist. Wir sind glücklich, dich hier unversehrt zu sehen. Erzähl uns, was du erfahren hast!"

Und Mehru berichtete von Krefus Auftritt, vom Ansinnen des Geheimbundes, Preku zu stürzen, und von dem Verlangen der Reinen Therfamacht, zu den alten Gesetzen zurückzukehren. Ebenso erwähnte sie den Mord an den zwei Dienern, der von Fraga beauftragt vorgestern durch Sarko ausgeführt worden war.

„Das sind äußerst wertvolle Informationen, die du uns mitgebracht hast, Mehru. Die beiden Diener haben mich in der Tat über Dinge benachrichtigt, die sich in Fragas Haus zugetragen haben. Beispielsweise hörte ich von ihnen, der Stadtkommandant wäre in der Nacht seines Todes ins Haus gelassen worden, aber niemand habe gesehen, wie er herausgegangen sei. Allerdings wäre kurz vor Sonnenaufgang ein Transport mit einer Kleidertruhe durchgeführt worden, die angeblich zu einem von Fragas Gütern gebracht werden sollte. Indem Fraga diese Diener nun hat ermorden lassen, verdichtet sich mein Verdacht, dass erstens der Stadtkommandant nicht freiwillig aus dem Leben geschieden ist und zweitens ein Zusammenhang zwischen den Morden an den Leuten aus Imifrich und dem Tod des Stadtkommandanten besteht. Immerhin wird Fraga mit einem Selbstmord des Hauptmanns besser argumentieren können, niemand ermuntere die Stadtwache dazu, unbescholtene Bürger bereits vor der Stadtgrenze mit Gewalt nach Miatr zu entführen. Selbst wenn die Bauern aus Imifrich sowieso nach Miatr kommen wollten, gelten die Notregeln erst dann, sobald das Stadtgebiet durch ein Tor betreten wird. An diese Regeln muss sich Fraga gleichermaßen halten."

Mehru hatte schon eine Zeit lang mit offenem Mund dagesessen, denn eigentlich müsste Bochre wie ein Wahnsinniger sprechen. *Was ist da vorgefallen? War er rechtzeitig gewarnt worden? Kannten seine Diener vielleicht ein Gegenmittel? Hatte er eventuell doch nicht von dem Rauschmittel genommen, weil er weder gegessen noch getrunken hatte?* Gerade wollte sie Bochre dazu befragen, als dieser weitersprach.

„Mehru, du schaust mich an, als wäre ich ein Geist. Aber da ich in den Plan der Reinen Therfamacht eingeweiht war, habe ich heute weder Getränk noch Speise zu mir genommen. Jedoch gehört es zu meinem Plan dazu vorzutäuschen, ich hätte das Rauschmittel, das einen Menschen eine Woche verrückt erscheinen lässt, genommen. Hier bei euch verhalte ich mich völlig normal, doch morgen auf der Ratssitzung werde ich den Ratsmitgliedern meine geistige Umnebelung vorspielen. Zugegeben ist mein Plan, den Sonnentempel genauer kennen zu lernen, durchaus nicht ohne Risiko. So viel kann ich euch verraten: Ich kenne einen im Sonnentempel Aufsicht Führenden, der auf unserer Seite steht. Ich werde ihn allerdings nur bedingt einsetzen, denn wie ihr wisst, schreckt Fraga vor nichts zurück. Schließlich hat er eine Familie zu schützen. Unser Treffen erscheint mir heute so wichtig, damit ihr aus meinem Munde hört, ihr sollt meine Unterbringung im Sonnentempel nicht verhindern. Über Einzelheiten, wie ich da wieder rauskommen werde, habe ich mit Karen gesprochen. Zu gegebener Zeit wird sie euch in den Plan einweihen. Das sollte für heute genügen. Lasst mich mit meinen bescheidenen ‚Gedanken' enden:

Wenn alles sich im Sturm bewegt
das Herz ein'm überquillt
kann Hoffnung stark und schwach
in mancher Nacht verwegen
übermütig sein

doch ständig halte fest
was Nahrung gibt
zum Durchhalten
zum Ertragen von dem Schmerz
wie könntest du sonst leicht
auf Lebenspfaden wandeln,
Erwünschtes doch erreichen?

Nun möchte ich euch noch für euer Verständnis danken, dass ich euch nicht alles erklärt habe. Freilich ist es besser, wenn nur einige wenige eingeweiht sind, damit es mit größerer Sicherheit ein Erfolg werden kann und niemand sich versehentlich verplappert. Karen wird euch den Termin für die nächste Zusammenkunft zukommen lassen."

Mit diesen Worten war die Versammlung beendet und alle verabschiedeten sich, indem sie einen Moment still verharrten und sich zueinander gewandt verneigten.

X

Fraga war heute das erste Mal seit seiner Zugehörigkeit zum Rat vor allen anderen erschienen, denn er wollte unbedingt Bochres Anwesenheit von Anfang bis Ende erleben. Trotz eines überschwänglichen Triumphempfindens bemächtigte sich eine leichte Skepsis seiner und er argwöhnte, Bochre könnte nicht erscheinen. Sollte das geschehen, wäre Krefus Einsatz umsonst gewesen und beliebig wiederholbar wäre so etwas nicht. Aber seine Bedenken sollten baldigst beiseite geräumt werden.

Keine fünf Minuten nach Fraga betrat Bochre den Ratssaal. Dieser trug heute nicht wie üblich eine dem Amt entsprechende würdige Kleidung, sondern hatte über ein weißes, bis auf den Boden reichendes Nachthemd eine Decke wie einen Umhang gelegt, ging barfuß und sein Haar war zerzaust, wie wenn er gerade direkt aus dem Bett entstiegen wäre.

„Guten Morgen, mein König! Wünsche wohl geruht zu haben", begrüßte er Fraga und wendete sich dann an die anderen fünf Ratsmitglieder, die bereits anwesend waren. „Ich hoffe, Ihr habt alles zur Zufriedenheit unseres Königs getan, denn der kann ganz schön wütend werden, wenn etwas nicht nach seinem Geschmack verläuft. Aber Majestät, Ihr habt ja heute blaue Unterhosen an, die habt Ihr ja noch nie getragen!"

„Bochre, lass den Unsinn! Ich bin nicht dein König, sondern lediglich der Bürgermeister. Sollte es dir nicht gutgehen, entlasse ich dich nach Hause, wir schaffen es auch ohne dich, die Ratssitzung abzuhalten. Lasst uns mit dem ersten Antrag begin ..."

„Aber mein König, heute ist doch Ihr Geburtstag und ich wollte gerade etwas zu Ihrer Majestät Ehrentag singen. ‚Es ist ein König uns gebor'n, aus Gold und Lumpensäcken auserkor'n ...'"

„Also Bochre, ich muss doch sehr bitten. Du störst unsere Sitzung. Lass uns jetzt endlich anfangen."

Bochre saß nun auf seinem Stuhl wie ein beleidigtes Kind und redete wirr, jedoch leise genug, sodass die Ratssitzung beginnen konnte.

„Unser erster Antrag behandelt die notwendigen Ausbesserungsarbeiten am Südtor. Dazu wollte Sarko etwas vortragen."

„Liebe Ratsmitglieder", wandte sich Sarko an die Versammlung. „Wir haben uns schon viele Gedanken darüber gemacht, wie wir unser Südtor stabil erhalten können. Bekanntermaßen müssen einzelne Steine im Tor ausgetauscht werden. Würde das die oberen Steine betreffen, wäre das völlig problemlos. Doch es handelt sich um fünf massive Steine auf halber Höhe des Tores. Hierzu hat mir ein befreundeter Baumeister mitgeteilt, mit heutiger Technik sei ein Austausch der Steine ohne Abtragen aller darüber befindlichen Steine möglich, was zum Teil an verbesserten Kranleistungen und zum anderen Teil an einer Technik, die er nicht verraten will, liegt. Die Kosten für die Ausbesserung sinken dann um etwa die Hälfte."

„Danke, Sarko. Du bringst uns gute Nachrichten, sofern unsere Stadt weniger als gedacht ausgeben muss. Ich denke, dazu wird es keine großartigen weiteren Fragen und Erläuterungen geben, deswegen bitte ich jeden um sein Handzeichen, wenn er dem Antrag ..."

„Halt!", unterbrach Karen Fraga energisch. „Bevor wir einem Antrag zustimmen, schlage ich vor, das Südtor erst einmal unter fachkundiger Beratung zu besichtigen. Wir sollten dabei auf unseren Berater für Bauangelegenheiten zurückgreifen, der bisher in allen anderen Bausachen unser Vertrauen genossen hat. Wer weiß, ob diese neue Reparaturtechnik nicht mehr Schäden verursacht, als auszubessern sind. Das wäre nicht das erste Mal, dass Maßnahmen als kostengünstiger vorgeschlagen werden, die sich später als Geldgrab für unseren Stadtsäckel erweisen und nur bestimmten Werkstätten in der Stadt Arbeit verschaffen. Das ..."

Nun stellte sich Bochre auf seinen Platz, grölte aus vollem Halse ein Kinderlied und kletterte auf den Tisch, wo er zu tanzen begann. Dabei warf er Fraga seine Decke entgegen und sprach ihn an: „Hallo, Dickerchen, willst du nicht mit mir tanzen und den anderen mal zeigen, wie wir uns lieben? Zeig ihnen deine Narbe auf der linken Pobacke, worauf ich dich immer schlagen soll. Jipeeh, hopp!" Und mit diesen Worten landete Bochre auf Fragas Schoß und begann ihn am Kinn zu kraulen.

„Das reicht! Wache!", brüllte Fraga wütend außer sich. Er stand zwar kurz vor seinem Ziel, jedoch hätte er sich nicht vorgestellt, vorher von Bochre derartig gedemütigt zu werden. Sein Triumph verschwand hinter der Behandlung durch seinen Ratskollegen, der einen Verdacht auf ihn gelenkt hatte, der zwar lächerlich schien, dennoch wusste er, von jeder Anschuldigung, selbst wenn sie noch so ungerechtfertigt ist, bleibt stets etwas zurück.

„Herr, Ihr habt uns rufen lassen!" Zwei Stadtwächter hatten den Saal betreten.

„Ja, einer unserer Ratsherren ist wahnsinnig geworden und braucht etwas Beruhigung! Führt ihn unverzüglich in den Sonnentempel! Richtet dem Vorsteher des Sonnentempels meine Grüße aus, ich werde den Bericht über die Ereignisse im Ratssaal noch heute schriftlich nachreichen."

Die beiden Stadtwächter nahmen Bochre in ihre Mitte, und während sie ihn aus dem Saal führten, schimpfte er mit ihnen wie ein Rohrspatz.

„Was soll das, ich bin der Freund von König Fraga und wollte ihm nur meine neue grüne Unterhose zeigen. Was denkt ihr, wer ihr seid? Ich habe nichts verbrochen. Lasst mich zu meinem Freund! Ich will nicht mit euch mit! Lasst mich in Ruhe, ihr Trauerquaddel, Querpfeifer, Gurkenschneider, Quatschhampel und Holperquietscher. Das wird euch mein Freund noch heimzahlen! Lasst mich endlich ...“

Mehr konnte man nicht verstehen, weil sich die Tür hinter Bochre und den zwei Stadtwächtern geschlossen hatte. Fraga atmete erleichtert auf und sah die fragenden und zum Teil hämischen Blicke der Ratsmitglieder auf sich gerichtet. Er dachte bei sich: *Was denkt ihr eigentlich von mir? Dass ich es mit Bochre treibe oder irgendeinem anderen Mann? Nie habe ich solche Neigungen verspürt. Sobald ich nur an so etwas gedacht habe, ist mir der Ekel hochgekommen. Sicherlich würdet ihr mir aber kein Wort glauben.*

Mit einem kurzen „Die Sitzung ist für heute geschlossen!“ beendete er die für ihn beklemmende Stille, erhob sich von seinem Sitz und eilte zum Ausgang.

KAPITEL 4

I

Es hatte sich im Armenviertel herumgesprochen, dass man mittags in der „Gaststätte zum letzten Groschen" ein kostenloses einfaches Mahl mit ein wenig Brot zu sich nehmen konnte. Farmos hatte nach Rücksprache mit Karen diese Armenspeisung eingerichtet. Seit der letzten Woche gab er nun täglich etwa 100 Essen aus. Heute waren Fitr und Pavron zu Besuch bei Farmos. Auch Mehru, Amtrok und Fagol, Farmos' Dauergäste in den letzten Wochen, saßen mit am Tisch. Kaum hatte Fitr aufgegessen, rempelte er seinen Mitstreiter Pavron an und fragte ihn, ob er so weit wäre. Dieser hatte nichts einzuwenden, also erhoben sich beide und Fitr sprach an alle gerichtet, die sich im Schankraum befanden.

„Liebe Leute", erhob Fitr seine Stimme, wartete einen Moment, bis alle aufmerksam zu ihm hinschauten und sprach sodann weiter. „Wäre ich nicht aus meiner Werkstatt weggelaufen, würde es mir wahrscheinlich genauso schlecht wie euch gehen. Viele von euch haben den Beratern Vertrauen geschenkt und sind betrogen worden. Ich denke einmal, beinahe jeder von euch möchte eher früher als später in sein Heimatdorf zurückkehren. Dass die Herren dieser Stadt nicht allein betrügen, wird euch Pavron kurz berichten."

„Ja, in der Tat, ich habe alles geglaubt, was die Berater uns erzählt haben, und ich machte mich also mit meinem zehnjährigen Jungen auf den Weg nach Miatr. Jedoch bevor wir überhaupt die Stadt betreten konnten, sind wir von einer Gruppe Stadtwächter überfallen worden. Ein Dorfbewohner wurde vor unseren Augen ermordet. Daraufhin ist mein Junge panikartig weggelaufen. Das wurde ihm zum Verhängnis, er ist vor den Toren der Stadt ebenfalls erschlagen worden. Ich wollte ihm hinterherlaufen, wurde aber vom Knauf eines Schwertes schwer am Kopf getroffen. Die Frau, die hier mit am Tisch sitzt" – er zeigte dabei auf Mehru – „hat mich gerettet, sonst wäre ich ebenfalls umgebracht worden. Ich sinne nicht auf Rache. Überdies weiß ich, der Stadtwächter, der diese Gräueltat begangen hatte, ist kurz nach der Tat selbst getötet worden. Aber lasst uns gemeinsam etwas dafür tun, dass jeder, der es möchte, in diese Stadt kommen kann, ohne zu Zwangsarbeit verpflichtet zu werden, jeder diese Stadt verlassen kann, wann immer er es möchte, Arbeitsverträge abgeschlossen werden, die uns nicht wie Sklaven unseren Herren ausliefern, und wir für unsere geleistete Arbeit einen Lohn bekommen, von dem jeder Mensch sich und seine Familie ernähren kann. Wir können das nur gemeinsam schaffen. Ohne eure Hilfe wird das nicht funktionieren. Seid ihr gewillt uns zu helfen?"

Es war ein allgemein zustimmendes Murmeln zu hören und viele empörte Stimmen erhoben sich. „Unglaublich, die schrecken nicht vor Mord an einem Kind zurück! Diese Bestien! Legt ihnen das Handwerk! Nieder mit den Stadtwächtern!" und ähnliche erboste Äußerungen waren zu hören.

Nun wendete sich Fitr an die Leute: „Als ich das mit dem Kindsmord mitbekommen habe, war ich innerlich ebenso wie ihr fürchterlich erbost. Ich hätte gerne den Stadtwächter eigenhändig erwürgt. Ihr wisst, Preku wird den Gerichtstag in Miatr abhalten, und wir müssen uns darauf bestens vorbereiten, damit die Hauptübeltäter – nämlich der Bürgermeister und die auf seiner Seite stehenden Therfas – mit ihren Taten benannt werden können. Dabei dürfen wir uns nicht scheuen, vor unserem König gegen Fraga auszusagen, auch wenn wir uns noch so sehr vor dem Bürgermeister fürchten. Außerdem dürfen wir Fraga nicht die geringste Möglichkeit des Entkommens bieten. Wärt ihr bereit, in den Straßen um den Marktplatz herum eine geschlossene Menschenkette zu bilden, sobald der Gerichtstag eröffnet ist? Wer dabei mitmachen will, kann das durch ein Handzeichen anzeigen."

Jeder, der sich in der Schankstube aufhielt, hob seinen Arm, zumindest soweit es Fitr übersehen konnte.

„Ich muss schon sagen, ich hätte nicht erwartet, dass ihr euch ohne Ausnahme beteiligen wollt. Damit die Kette jedoch vollständig um den Marktplatz reicht, muss jedermann seine Freunde mitbringen. Und denkt daran, von unserer Seite darf keine Gewalt ausgehen. Unsere Aufgabe ist es, Fraga aufzuhalten, damit die Wachen des Königs ihn festnehmen können. Wenn alle …"

Weiter kam Fitr nicht, denn sechs Stadtwächter hatten die Schänke betreten und den Ausgang blockiert, sodass niemand den Schankraum verlassen konnte. Der Anführer brüllte über die Menge hinweg: „Keiner verlässt den Saal! Vertragskontrolle!"

Fitr fühlte sich wie in einer Falle gefangen, hatte allerdings nicht mit der Reaktion der Armen im Schankraum gerechnet, denn diese schlossen sich zusammen und gingen als Menge auf die sechs Wächter zu, damit sie nicht sehen konnten, was im Innern der Schänke geschah. Gleichzeitig merkten die Stadtwächter, gegen die etwa 100 Menschen, die sich bedrohlich auf sie zu bewegten, hatten sie alleine kaum eine Chance. Darüber hinaus wussten sie nicht, ob diese Leute vielleicht bewaffnet waren. Also holten sie die anderen acht Stadtwächter, die die Schänke von außen abgeriegelt gehalten hatten, ins Innere, um der bedrohlichen Lage etwas entgegensetzen zu können. Diesen Moment nutzten Fitr und Pavron, um durch ein Fenster aus dem Gasthaus zu entkommen. Hals über Kopf rannten sie die Straße hinunter in Richtung Südtor und bogen in die nächste Straße, die nach rechts führte, bevor die Stadtwächter feststellten, dass die Menschenmenge sich lediglich gebildet hatte, um den beiden die Möglichkeit zur Flucht zu schaffen. Als zwei Stadtwächter die Verfolgung aufnahmen, hatten Fitr und Pavron bereits Karmaks Bäckerei erreicht, der die Lage sofort richtig erfasste und beide in den hinteren Raum führte, wo sich die Geheimtür zum Tunnelsystem befand. Währenddessen gelangten die Verfolger an der Bäckerei an und wurden von Darsto zur nächsten nach links abbiegenden Straße gewiesen. Nach etwa zehn Minuten konnte man sie unverrichteter Dinge zurückkehren sehen, derweil Fitr und Pavron sich bereits in Sicherheit jenseits der Stadtmauern befanden.

II

Fast alle waren wieder zusammengetroffen zu ihrem Geheimtreffen im Hintergebäude der „Gaststätte zum letzten Groschen". Der letzte Ton war eben verhallt, als Farmos sich erhob und vom gestrigen Tag in seinem Gasthaus berichtete.

„Gestern sind alle Menschen, die mittags bei mir ein kostenloses Essen bekommen, von den Stadtwächtern verhaftet worden. Fitr und Pavron waren auch dort und haben zu den Menschen gesprochen. Die beiden konnten unerkannt entkommen. Nachher hat mir Darsto berichtet, beide haben Miatr durch unser Tunnelsystem verlassen. Überdies teilte er mir mit, dass niemand von den Stadtwächtern länger festgehalten werden konnte, weil Einzelne ihre Arbeitsverträge erfüllten oder andere von ihren Arbeitgebern entlassen worden waren, da sie durch Krankheit oder Unfälle ihren Herren nicht mehr dienen konnten. Am Gerichtstag werden wir uns auf diese Menschen verlassen können."

„Das sind gute Nachrichten", bemerkte Karen. „Vor allen Dingen darf Fraga keine Informationen darüber erhalten, wie gut wir uns vorbereiten und dass Bochres Aufenthalt im Sonnentempel mit zu unserem Plan gehört."

„Daran kann ich gleich anschließen", meldete sich Darsto zu Worte. „Wie ihr wisst, bin ich mit dem stellvertretenden Stadtkommandanten befreundet und dieser hat mir mitgeteilt, Fraga habe zwei Stadtwächter beauftragt, Mehru, Fagol und Amtrok zu beobachten, um herauszufinden, was die drei hier in Miatr vorhaben. Da der Stadtkommandant sich neu in seinem Amt befindet, wollte er gegenüber seinem Stellvertreter Eindruck schinden, indem er ihn in dieses von den zwei Stadtwächtern unter Drohungen erpresste Geständnis eingeweiht hat, ohne allerdings deren Namen preiszugeben. Ich habe Farmos und Julia schon darüber in Kenntnis gesetzt, damit beide ihre Gäste und die Tür zum Hinterhof genauestens beobachten und jeden ungebetenen Gast von dort fernhalten."

„Erst einmal müssen wir herausfinden", sagte Karen, „wer die Spione sind, und dann können wir sie gezielt mit falschen

Nachrichten versorgen, um Fraga in vermeintlicher Sicherheit zu wiegen. Mehru, Fagol und Amtrok könnten sich zum Beispiel mit Karmak, Fima und mir im ‚Wirtshaus am Rathaus' treffen, um über den angeblichen Grund für ihre Reise nach Miatr zu sprechen. Ich stelle mir gerade vor, wie sich Mehru und Amtrok Gedanken machen über eine mögliche Geschäftsgründung, und Fagol wird bestimmt auch eine Idee haben, die er beiläufig im gemeinsamen Gespräch einfließen lassen kann, warum er sich hier aufhält."

„Du hast recht", schloss sich Fima an, „wir werden die beiden beraten, wie sie es anstellen können, in Miatr ein Geschäft aufzumachen, und wir werden uns über die Vergabe von Krediten Gedanken machen. Doch wie können wir herausfinden, wer die Spione sind?"

„Also, dazu muss man wissen", setzte Karen das Gespräch fort, „um den Schankraum des ‚Wirtshaus am Rathaus' sind ringsherum Räume angelegt, von denen aus man jeweils einen Tisch im Schankraum belauschen kann. Da jedes Ratsmitglied dies weiß, halten wir im Schankraum nur Treffen ab, die absolut nichts mit geheimen Absprachen zu tun haben. Bevor das Gespräch am Tisch zu Ende ist, muss sich einer vom Tisch entfernen und wie Mehru bei Fragas Geheimtreffen vorgehen. Dem Wirt kann man mitteilen, man möchte einen der Räume für ein privates Treffen anmieten. Die Räume tragen dieselben Nummern wie die Tische. Keiner wird argwöhnisch werden, weil in den an den Schankraum angrenzenden Räumen ständig irgendwelche Geheimtreffen stattfinden."

„Der Plan hört sich gut an", schaltete sich jetzt Mehru ein. „Gerne würde ich wieder die Rolle der Spionin übernehmen, aber ich denke, es müsste eine von euch, Fima oder Karen, oder du, Karmak, sein, denn Amtrok und mir würde man nicht abnehmen, dass wir in Miatr bereits über derartige Geschäftsbeziehungen verfügen, um geheime Treffen abzuhalten. Darüber hinaus ist die Aufmerksamkeit auf uns drei aus Imifrich zentriert. Da würde es nur stören, wenn einer von uns längere Zeit abwesend ist, und wahrscheinlich kommen die Stadtwächter erst aus ihrem Versteck heraus, sobald sie sicher wissen, dass wir drei das Wirtshaus verlassen haben."

„Wir sollten unser Treffen möglichst zeitnah, also bereits morgen oder übermorgen Abend, abhalten", setzte Karmak das Gespräch fort. „Das könnte bedeuten, ihr drei werdet nicht länger beobachtet, sobald Fraga von eurem harmlosen Verlangen, euch hier geschäftlich niederlassen zu wollen, erfährt. Ich kann dabei die Rolle des Spions von unserer Seite übernehmen, denn die Stadtwächter sind mir durchweg mit Namen bekannt, was unter anderem an meiner Bereitschaft liegt, den Wächtern bereits vor Öffnung meiner Bäckerei am Morgen über die Backstube Brot zu verkaufen."

„Somit ist das geklärt. Ist euch als Termin übermorgen Abend genehm, weil ich morgen mit Ratsmitgliedern ein wichtiges Treffen habe?", wendete Karen sich an die anderen.

Jeder, der davon betroffen war, nickte schweigend seine Zustimmung und danach besprach man noch einzelne weniger wichtige Punkte. Zum Beispiel hatte Fitr seine Schuhe zerschlissen bei der Menge an Kilometern, die er von Ort zu Ort mit Pavron und vorher alleine gelaufen war, um die Bauern über die Vorgehensweise der Berater aufzuklären. Das notwendige Geld für die Schuhe gab ihm Karen verbunden mit dem Auftrag, so viele Dörfer wie möglich über den bevorstehenden Gerichtstag des Königs in Miatr in Kenntnis zu setzen, damit ausreichend viele Menschen den Rathausplatz bevölkern würden. Allerdings sollte er ihr Vorhaben, Klagen gegen Fraga vorzubringen, unerwähnt lassen. Vor allem sollte niemand in irgendeine von Fragas Missetaten eingeweiht werden, egal wie Vertrauen erweckend die Person wirke. Je weniger Mitwisser es gebe, desto weniger könnten sich verplappern oder verraten. Mit einem schwermütigen Lied, das jedermann kannte, beendeten sie die Runde.

Im Anschluss an das Geheimtreffen setzten sich Mehru, Fagol und Amtrok noch für eine Stunde in den Schankraum und sprachen für einen Außenstehenden wie beiläufig über ihr geplantes Treffen mit Karen, Fima und Karmak im „Wirtshaus am Rathaus", ohne ein Wort darüber zu verlieren, was sie damit wirklich erreichen wollten.

An demselben Tag berichteten Kermu und Semol Fraga, was sie über die drei Leute aus Imifrich in der „Gaststätte zum letzten Groschen" hatten in Erfahrung bringen können. Natürlich wurden sie anschließend von Fraga über die Lauschräume informiert und erhielten von ihm das für die Anmietung eines Raumes notwendige Geld. In zwei Tagen sollten sie ihrem Auftraggeber – egal zu welcher Tageszeit – ihre Ergebnisse mitteilen. Fraga legte sich an diesem Tag mit der Gewissheit schlafen, alles perfekt im Griff zu haben.

III

Schon eine Weile saßen Mehru, Fagol und Amtrok mit Karen, Fima und Karmak im „Wirtshaus am Rathaus" zusammen und hatten über alltägliche Dinge wie das Wetter, gutes Essen und das beste Gasthaus in Miatr gesprochen, als Karen ihre Frage direkt an Mehru und Amtrok richtete.

„Ist das richtig, dass ihr beide in Miatr ein Geschäft eröffnen wollt?"

„Ja, das ist der Grund, weswegen wir unser Dorf verlassen haben. Es ist unser gemeinsamer Wunsch, einen Fischladen mit Frischfisch von den Dorffischern zu eröffnen. In Gritolk und Imifrich konnten wir häufig bloß etwa die Hälfte unseres Fanges im Ort verkaufen. Da wir anderseits neben dem Fischfang gleichermaßen Land zu bearbeiten hatten, konnten wir nicht täglich die andere Hälfte nach Miatr oder Hangstu bringen. In der ersten Zeit wird Amtrok über die Dörfer fahren und Fisch aufkaufen, während ich mich im Laden betätigen werde."

„Das passt wirklich hervorragend! Bislang gibt es keinen Fischladen in unserer Stadt. Freilich braucht ihr einiges Geld, um zum Beispiel den Laden zu mieten. Obendrein muss der Laden eingerichtet werden, und solltet ihr momentan keinen Wagen mit Pferd besitzen, muss das ebenfalls angeschafft werden. Ihr werdet gute Freunde brauchen, die euch in den ersten Jahren helfen, damit ihr hier Fuß fassen könnt."

Karen hatte nun ihre geschäftliche Miene aufgesetzt und schien in Gedanken bereits Zahlenkolonnen aufzulisten und zu vergleichen.

„In der Tat brauchen wir gute Freunde", übernahm Amtrok nun das Gespräch. „Aber diese Freunde müssen über genügend Geld verfügen, das sie verleihen können. Und dabei haben wir an euch gedacht. Besteht unter Umständen die Möglichkeit, von euch das notwendige Geld vorgeschossen zu bekommen?"

„Also, mit Geld kann ich euch nicht aushelfen", antwortete Karmak. „Dennoch kann ich euch unterstützen, zumal mir ein Haus in der Münzgasse gehört. Am genannten Ort könnt ihr zunächst, ohne Pacht zu zahlen, euren Laden eröffnen. Überdies ist ein Cousin von mir Tischlermeister und kann euch Holz anbieten, das ihr für eure Einrichtung benötigen werdet. Mit mir befreundeten Kunden überlässt er das Holz erstens zum Einkaufspreis und zweitens braucht ihr die Rechnung erst nach zwei Monaten zu begleichen."

„Desgleichen könnt ihr von mir kein Geld erwarten", wendete sich Fima an die zwei. „Hingegen besitze ich, wie ihr wisst, eine Töpferei und ich kann euch die Gefäße ausborgen, die ihr für den Laden braucht. In den ersten zwei Monaten erwarte ich keine Bezahlung meiner Rechnung."

„Jedoch ich kann euch Geld zur Verfügung stellen", bemerkte Karen. „Vor Ablauf von drei Monaten erwarte ich keine Rückzahlung und erhebe erst danach einen kleinen Zins in Höhe von einem Prozent. Darüber hinaus kann ich euch zum Beispiel notwendige Küchenmesser oder anderes Gerät aus meinem Haushalt leihen. Ihr seht, eurer Ladeneröffnung steht eigentlich nichts mehr im Wege und ihr solltet alsbald mit euren Planungen beginnen."

„Das stimmt uns überglücklich. Wir hatten nicht gedacht, es derartig erleichtert zu bekommen. Dafür danken wir euch von ganzem Herzen. In der nächsten Woche werden wir das Haus in der Münzgasse besichtigen. Danach werden wir weitersehen."

Mehru spielte ihre Rolle glänzend. In ihren Augen schimmerten Tränen der Rührung und ihrer Stimme hatte sie eine dankbar klingende Melodie verliehen.

„Und ihr wollt ebenfalls in Miatr ein Geschäft eröffnen?" Fimas Frage war an Fagol gerichtet. Dieser räusperte sich und nach einer längeren Pause begann er zu sprechen.

„Es fällt mir schwer, über den Grund meines Aufenthaltes in Miatr zu sprechen. – Wie ihr wisst, wurden vor zwanzig Jahren alle Bürger Mobirowiens zu einem Jahr Zwangsarbeit für König Ghoro verpflichtet, da die Staatskasse leer war. Wir fanden das durchweg eine Zumutung, zumal der König unser Geld allein für seinen üppigen Lebensstil verprasst hatte. Indes ergab sich jeder in sein Schicksal. Ich zog damals mit meiner Frau Mounra und unserem gemeinsamen Sohn Tirton hierher, um meiner Pflicht Genüge zu tun. Wie es das Schicksal wollte, starben meine Frau und unser Sohn beide hier am Fieber. Bevor ich von dieser Welt gehe, möchte ich die Erinnerung an beide bewahren und sämtliche Orte aufsuchen, die uns miteinander verbinden. Außerdem bitte ich sie um Verzeihung, ihnen in ihren schwersten Stunden nicht beigestanden zu haben, derweil mich mein damaliger Herr, wohl wissend, dass meine Angehörigen schwer erkrankt waren, kaum eine Stunde zu meinem Kind und meiner Frau gelassen, sondern mir immer weitere Aufträge aufgebürdet hat, die ich natürlich zu erledigen hatte. An vielen Tagen musste ich 20 Stunden ohne Pause schuften und kam ich hinterher in unsere Wohnnische in einem Zimmer, das wir noch mit drei weiteren Familien teilten, zurück, konnte ich mich selten länger als eine Stunde um beide kümmern. Hierbei schlief ich vor Erschöpfung ein. Gott holte meine Frau und unser Kind heim in sein Reich, während ich mich für meinen damaligen Herrn abplagen musste. Für die Begräbnisse hatte ich gerade einmal eine Stunde insgesamt Zeit bekommen. Freilich bin ich nicht allein hier, um von Mounra und Tirton Vergebung zu erbitten, sondern ich bin gleichzeitig gewillt, meinen alten Groll auf Sarkos

Vater, der damals mein Herr gewesen war, zu begraben. Sollte ich an diesem Ort meinen Frieden finden, werde ich nach Imifrich zurückkehren, um dort frohen Herzens sterben zu können."

Derweilen Fagol über die Beweggründe für seinen Aufenthalt in Miatr gesprochen hatte, war Karmak aufgestanden, um seinen selbst übernommenen Auftrag auszuführen. Zuvor hatte Mehru ihm unbemerkt von den anderen die Karzolfeder in die Hand gedrückt und ihm zugeflüstert, wie sie funktioniert. Sogleich nachdem Fagol geendet hatte, entschuldigten sich Fima und Karen nacheinander mit wichtigen Terminen in Geschäftsangelegenheiten und verließen das Wirtshaus. Ebenso gingen Mehru, Fagol und Amtrok und kehrten wenig später in ihr Gasthaus zurück.

IV

Fraga war noch in der Nacht von Semol und Kermu aufgesucht worden und befand sich in Hochstimmung. Alle seine Gedanken, dass die drei Leute aus Imifrich in Miatr für Unruhe sorgen könnten, waren verflogen. Es gab nachvollziehbare persönliche Beweggründe und an dieser Stelle fand er ein Wort des Lobs für seine Erzfeinde Karen und Bochre, denen scheinbar ebenso wie ihm an der Entwicklung der Stadt gelegen war. Er brauchte mutige Bürger, die wie zum Beispiel die Fischersleute aus Imifrich ein Geschäft eröffnen wollten und das Risiko, das Derartiges mit sich bringt, bereit zu schultern waren. Würde in Miatr der Fischladen Fuß fassen, könnte es sich für andere Leute als Ermutigung erweisen, ähnliche Ideen verwirklichen zu wollen. Das käme seinem Ansehen in der Stadt zugute, Preku würde ihn vielleicht in der einen oder anderen Sache begünstigen, sodass er seine Macht am Hof allmählich ausbauen und dann, wenn er genug davon angesammelt hätte, benutzen könnte, um seinen größten Wunsch umsetzen zu können. Möglicherweise bräuchte er nicht einmal Gewalt dafür einzusetzen, mit der Ausnahme, den König verhaften zu müssen. Er würde an die Traditionen der alten Könige anknüpfen und große Paläste errichten. Wenn Prekus Gesetze aufgehoben wären, könnte er ohne weiteres die abhängig Arbeitenden, wie Ghoro es einst gemacht hatte, zu Zwangsarbeit für die Krone verpflichten. Während er in rosigen Zukunftsträumen schwelgte, genoss er seinen Lieblingswein, der ihm bereits nach dem zweiten Glas die Sinne angenehm verklärte, sodass ihm alles sehr viel strahlender und mit kräftigeren Farben gezeichnet erschien. Sein Herz war leicht wie selten sonst, seine Brust weitete sich, ein angenehm wohliges Gefühl breitete sich in der Magengegend aus und sein Kopf regierte in seinem Universum gleich einem Adler, der nichts übersieht und sich seiner Stärke bewusst seiend am Himmel mit kräftigem Flügelschlag seine Beute im Blick hält in dem Wissen, dass sie ihm nicht entkommen wird. Er war bereit, zu frischen neuen Taten aufzubrechen, die endlich seine wahre Größe zum Vorschein bringen würden. Es ergoss sich in ihm ein Gefühl, er wäre berufen, der Welt zu zeigen, welche Wege eingeschlagen werden müssten, damit die Menschheit sich zu ihrer höchsten Form entwickeln könnte. Noch in tausend Jahren würden die Menschen in Mobirowien von ihm sprechen wie von einem Wesen, auf das das Land hunderte von Jahren sehnsüchtig gewartet hatte. Man würde ausschließlich in ehrfurchtsvollen Worten seiner gedenken und überall im Land würden Inschriften und Statuen an ihn erinnern. Einzig durch sein Schaffen kann Mobirowien gereinigt und geheiligt werden, sodass durch seine Segnungen dieses Land das bedeutendste Land auf der Erde sein wird. Fraga wirkte sehr abwesend, als sein Nachtdiener einen königlichen Rat mitsamt Gefolge anmeldete, der vor den Toren der Stadt zu dieser späten Stunde Einlass begehrt hatte.

Was hat das zu bedeuten?, dachte Fraga. Vielleicht wollte Preku seinen Gerichtstag in Miatr absagen? Das käme ihm sehr gelegen, obschon er meinte, nichts befürchten zu müssen, zumal Bochre rechtzeitig ausgeschaltet worden war. Überdies hatte er ein gut funktionierendes Nachrichtennetz und seine Spione hatten ihn in jeder Hinsicht beruhigt. Darüber hinaus ging er davon aus, dass seine Aktivitäten mit dem Geheimbund „Die

Reine Therfamacht" nirgends außerhalb bekannt sein würden. Und wer sollte je über die von ihm angeordneten Morde etwas erfahren? Das schien ihm völlig abwegig. Einzig seine Stadtwache, vermeinte er, könnte sich unter anderem dann als Schwachpunkt erweisen, sollten die zwei schwulen Stadtwächter, die er erpresste, sich gegen ihn wenden. Freilich rechnete er stark damit, dass beide nicht an der Bekanntgabe ihrer Vorlieben in Liebesangelegenheiten interessiert sein würden. Eventuell müsste er sich dieses Problems auf gleiche Weise entledigen, wie er es mit den unliebsamen Dienern gemacht hatte. Nichtsdestoweniger bestand zurzeit kein Grund zur Besorgnis, weil diese beiden Stadtwächter über keinerlei Wissen verfügten, das ihm schaden könnte, außer der Tatsache, dass er die Wachsoldaten dazu aufgefordert hatte, möglichst viele Leute schon vor der Stadt festzuhalten, um sie zur Zwangsarbeit in Miatr zu verpflichten. Er war sich selbstverständlich dessen bewusst, nicht die gesamte Stadtwache beseitigen zu können.

Als der königliche Rat eintrat, hatte er gerade beschlossen, die geringe Gefahr, die von der Stadtwache ausging, in Kauf zu nehmen.

„Es tut mir leid", begann der königliche Rat das Gespräch, „Euch zu so später Stunde in Euren Privatgemächern zu stören, Bürgermeister. Gleichwohl, unser König hat uns befohlen, unverzüglich und ohne Unterbrechung nach Miatr zu eilen. König Preku wird den Gerichtstag bereits in einer Woche abhalten, da er zum geplanten Termin wichtige Gespräche mit König Woschinin führen muss. Es geht dabei um den wieder aufgeflammten Grenzstreit zwischen Bakulien und Mobirowien. Die Lage ist solcherart ernst, dass wir Miatr betreffend den Termin vorziehen müssen. Ich hoffe, Ihr versteht unsere Beweggründe für die Vorverlegung des Gerichtstages?"

„Exzellenz", antwortete ihm Fraga. „Es ist mir eine Ehre, König Preku empfangen zu dürfen. König Preku wird grundsätzlich selbst über den Termin bestimmen, zu dem er unsere Stadt mit seiner Anwesenheit beehrt. Wir werden uns jederzeit bemühen, ihm den ihm geziemenden königlichen Empfang zu bereiten. Ich kann Euch versichern, es erfüllt uns mit Stolz, unseren Herrscher innerhalb unserer Mauern sehen zu dürfen."

„Ihr als Stadtoberhaupt Miatrs seid verpflichtet, unserem König eine Unterbringung zu gewährleisten, die es an nichts zu wünschen übrig lässt. Alles muss nach der beschwerlichen Reise behaglich genug sein, um König Preku die Strapazen vergessen zu machen."

„Ich hoffe, Exzellenz", erwiderte Fraga, „die im Rathaus ausgebaute Königsetage bietet ausreichenden Komfort, damit sich unser König rundum wohlfühlen kann. Die Etage verfügt über Fußbodenheizung, die Bäder haben Zugang zu fließendem Wasser – dem Diener muss nur Bescheid gegeben werden, will man ein Bad nehmen –, alle Einrichtungsgegenstände sind von auserlesener Qualität. Die Wände sind mit kostbaren Wandteppichen behängt, die Fußböden sind mit Seidenteppichen belegt, im Esssaal befindet sich ein marmorner Mosaikfußboden mit dem königlichen Wappen im Zentrum. Für das leibliche Wohl haben wir eigens im Kellerbereich eine große Küche mit angrenzendem Vorratsbereich eingerichtet. Ebenda sind unter anderem die besten Weine des Reiches gelagert. Schaut Euch ruhig morgen die Räumlichkeiten sorgfältig an und teilt mir mit, falls Einzelnes fehlen sollte, was für das Wohlbefinden unseres Königs zusätzlich besorgt werden muss."

„Ich danke Euch für Euer großes Entgegenkommen. Wie Ihr mir die Königsetage vorgestellt habt, hege ich keinen Zweifel, unser König wird sich in Miatr wohlfühlen. Gerne nehme ich Euer großzügiges Angebot an, morgen das Königsquartier in Augenschein nehmen zu können. Darüber hinaus hat der Rathausplatz als Ort des Gerichtstages einigen Anforderungen zu genügen. Ihr müsst auf diesem Platz ein erhöhtes Podest für unseren König errichten, damit er zu Miatrs Bürgern sprechen kann und seine Entscheidungen in Streitigkeiten für jedermann hörbar verkünden kann. Wird das möglich sein?"

„Gewiss, Exzellenz. Unser Rathausplatz ist dergestalt konstruiert, dass von dem Ort aus, an dem das Podest aufgestellt wird, jeder unseren König gut verstehen kann. Bereits seit vielen Jahren sind wir in dieser Hinsicht einwandfrei vorbereitet."

„Meine Hochachtung, Bürgermeister. Ich schätze Eure Umsicht und ich vermute, unser König wird in Miatr keinen Grund zur Klage finden. Wie Ihr wisst, kann es Euch zum Vorteil gereichen, gesetzt den Fall, unser König kehrt zufrieden nach Zafach zurück. Bekanntlich hat sich Seine Majestät, sofern wichtige Ämter im Staat zu vergeben waren, an angenehme Aufenthalte im Reich erinnert, um ihm ergebene Diener entsprechend auszuzeichnen."

„Exzellenz, es schmeichelt mir, Euch zuversichtlich zu sehen. Sollte Seine Majestät meine geringfügigen Dienste in Anspruch zu nehmen wünschen, werde ich ihm mit Freuden zur Verfügung stehen und ein demütiger Diener sein."

„Somit wäre alles Wichtige besprochen. Ich wünsche Euch eine angenehme Nachtruhe."

Nachdem der königliche Rat sein Gespräch mit dem Bürgermeister beendet hatte, erhob er sich und wendete sich dem Ausgang zu. Fraga wünschte ihm ebenfalls eine gute Nacht und zog sich in seine Privatgemächer zurück.

V

Seit ihrer Besprechung mit Karen, Fima und Karmak im „Wirtshaus am Rathaus" waren Mehru, Fagol und Amtrok, obwohl Fraga vermutlich beruhigt worden war, vorsichtig mit ihren Gängen und Besuchen in Miatr umgegangen. In den allermeisten Fällen benutzten sie das Tunnelsystem und wurden dabei jeweils von Julia, Farmos oder Darsto geführt. Solcherart bewegten sie sich oft in das Armenviertel über einen Tunnelarm, der in einem Haus, das Fima besaß, endete. Die Stadtwächter wagten es nicht, sich einzeln oder zu zweit dorthin zu begeben, zumal, wollte man nicht überfallen werden, sollte man dieses Viertel einzig in dem Fall betreten, sofern die Bewohner dem Eindringling ihr Vertrauen schenkten.

Die drei Besucher aus Imifrich hatten es sich zur Angewohnheit gemacht, kranke Bewohner des Armenviertels zu pflegen und diese mit den erforderlichen Medikamenten und Nahrung zu versorgen. Die Mittel für ihre Ausgaben bezogen sie über Karen und Fima. Weil Mehru sich in der Heilkunst gut auskannte – ihr Vater war Medikus in Gritolk gewesen –, stellte sie eine echte Hilfe für die Kranken dar. Pausenlos erreichte sie die Nachricht, jemand benötige ihre Hilfe, und regelmäßig fand sie ähnliche Umstände vor: mit Menschen überfüllte Räume, die zudem im Schmutz zu verkommen schienen, apathisch auf ihrem Lager Liegende, die vermutlich sich schon damit abgefunden hatten, bald zu sterben, ohne Hilfe erwarten zu können, und überall Anzeichen des Hungers. Sie war sich bewusst darüber, dass sie nicht jedem die notwendige Hilfe leisten konnte. Zwar konnte sie sich auf Fagol und Amtrok verlassen, die den weniger schwer Erkrankten Unterstützung boten, jedoch kämpfte sie gegen überstarke Mächte an. Ihres Wissens hing die Verarmung der Bevölkerung mit der Geringschätzung ihrer Arbeit zusammen, was ihren Ausdruck in einer ungerechten Bezahlung und einer menschenunwürdigen Gestaltung der zu erledigenden Arbeiten fand. Viele der Erkrankungen, die sie antraf, waren Folgeerscheinungen von Hunger und fehlender Hygiene. Beides Dinge, die in bürgerlichen Haushalten, in denen Wohlstand herrschte, nicht vorkamen. Je genauer sie das ungeheure Elend in Miatrs Armenviertel kennen lernte, desto stärker malte sie das Bild einer Gesellschaft, in der Bochres und Karens Arbeitssystem sich durchsetzen würde, damit solche ungerechten Zustände in der Stadt und womöglich grundsätzlich auf dieser Erde beseitigt werden könnten. Sie war keine Fanatikerin, die meinte, Theorien, die man bejaht, müssten umgehend und mit aller Macht und allen verfügbaren Mitteln durchgesetzt werden. Das würde lediglich zu Mord und Totschlag führen. Nein, sie kannte die Wirklichkeit nur allzu gut, um zu wissen, dass ein Fortschreiten schrittweise, mitunter Millimeter für Millimeter, vonstattengeht, gekoppelt an etliche Rückschläge und letztendlich sogar mit dem Makel des möglichen Scheiterns behaftet. Da sie nicht ständig eine zwingende Vorstellung von voranschreitender Entwicklung im Hinterkopf hatte, bot sie ihre Hilfe an, ohne an unüberwindlichen Schranken zu verzweifeln.

Dementsprechend hatte sie sich bereits mit Fima und Karen in Verbindung gesetzt, um über die Einrichtung eines Hospitals im Armenviertel zu sprechen. Sowohl Fima als auch Karen waren hoch erfreut über diese Idee und unterstützten Mehru dabei. Indes gab es noch etliche Probleme zu beseitigen, bevor man an den Aufbau dieser für die Schwerkranken notwendigen Hilfe denken konnte. An erster Stelle stand das Problem, wo die in Fimas Haus Wohnenden untergebracht werden sollten, damit das Gebäude als Hospital genutzt werden konnte. Wäre dieses Problem behoben, käme eine Unmenge weiterer Probleme zum Vorschein, wie zum Beispiel woher könnte man das Personal für das Hospital beziehen, aus welchen Quellen würde man die gesamte Einrichtung, Verbrauchsmaterial wie Verbände und Medikamente bezahlen und zu guter Letzt die Frage, ob das Personal ehrenamtlich oder hauptamtlich beschäftigt sein sollte. Vorübergehend wäre an eine Kombination zwischen ehrenamtlich Tätigen und bezahlten Kräften zu denken. Karen hatte ihr zugesagt, dass sie mit Bochre und eventuell anderen vermögenden Therfas gemeinsam eine Stiftung gründen wollte, um die für ein Hospital notwendigen Gelder aufzubringen.

Während sich Mehru um die Schwerstkranken persönlich kümmerte, gingen Fagol und Amtrok zu leichter Erkrankten, denen sie zum Beispiel das Wassertragen oder andere schwere Arbeiten abnahmen. Obendrein hatten sie zusammen mit freiwilligen Helfern aus dem Armenviertel die Aufgabe übernommen, die Nahrungsversorgung der Kranken und derer Kinder sowie die Medikamentenversorgung zu organisieren und durchzuführen.

Mit ihrem Tun hatten die drei für wachsende Hoffnung im Armenviertel gesorgt. Sobald ihnen dort jemand begegnete, fühlten sie, wie sich ein Teil ihrer Bereitschaft für andere da zu sein, auf den anderen übertrug. Die Verbesserungen hatten vor ein paar Wochen mit der Eröffnung eines täglichen Mittagstisches in Farmos „Gaststätte zum letzten Groschen" begonnen. Bereits dieses erste wohltätige Werk wäre ohne Zutun von Mehru, Fagol und Amtrok nicht möglich gewesen. Bochre und Karen hatten sich hauptsächlich neben ihren geschäftlichen Verpflichtungen um den Aufbau eines gerechten und funktionierenden Arbeitssystems bemüht und dabei keine zusätzliche Zeit aufbringen können, den Zustand der Armen im Armenviertel in Augenschein zu nehmen. Da die Armen sich in ihren Zustand ergaben, ihn als sozusagen gottgegeben anerkannten, gab es niemanden, der sich für sie hätte offensiv einsetzen können. Das änderte sich nun mit einem Schlag.

Einzelne Bewohner des Armenviertels hatten sich deshalb Gedanken darüber gemacht, auf welche Weise sie ihren „Engeln", wie sie sie nannten, ihre Dankbarkeit zeigen könnten. Sie waren einhellig der Meinung, sie sollten ein großes Fest auf dem Brunnenplatz abhalten, um ihre „Engel" auf einem sonders dafür errichteten Podest, das sie aus Holz aus zusammengestürzten Häusern aufbauen wollten, zu feiern und zu ihren Ehren einzelne Darbietungen vorzubereiten und aufzuführen.

Der „Tag der Danksagung" war nun gekommen und der Brunnenplatz quoll über mit Leuten. Jeder wollte miterleben, wie seine „Engel" geehrt wurden. Sobald Samor, der von dem Festkomitee ausgewählte Danksagungsredner, auf die Bühne getreten war und Mehru, Fagol und Amtrok einzeln heraufgebeten hatte, erhob sich ein tosender Beifall. Es dauerte einige Minuten, bis die ungefähr 1500 Menschen starke Menge ihre Beifallsbekundungen abklingen ließ und Samor schließlich erlaubte, seine Rede zu halten.

„Liebe Leute, wir haben uns an diesem Ort versammelt, um unseren ‚Engeln' Mehru, Fagol und Amtrok aus Imifrich unsere Verbundenheit zu bekunden. Sie haben es geschafft, uns Mut und Ehre wiederzugeben. Ohne die drei würden wir uns nach wie vor hilflos und schwach fühlen. Sie befinden sich jetzt beinahe vier Wochen in Miatr und haben in dieser kurzen Zeit so viel für uns getan wie kein Einwohner der Stadt in zehn Jahren. Wir wollen nicht den Stab über unsere Mitbürger brechen, jedoch keiner hat uns die Beachtung geschenkt, die notwendig gewesen wäre, um unsere Zuversicht in die Zukunft zu stärken. Erst müssen von außerhalb Menschen in die Stadt kommen, die gewiss genügend eigene Sorgen mit sich herumtragen, die gleichwohl eine Menge Kraft dafür geben, damit es uns besser gehen kann. Wir empfinden euch gegenüber eine tiefe Dankbarkeit, die uns heute dazu veranlasst, euch zu Ehrenbürgern unseres Armenviertels zu erklären. Mit euch kehrt der Mut zurück, der uns darin beflügelt, etwas für unser eigenes Schicksal tun zu können. Viele von uns empfinden eine innere Aufbruchsstimmung, die uns allen Kraft gibt, in Zukunft ein besseres Leben führen zu können und vor allen Dingen das zu wollen, was auch heißt, wir werden uns für diese Sache kämpferisch einsetzen. Was immer ihr in dieser Stadt vorhabt, wir werden euch dabei unterstützen, weil wir mitbekommen haben, ihr habt von Anfang an auf unserer Seite gestanden. Bevor nun die drei sich noch an uns wenden werden, möchten wir unseren Dank mit einem dreifachen ‚Hurra!' zum Ausdruck bringen. – Hurra! Hurra! Hurra!"

Damit schloss Samor seine Dankesrede und ein unbeschreiblicher Jubel ertönte über den Platz. Fagol hatte sich als Ältester von den dreien vorgenommen, dem Dankesredner zu antworten. Und so stellte er sich nun in die Mitte der Bühne und hob an zu sprechen.

„Liebe Anwesende, wir danken euch für euren warmen Empfang besonders am heutigen Tage. Vor etwa zwanzig Jahren war ich durch König Ghoros Zwangsmaßnahmen in einer ähnlichen Lage wie ihr, mit dem Unterschied, dass meine missliche Lage lediglich ein Jahr angedauert hat und ich danach in mein Dorf zurückkehren konnte. Frau und Kind starben mir in Miatr am Fieber, doch immerhin hatte ich in Imifrich ein gutes Stück Land, das ich bebauen konnte. Ihr wisst, Preku hatte kurz nach seiner Thronbesteigung vorgeschrieben, die Beschäftigung der Menschen in Mobirowien an einen Arbeitsvertrag zu binden, der einen gerechten Lohn und verträgliche Arbeitsbedingungen garantieren sollte. Das führte leider zu zweierlei schlechten Entwicklungen.

Auf der einen Seite boten viele Menschen, die früher ihr Dasein mit Betrügereien gefristet hatten, den Therfas ihre Dienste an und formulierten ihnen die Verträge dergestalt aus, dass alles nur zum Vorteil für die Therfas geriet, die Bediensteten allein ihre Lage nicht verbessern konnten. Diese Betrüger nannten sich hinfort Berater und jene Berater schafften es regelmäßig, zahlreiche arglose Menschen zum Unterschreiben ihrer Knebelverträge zu überreden.

Auf der anderen Seite gaukelten die Berater den Menschen gekonnt vor, sie könnten alleine mit dem Vertrag in der Hand zu bescheidenem oder sogar großem Wohlstand aufsteigen. Selbstredend wollte das jeder und dachte insgeheim an einen Sack voll Gold. Die Gier nach dem glänzenden Metall schien sich in unserem Land zunehmend auszubreiten und manche Dörfer verloren wenigstens die Hälfte ihrer Einwohner, die in die Stadt zogen, um ihr Glück zu versuchen. Selbstverständlich ist es anstrengender, seinen Lebensunterhalt mit harter Arbeit zu verdienen, wie es das Land zu bieten hat, anstatt in nur vier Stunden täglicher Arbeit alles für die Familie Nötige zu erhalten. Dass allerdings das von den Beratern gegebene Versprechen eine Lüge war, wollte niemand wahrhaben. Um wie viel größer war der Jammer, sobald man mit harter Hand zur Einhaltung der Verträge gezwungen wurde.

Vermutlich sind etliche von euch genauso auf die Betrüger reingefallen, sodass ihr eine euch einende Kraft spürt, die uns anzeigt, es ist notwendig die Dinge zu ändern. Wie ihr höchstwahrscheinlich gehört habt, wird Preku den Gerichtstag hier in Miatr abhalten. Wir bereiten uns mit einzelnen Therfas gemeinsam darauf vor, König Preku die herrschende Ungerechtigkeit vor Augen zu führen. Unsere Hoffnung ist groß, eure missliche Lage grundsätzlich verbessern zu können. Um das erreichen zu können, müsst ihr allerdings bereit sein, uns mit eurer Anwesenheit auf dem Marktplatz an dem Tag zur Seite zu stehen. Nun danke ich euch für eure Aufmerksamkeit und überreiche an Mehru und Amtrok, die euch auf ihre Art eure entgegengebrachte tiefe Dankbarkeit vergelten möchten."

„Liebe Leute", begann Amtrok seine kurze Ansprache. „Mehru und ich haben ein Lied als Dank für die Ehrung durch euch geschrieben und vorbereitet. Sofern ihr wollt, könnt ihr beim Refrain gerne mitsingen. Es handelt von Mühsal und soll euch gleichzeitig Mut einflößen, denn eure Befreiung vom Elend erscheint möglich."

Somit holte Amtrok seine Flöte heraus und stimmte eine traurige Weise an, die an das gemeinsame Lied von beiden angelehnt war. Als Mehru mit dem Gesang einsetzte, verstummten die letzten Gespräche und andächtig lauschten sie ihren Worten.

Heute hören wir von Annas Leid
die kündet von Jammer allbekannt
wo aber auch Hoffnung bleibt
für ein bess'res Leben an fernem Strand.

Anna ward geboren zu einer Zeit
zu der Hunger herrschte überall
doch nur die Armen war'n verurteilt
sterben zu müssen in großer Zahl.

Annas Schwester und ihr Bruder
welkten dahin – der Tod übernahm das Ruder –
gingen hungernd jämmerlich zugrunde
und Reiche fütterten ihre Hunde.

Es wird jetzt Zeit, dass wir was tun
ein jeder hat das Recht nicht nur zu ruh'n
auch seine Arbeit mach' ihn reich genug
dass weder ihn noch seine Schar ereilt der Schaufel Hub
zu früh ins Grab gedrückt, am Leben ein Betrug.

Doch Anna hatte Glück und lebte
und wurd' erwachsen dann als Magd
es gab etwas, wonach sie strebte
doch ‚Was?', fragt Anna leis' verzagt.

Es rührt an ihre Seele ein kleiner Sonnenstrahl
als sie mit Macht die Lieb' erfasste
sie fühlt sich stark, an ihrer Seite ihr Gemahl
doch nahm ihn fort der Tod der verhasste.

Sein Herr ihn unbarmherzig zwang zu schaffen
auch wenn er krank oder hungersschwach
so hat' er gegen's Fieber keine Waffen
der Liebste stirbt und um sie wird es Nacht.

Es wird jetzt Zeit, dass wir was tun
ein jeder hat das Recht nicht nur zu ruh'n
auch seine Arbeit mach' ihn reich genug
dass weder ihn noch seine Schar ereilt der Schaufel Hub
zu früh ins Grab gedrückt, am Leben ein Betrug.

Der Anna träumt's von einer andren Welt
wo nirgends Armut herrscht, gar Kälte nicht
der Reiche gerne gibt von seinem Geld
ein jeder ist ein König, sogar der kleinste Wicht.

Die Kutsche kommt gefahren von weit, weit her
der Kutscher fragt: „Vielleicht an's Meer?"
ein Rauschen der Gefühle zieht sie dorthin
es blitzt ein Bild hervor, der Liebe Anbeginn.

Der Herr ist weit, weit fort und Freud' ist da
umarmen will sie ihn, den lieben Mann
doch ruft er aus dem Meer ihr laut vernehmlich zu:
„Lass Leben nicht erkalten und ich hab' meine Ruh'."

Es wird jetzt Zeit, dass wir was tun
ein jeder hat das Recht nicht nur zu ruh'n
auch seine Arbeit mach' ihn reich genug
dass weder ihn noch seine Schar ereilt der Schaufel Hub
zu früh ins Grab gedrückt, am Leben ein Betrug.

Es herrschten Minuten des Schweigens, in denen ein jeder in Gedanken seine eigene Anna vor Augen hatte, und manche wein-
ten leise vor sich hin. Und danach war die Menge nicht mehr
zu halten, ein tosender Beifall und laute „Hurra!"-Rufe aus tau-

send Kehlen erfüllten den Platz. Amtrok und Mehru hatten mit ihren Worten und ihrer Melodie die Herzen der Menschen getroffen und diese Menschen liebten sie, weil sie sich verstanden fühlten. Das gaben sie ihnen auch dadurch zu verstehen, indem sie sie von der Bühne holten und auf den Schultern durch die Menge trugen. Man feierte sie wie sonst nur Könige oder Helden gefeiert wurden.

Einige Minuten dauerte dieser Triumphzug durch die Menschenmenge, bis das geplante Programm fortgesetzt werden konnte. Es gab noch zahlreiche Dankesgedichte, von Kindern und Erwachsenen eingeübte Volkstänze, die Vorführung eines Feuerschluckers und mehrere akrobatische Akteure, die einem bei mancher Übung den Atem anhalten ließen. Am Schluss trat eine Kapelle auf die Bühne, die mit ihrer feurigen Musik den Brunnenplatz in einen Riesen-Tanzsaal verwandelte. Das Fest dauerte bis in die späten Nachtstunden hinein und nur wenige verließen es vor seinem Ende. Erschöpft und glücklich fielen Mehru, Fagol und Amtrok spätnachts in ihre Betten und träumten allesamt von dieser wundervollen Feier im Armenviertel.

VI

Der schmale Sandsaum am Flussufer war der ideale Platz, um in aller Abgeschiedenheit den sonnendurchtränkten Frühlingstag zu genießen. Die Sonnenstrahlen glitzerten auf der Oberfläche des Ferfolms, dessen Wasser ruhig dahinflossen, und beide schauten auf das Lichtschauspiel, das sich ihnen vom Ufer aus bot. Amtrok hatte Mehru einen Arm um die Schulter gelegt und zog seine Frau zu sich heran. Er wollte sie streicheln, sie küssen, ihren Atem an seiner Brust spüren, alles mit ihr machen, wohin die Begierde sie führen würde. Jedoch Mehru richtete ihren Oberkörper auf, schaute ihm ernst in die Augen und sagte nur: „Nein, nicht!" Amtrok blickte sie etwas trotzig und enttäuscht an. Schließlich nahm er seinen Arm von ihrer Schulter, blickte mit hängendem Kopf traurig zu Boden und griff wahllos in den Sand, um anschließend das mit der Hand Aufgenommene in Richtung Fluss zu schleudern. „Was hast du? Warum weist du mich ab?" Er kam sich unbeholfen vor und es war ihm bereits vorher wie gerade in diesem Moment widerfahren, dass Mehru seine innigsten Wünsche nicht erfüllte.

„Ach, Amtrok, ich muss noch viel zu intensiv an all die Erlebnisse im Armenviertel denken. Dort leben wundervolle Menschen, die unsere Zuwendung verdient haben. Um wie viel lieber würde ich mehr Zeit für den Aufbau des Hospitals verwenden."

Amtrok verspürte ein wenig Bitterkeit in sich aufsteigen, sagte sich dabei: *Nun werd' mal nicht gleich eifersüchtig, sobald sie dir nicht all ihre Zeit widmet!* Dennoch konnte er sich nicht zurückhalten und erwiderte ihr: „Mit wem bist du eigentlich verheiratet? Mich verletzt das, wenn du ständig nur von dem Hospital fantasierst. Ich hab' dann den Eindruck, dich interessiert unsere Zukunft gar nicht."

Sein Blick war fordernd, aufsässig und aufgeladen mit der nötigen Arroganz, die deutlich signalisierte, er stellte Distanz her, die es ihr erschwerte, zu ihm durchzudringen.

„Also, ich finde deine Eifersucht schlimm, zumal du auf die Art eine künstliche Mauer zwischen uns hochziehst. Was ist in dich gefahren, ich erkenne dich heute nicht wieder?"

„So, du denkst, ich nehme das einfach zur Kenntnis, dass du dich mir zunehmend entziehst, dass wir kaum einen Moment für uns alleine haben? Sind wir nicht im Armenviertel unterwegs, so planen wir mit Karen und den anderen, wie Miatr von Fraga befreit werden kann, dann hocken wir noch mit Farmos und Fagol zusammen und danach sind wir beide so müde, dass wir auf der Stelle einschlafen, sobald wir die Matratze berühren."

„Willst du mich zwingen, etwas zu tun, wozu ich im Moment nicht bereit bin? Dazu sag' ich dir ganz deutlich, das kommt gar nicht in Frage. Überhaupt, deine fordernde Ausstrahlung engt mich ein und das treibt mich weit weg von dir. Momentan befinde ich mich auf dem gegenüberliegenden Ufer des Ferfolms. Mach nur weiter so!"

„Glaubst du eigentlich, es macht mir Spaß, mit ansehen zu müssen, wie unsere Zeit füreinander zwischen allen anderen Dingen, die zu erledigen sind, zerrieben wird? Obendrein kommst du mit deiner nicht zum ersten Mal vorgebrachten Anschuldigung, ich würde dich einengen und dich von mir verscheuchen."

„Du weißt, ich brauche meine Freiheit, genauso wie du dich von mir nicht an die Leine legen lässt. Siehst du etwa nicht, dass die Menschen uns so dringend brauchen. Wir erleichtern ihr Leben etwas und tragen mit dazu bei, dass sie das Leben von neuem zu lieben beginnen."

„Dabei darf aber unsere Liebe nicht zu kurz kommen. Ich möchte einzig genug Zeit mit dir verbringen. Das ist doch nicht zu viel verlangt, oder?"

„Im Moment ja. Denk daran, Preku kommt bald nach Miatr, und vor uns liegt ein ungeheurer Aufgabenberg."

Beide schwiegen sich lange an. Keiner war für den anderen offen, jeder verbarrikadierte sich hinter seinem eigenen Schutzwall, der ihnen nicht den geringsten Hinweis dafür lieferte, wie sie ihre unangenehme Spannung hätten lösen können. Erst ein Naturschauspiel erinnerte sie an altbekannte Vertrautheit. In Ufernähe hatte eine Elster wohl versucht, ein Amselnest zu plündern. Aber Papa und Mama Amsel waren auf der Hut und stürzten sich mit ungeheurem Gezeter und Schimpftiraden auf die verdutzte Elster, die schleunigst das Weite suchte und dabei von dem Amselpaar noch eine lange Strecke verfolgt wurde, wie um sicherzugehen, den Räuber endgültig verjagt zu haben. Amtrok musste herzlich lachen, und während Mehru mit ihrem hellen Lachen einfiel, wagte es Amtrok, seine Frau anzuschauen. Beide forschten etwas scheu im Blick des anderen, ob vielleicht Verletztheit zurückgeblieben war, und merkten ein Dahinschmelzen der zuvor füreinander empfundenen Distanz. Bestehen blieb ein geduldiges Verharren vor der Grenze des geliebten Menschen, ein Respekt vor der andersartigen Persönlichkeit.

„Verzeih mir", brach Amtrok das Schweigen, „ich sag' in solchen Momenten oft ganz dumme Sachen. Nichts liegt mir

ferner, als dich einengen zu wollen, und falls du dich schließlich entscheiden solltest, in Miatr zu bleiben, um für den weiteren Aufbau des Hospitals zu sorgen, werde ich dich dabei
unterstützen."

„Na ja, ich mach' es dir nicht einfach. Wahrscheinlich brauchen wir tatsächlich etwas mehr Zeit füreinander. Und meine
an dich gerichteten Anschuldigungen waren nicht gerecht. Verzeih mir, dich mit diesen Vorwürfen überfallen und dich damit
in deiner freien Entscheidung eingeschränkt zu haben."

Sie hatten ihre Gemeinsamkeit von neuem gefunden, ihr
Verhalten zueinander war erst schüchtern, scheu und vorsichtig, gleichwohl mit dem wachsenden Vertrautheitsempfinden
zeigten sie wieder allmählich zunehmendes Selbstvertrauen in
die Richtigkeit ihrer für den anderen wahrgenommenen Gefühle. Jedes Streicheln am Arm, am Hals, am Rücken wurde inten-
sivst als zerbrechliches Geschenk erlebt, das durchstrahlt war
von der Einmaligkeit des Erlebens und das unendlich kostba-
rer war als sämtliche Edelsteine oder alles Gold auf der Welt.
Amtrok staunte, dass er dieses stundenlange Daliegen mit ge-
legentlichem sachtem, sanftem Berühren der Haut des anderen
so stark durchlebte und dass es sein Verlangen vollends stillte.
Es war ihm, als wäre die Zeit stehen geblieben, als ob er einen
kurzen Moment in die Ewigkeit eingetaucht wäre und wie wenn
beide in diesem Erleben von Immerwährendem eine Form gött-
licher Aufmerksamkeit erhalten hatten.

„Ich möchte so gern Kinder mit dir haben, meine Liebste!"
„Mir geht es genauso, ich hoffe, Gott lässt es bald zu. Schon einige Jahre warten wir darauf! Es wird langsam dunkel, lass uns
zurück nach Miatr gehen."

Es dauerte nicht lange, bis sie wieder in ihrem Gästezimmer in der „Gaststätte zum letzten Groschen" waren, denn inzwischen kannten sie die Wege, die sie im Tunnelsystem benötigten, recht gut.

In dieser Nacht schenkte Mehru Amtrok die Zuwendung,
die er sich am Ferfolm gewünscht hatte, und sie machte ihn so
zum glücklichsten Menschen auf der Welt.

VII

Bochre hielt sich nun bereits zwei Wochen im Sonnentempel auf. Die auf Fragas Weisung hin dort Festgehaltenen bekamen zweimal pro Woche eine Portion Krasch in ihr Essen oder ihre Getränke gemischt, auf diese Weise waren sie auf Dauer aus dem Verkehr gezogen. Bochre hatte sich alles vorher genauestens zurechtgelegt. Bei der Essensausgabe arbeitete Charos, der einer seiner Vertrauten war. Charos hatte ihn über den Sonnentempel auf dem Laufenden gehalten und hatte schon immer Bochre als den besseren Bürgermeister angesehen. Er sorgte nun dafür, dass Bochre weder ein Essen noch ein Getränk bekam, das mit dem Rauschmittel versehen war. Charos erfüllte Stolz, diesen Mann, den er bewunderte, unterstützen zu können. Das Arbeitssystem, das Bochre in seinen Werkstätten und auf seinen Gütern umgesetzt hatte, stellte für ihn die einzig sinnvolle Antwort auf das weiterhin herrschende Sklavensystem, wie Fraga es praktizierte, dar. Für ihn brach Fraga eindeutig Prekus Gesetze, indem er im Sonnentempel Menschen verwahrte, die nichts anderes verbrochen hatten, als seine Gegner zu sein. Konflikte durften seiner Meinung nach solcherart nicht gelöst werden. Jeder müsste berechtigt sein, eigene Positionen gegenüber anderen Meinungen darzulegen und zu verteidigen. Freilich wusste er, im Feld der Politik ging es um viel Macht und Geld, und kaum jemand würde freiwillig auf Einfluss- oder Geldgewinn verzichten. Dergestalt betrachtet wies der Sonnentempel auf die Vorherrschaft des Eigennutzes in Miatr. Zum Glück gab es mit Karen und Bochre zugleich die Hoffnung, alles könnte sich zum Besseren verändern. Schließlich hatte Preku mit seinen Gesetzen auf eine Verbesserung der Situation der Armen abgezielt. Dass Fraga und sicherlich mit ihm viele andere Mächtige in Mobirowien die Gesetzesausführung zu ihren Gunsten verdrehen würden, konnte zum Zeitpunkt der Gesetzesverabschiedung niemand wissen.

Bochre saß im Essenssaal und stocherte apathisch in seinem Essen herum, um im nächsten Moment aus Brot kleine Kügelchen zu formen und hiermit die im Raum verteilten Krankenwärter zu beschießen. Als es einem von ihnen zu bunt wurde, ging er hin zu Bochre und ermahnte ihn mit sanfter Stimme. „Das Brot ist zum Essen und nicht zum Spielen da!"

Bochre blickte ihm ausdruckslos ins Gesicht und sprach zu seiner Nachbarin: „Wollen wir dem Dicken mal ein paar Kügelchen geben, damit er mit uns rumtollen kann? Dir geb' ich eins, ihm geb' ich eins, dann können wir drei miteinander spielen. Um neun müssen wir spätestens ins Bett gehen, hat Papa gesagt."

Nachdem er auf diese Art zu seiner Nachbarin gesprochen hatte, betrachtete diese Bochre aufmerksam. Es gab für Insassen des Sonnentempels, die sich der Behandlung durch Krasch entziehen konnten, ein klares Erkennungszeichen. Die Zahlen Eins und Drei mussten in einem Satz verwendet werden. Im folgenden Satz hatte eine Neun zu folgen. Seinem Gegenüber machte man durch die Verwendung einer Zehn deutlich, man habe das Erkennungszeichen verstanden.

Entsprechend antwortete sie ihm: „Mama will uns aber erst um zehn sehen. Zurzeit habe ich keine Lust mit dir zu spielen. Du hast mein Puppenhaus kaputt gemacht. Mama hält ihren Winterschlaf im Salon. Vielleicht kommst du in eineinhalb Stunden und hilfst mir beim Reparieren."

In ihrer Antwort steckte eine weitere geheime Botschaft. Ein von Bäumen umrahmter Rasenplatz, auf dem man entweder spazieren oder wie die Kinder herumtoben konnte, wurde der „Salon" genannt. Sie hatte sich also mit ihm in eineinhalb Stunden ebenda verabredet.

Nachdem der Krankenwärter Bochre nochmals angesprochen hatte mit „Sei ein braver Junge und hilf Papa beim Aufräumen!", spielte dieser einen kleinen Anfall vor und schrie ihn an: „Mach endlich deine eigenen Kügelchen. Von mir bekommst du keine. Spielverderber! Pampelhasch! Korkenfurz! Kackelhapsel! Es reicht mir, ich sag's Papa, dass du nie mit mir rumtoben willst!" Vorwurfsvoll und mit Tränen in den Augen schaute er den Krankenwärter direkt an. Anschließend stand er auf, stampfte mit dem rechten Fuß auf, warf seinen Kopf in den Nacken mit einer kleinen Rechtsobenwendung und verließ hüpfend den Essenssaal, ohne den Wärter weiter zu beachten.

Während Bochre gerne die Rolle des unartigen kleinen Jungen einnahm, um alle davon zu überzeugen, dass er seine halbwöchentlichen Rationen Krasch bekam, stellten sich die anderen „Simulanten" eher als apathisch, depressiv verstimmte Patienten dar. Er hatte über Charos erfahren, der Kraschvorrat befände sich in einem bestimmten Raum der Krankenstation, dem Medikamentenraum, und ein bestimmter Krankenwärter würde an zwei Tagen pro Woche die einzelnen Portionen am Abend zusammenmischen, um sie am nächsten Tag frühmorgens in der Küche abzuliefern.

Damit Fragas Sturz am Gerichtstag erfolgreich durchgeführt werden konnte, brauchte er eine bestimmte Menge Krasch, folglich musste es ihm irgendwie gelingen, weitere Kenntnisse darüber zu sammeln, wie genau der Krankenwärter das Rauschmittel lagerte und ob es einen Schlüssel gab und, wenn ja, wo dieser verwahrt wurde.

Als er in seiner Zelle angekommen war, gab er vor, Löcher in die Decke zu starren, holte gelegentlich tief Luft, um anschließend von ganz unten aus dem Magen her einen langen, lauten Rülpser zu entlassen. Im Anschluss daran tat er jedes Mal erschrocken und schaute sich um, als fühlte er sich schuldig, und schimpfte einen Moment mit sich. „Lass das! Papa und Mama mögen das nicht!", sprach er zu sich selbst. Schließlich sollte der auf dem Gang befindliche Krankenwärter denken, alles sei „in Ordnung".

Nach genau eineinhalb Stunden erhob sich Bochre und sagte zu dem Krankenwärter: „Pass mal 'nen Moment auf meine Sachen in meinem Zimmer auf, ich muss mal Kacka machen. Wenn du mit meiner Zimmerspinne spielst, sei nett zu ihr, die ist schnell beleidigt." Damit hatte er längstens dreißig Minuten Zeit, sich mit seiner Nachbarin aus dem Essenssaal zu besprechen. Eventuell könnte er sie ja in die Beschaffung des Rauschmittels einbinden. Zumal die Toiletten ganz in der Nähe vom „Salon" lagen, brauchte er keine falsche Richtung einzuschlagen, um dem Wärter deutlich zu machen, er unternähme tatsächlich einen Klogang.

Kurz nach Bochre betrat seine Tischnachbarin aus dem Essenssaal den „Salon". Sie begrüßten sich mit gedämpfter Stimme – man konnte ja nie wissen. Im Anschluss gab Bochre ihr den Hinweis, sie möge die Niedergeschlagenheit, die sie die ganze Zeit über spiele, auch an diesem Ort nicht ablegen, genauso wie er hüpfend, in der Nase popelnd, wild gestikulierend und mit eingestreuten Schimpftiraden mit ihr sprach. Die wichtigen Passagen des Gespräches tauschten sie flüsternd aus.

„Ihr seid also hier ebenfalls zu Unrecht untergebracht", fing Bochre das Gespräch an, während er sich vor ihr wie vor einer Königin verneigte mit dazugehörigem Armschwung.

„Das kann man wohl sagen", antwortete die Frau. „Wir waren von Imifrich gekommen und noch vor den Toren von Miatr wurden wir von der Stadtwache festgenommen. Dabei hat es zwei Tote gegeben, sogar ein Kind darunter. Uns hat man hierher gebracht, weil wir nach den Erfahrungen vor der Stadt keinen Vertrag mehr unterschreiben wollten. Wie dumm waren wir doch! Kurz vor dem Angriff hatte mich meine Nachbarin Mehru noch vorm Betreten der Stadt gewarnt. Hätten wir nur auf sie gehört!"

„Gute Frau, jetzt nutzt kein Jammern. Aber möglicherweise können wir alles zum Guten wenden. Dafür brauche ich Eure Hilfe. Ach, bevor ich es vergesse, ich heiße Bochre und habe mich hier absichtlich einweisen lassen, um meinen Plan durchzuführen, den Bürgermeister Fraga am Gerichtstag, den der König in Miatr bald abhalten wird, des Mordes, des Betruges und des Königsverrates zu beschuldigen. Wollen wir hiermit Erfolg haben, sind wir auf die Hilfe von vielen angewiesen, auch auf die Eure. Wärt Ihr bereit dazu?"

„Klar bin ich dazu bereit. Nichts ist mir wichtiger, als aus dieser misslichen Lage herauszukommen und zurück in mein Dorf ziehen zu können. Übrigens mein Name ist Fiha."

„Ich freue mich, Fiha, Euch kennen gelernt zu haben. Nebenbei gesagt arbeiten Eure Nachbarn Mehru und Amtrok sowie Fagol, euer Dorfvorsteher, ebenso mit mir zusammen. Was ich über meinen Vertrauten von den dreien höre, ist äußerst ermutigend. Eure Aufgabe wird sein, den Krankenwärter, der für die Zubereitung der Kraschportionen zuständig ist, zu einer abgesprochenen Stunde an einem bestimmten Tag abzulenken. Die Nachricht darüber, wann unser Vorhaben durchgeführt werden wird, bekommt Ihr im Essenssaal von mir in der üblichen Form. Täuscht irgendeine Krankheit vor, für die Ihr Medikamente braucht. Wichtig ist es, den Krankenwärter einen kurzen Moment aus seinem Zimmer zu locken. Euch wird schon etwas einfallen."

„Ich hatte ja bereits meine apathische Rolle nicht nur übernommen, sondern fühlte mich zunehmend danach. Nachdem Ihr mit mir gesprochen habt, Bochre, fühle ich mich ungemein erleichtert und kehre mit Hoffnung und Entschlusskraft zu meiner Zelle zurück. Danke und gute Nacht."

„Dafür ist mir nicht zu danken. Im Gegenteil, Fiha, ich danke Euch für Eure Bereitschaft. Auch Euch wünsche ich eine gute Nacht."

Sprach's und hüpfte auf einem Bein zum Männertrakt zurück, dabei einen Kinderreim aufsagend, der sich etwa folgendermaßen anhörte: „Ene mene Mücke, spuck' ich drauf, dann ist sie weg. Fiese Kröte, nimmt sie sich, ist davon ganz fett! Ene mene Not und du bist tot!"

Der Krankenwärter hatte etwa zwanzig Minuten auf Bochre warten müssen und sagte zu ihm: „Na, brauchtest du 'ne Schere, um die Wurst abzuschneiden?"

„Wenn du es genau wissen willst, ich habe dir ein Stückchen mitgebracht. Tust dir ein wenig Zucker drauf, schmeckt dann wie Schokolade. Und iss nicht alles auf einmal, morgen kriegst'e nix von mir. Lass es dir schmecken und gute Nacht!" Damit schmiss er eine zur Kugel geformte Lehmmasse dem Wärter auf die Füße, der ausweichen wollte, dabei ausrutschte und sich mit voller Wucht auf die Lehmkugel setzte. Da Bochre als Insasse des Sonnentempels Narrenfreiheit hatte, brauchte er nicht mit einem Wutausbruch des Wärters gegen sich zu rechnen und schickte ihm noch ein „Konntest wohl nicht abwarten meine Wurst zu essen. Jetzt hängt se an deiner Hose. Pech gehabt, ätsch!" hinterher.

In dieser Nacht schlief Bochre besonders gut, hatte er doch Grund zu der Annahme, der Plan wäre jetzt reif und müsste lediglich noch durchgeführt werden.

VIII

Fraga hatte Kermu und Semol zu sich beordert. Er hielt es für umsichtiger, die drei aus Imifrich weiter im Blick zu behalten. Natürlich war es ihm verdächtig erschienen, dass sie sich ausgerechnet mit drei seiner schärfsten Gegner in Miatr getroffen hatten. ‚Wer ein Geschäft in Miatr eröffnen will, muss sich sowieso mit dem Bürgermeister über kurz oder lang in Verbindung setzen und dessen Zustimmung einholen', dachte er bei sich. Er machte seine Zustimmung nicht allein davon abhängig, wer den Aufbau eines Unternehmens förderte, sondern die Entscheidungsgrundlage bildete für ihn, ob das Gewerbe der wirtschaftlichen Weiterentwicklung der Stadt diente und ob das alte Arbeitssystem erhalten blieb. Wollte ein weiteres Unternehmen in der Stadt Fuß fassen, durfte dort auf gar keinen Fall nach Bochres und Karens System produziert werden. Das konnte er nicht dulden und er würde es den neuen Geschäftsinhabern schon deutlich machen. Eigentlich war die Idee exzellent, in Miatr ein Fischgeschäft zu eröffnen. In dem Fall könnte er öfter frischen Fisch und dazu die verschiedensten Sorten auf den Speiseplan setzen. Das würde eine angenehme Abwechslung bedeuten. Außerdem würden die Gasthäuser davon ebenfalls profitieren. Nicht allein würde die Stadt auf diese Art höhere Steuereinnahmen verzeichnen, es könnte sich eine Form des Handels entwickeln, an dem er selbst verdienen und sich verdient machen würde. Das würde zugleich seine Machtposition stärken und sein Ansehen eventuell sogar dem König gegenüber erhöhen.

Ein Klopfen an der Tür seines Arbeitszimmers riss ihn aus seinen Gedanken heraus. Ein Diener meldete ihm Kermu und Semol, die ihn im Empfangszimmer erwarteten.

„Seid mir gegrüßt, ihr beiden", sprach Fraga sie gut gelaunt an. „Ich hoffe, ihr bringt mir gute Nachrichten."

„Herr", begann Kermu, der in den meisten Fällen das Gespräch führte, zumal er redegewandter war. „Wir sind uns nicht sicher, was die drei aus Imifrich tun, denn wir haben sie in den letzten drei Wochen außer in der ‚Gaststätte zum letzten Groschen' nirgends in Miatr zu Gesicht bekommen. Doch hat man uns das Gerücht zugetragen, sie hätten sich im Armenviertel aufgehalten. Ein weiteres Gerücht aus dem Armenviertel besagt, dort würden sich drei Menschen um Kranke kümmern. Man nennt diese Personen im Volksmund die ‚Engel vom Armenviertel'. Vor drei Tagen sollen die Armen ein Danksagungsfest zu deren Gunsten auf dem Brunnenplatz veranstaltet haben. Unser Nachrichtenzuträger sprach davon, es wären zwischen ein- und zweitausend Menschen zugegen gewesen. Eine Frau und zwei Männer wären geehrt worden und die Frau habe mit dem einen Mann zusammen ein Lied gesungen, dessen Inhalt die Beschreibung einer Lebenssituation aus der Sicht einer Armen darstellte und das die Aufforderung zur Befreiung vom Joch beinhaltete."

„Ihr beide habt mir gute Dienste geleistet, selbst wenn die Nachrichten nicht nach guten Nachrichten klingen. Falls ihr die drei aus Imifrich außerhalb des Gasthauses antrefft, verhaftet ihr sie und informiert mich unverzüglich darüber. Sobald sie in der Stadtwache eingekerkert sind, werde ich rüberkommen, um die Vernehmungen zu leiten. Ihr ..."

An dieser Stelle wurde er unterbrochen, denn sein Diener hatte zwei Gäste ins Empfangszimmer geführt, denen er sich zunächst zuwendete.

„Ah, Peto und Loszek, meine treuen Berater, was führt euch zu mir?" Und an Kermu und Semol gewandt wies er mit der Hand zur Tür und sagte: „Ihr seid entlassen!"

Peto und Loszek verneigten sich und Peto antwortete: „Herr, wir haben uns redlich bemüht, Leute für Euch anzuwerben. Seit drei Wochen sind wir aber aus jedem Dorf weggejagt worden und wir können von Glück reden, dass wir nicht verprügelt worden sind. Sogar Hunde haben sie uns hinterhergejagt. Dabei sind unsere Hosen völlig zerfetzt worden. Herr, wenn das so weiter geht, suchen wir uns in Zafach eine andere Arbeit."

„Na, na, ihr werdet doch nicht allzu schnell die Flinte ins Korn werfen. Etwas mehr Durchhaltewillen erwarte ich schon von euch. Möglicherweise müsst ihr eure Strategie ändern und von den Gefahren sprechen, die für unser Land bestehen, sofern jeder den gleichen Lohn haben will. Vergesst nicht zu erwähnen, bei gleicher Gerechtigkeit für jede Person müsste der beliebte König abdanken, zumal es folglich keine Rechtfertigung für dessen Reichtum gibt, während viele andere in Armut dahinsiechen. Soll aber der König abdanken, wird jede Form der Ordnung hinterfragt und niemand kann mehr irgendeine Sicherheit geben. Die Armen würden weitaus ärmer werden und dem sicheren Hungertod ausgeliefert. Haben sie diese Gedanken nachvollzogen, könntet ihr ihnen eine Art Gewähr durch eure Arbeitsverträge bieten. Das wäre für sie dann eine echte Wahl: Hungertod oder Arbeitsvertrag."

„Ihr habt ja recht", erwiderte Peto, „indes geht dieser von seinem Herrn weggelaufene Bauer, Fitr mit Namen, über die Dörfer zusammen mit einem anderen Bauern, dessen Sohn vor Miatr von der Stadtwache erschlagen worden ist. Beide berichten über ihre Erlebnisse und die Bevölkerung ist erbost über solch rohe Gewalt. Fitr kann überall seine Ansichten vortragen, wir würden jedermann, den wir einen Arbeitsvertrag unterschreiben lassen, betrügen und folglich glaubt uns niemand mehr. Sobald wir unseren Mund aufmachen und die Menschen uns als Berater erkennen, werden wir beschimpft, und packen wir nicht ganz schnell unsere Sachen, um den Ort zu verlassen, werden wir mit Macht verjagt."

Fragas Miene hatte sich verfinstert: „Ich wusste ja, irgendwann würde das Verhalten meiner Stadtwache sich gegen mich wenden. Wenn die Sache sich so verhält, bleibt eigentlich nur noch eine Möglichkeit, mit der Angelegenheit fertig zu werden. Eure Aufgabe besteht darin, die Sache zu einem sauberen Ende zu bringen. Wie ihr das macht, interessiert mich nicht, Hauptsache, ich höre bald vom tragischen Tod der beiden Bauern aus Imifrich. Lasst mich jetzt allein! Ich muss nachdenken."

Als sich Peto und Loszek verabschiedeten, fühlten sie sich extrem unwohl, zumal sie gerade das erste Mal in ihrem Leben den Auftrag bekommen hatten, Menschen zu ermorden. Freilich wollten sie Fraga nicht weiter verärgern, infolgedessen unterließen sie es, mit ihm über ihre Bedenken zu sprechen. Schließlich war er ihr Auftraggeber und von ihm erhielten sie ihre monatlichen Zuwendungen, die ihnen einen luxuriösen Lebensstil ermöglichten. Sollten sie das alles gefährden in dieser unsicheren Zeit, in der kaum jemand von der Arbeit eine Familie, geschweige denn sich selbst, ernähren konnte? Die Antwort war eindeutig und gleichzeitig war klar damit, sie würden sich in Zukunft schuldig am Sterben von Menschen machen. Fraga hatte ihnen allerdings eine Möglichkeit der Rechtfertigung gegeben, insofern er ihnen vorgetragen hatte, es bestände eine Gefährdung des gesamten Reiches, und in dem Zusammenhang wäre der Mord an einzelnen wenigen Personen als weniger tragisch einzuschätzen, als wenn große Bevölkerungsteile verhungern müssten oder durch die Notlage zu Mördern würden. Auf diese Weise meinten sie, sie wären, bevor sie die Tat ausgeführt hätten, bereits im Reinen mit sich selbst, wussten allerdings noch nicht, was die Durchführung an ihnen selbst verändern würde.

Fraga ging in seinem Arbeitszimmer unruhig auf und ab und dachte über die Konsequenzen ausbleibender Arbeitskräfte nach. Zurzeit befanden sich auf seinen Gütern genug Leute, die die anliegenden Arbeiten erledigten. Da diese Bediensteten in den letzten Jahren jedoch immer mehr Stunden pro Tag an Arbeit zu leisten hatten und er ihnen aber keine erhöhten Essensrationen zugestanden hatte, war es vermehrt zu Ausfällen gekommen. Sollte in Zukunft niemand mehr seine Arbeitsverträge haben wollen, würde bald die Arbeit auf den Feldern und in den Ställen ruhen. Die Sache mit der Zwangsverpflichtung im Rahmen der angeordneten Notmaßnahmen hatte lediglich in den ersten vier Wochen funktioniert. Inzwischen hatte sich das überall herumgesprochen und kaum einer kam nach Miatr, der nicht im Besitz eines Passierscheins war. Wiederum richtete sich seine Hauptwut gegen Preku, der die alten Gesetze verändert und damit dem Verfall des Staates Tür und Tor geöffnet hatte. In seinen Augen war Preku ein schwacher Monarch, der dem Staat nur Schaden zufügte. Schwache Machthaber sind abhängig von ihren Räten und haben Schwierigkeiten, den Räten das ihnen zukommende Gewicht beimessen zu können. Sie sind gleichsam eine biegsame Masse in den Händen von Leuten, die nur ihren Vorteil suchen. Insofern wäre er selbst ein hervorragender Rat am Königshofe. Freilich hätte ihn diese Position früher einmal interessiert, jetzt betrachtete er eine solche Tätigkeit allein als Übergangslösung, um letztendlich die Macht im Staat an sich zu reißen. Er gaukelte sich vor, es wäre für den Staat das Beste, er würde zum König gekrönt. Nur er könnte den Staat vor dem sicheren Verfall retten und damit die Therfamacht vor dem Ruin bewahren. Wie glanzvoll würde unter ihm der Stern Mobirowiens aufgehen. Er würde Mobirowien zum mächtigsten Königreich auf der Erde machen, und sollte es dafür nötig sein, andere Völker brutal zu unterwerfen, war ihm der Preis nicht zu hoch. Die Völker müssten Mobirowien als das stärkste und erhabenste unter sämtlichen anderen Reichen akzeptieren lernen. Wer das nicht hinnehmen wolle, müsse mit allen Mitteln bis hin zur Ausrottung bekämpft werden. Ja, man muss hart sein, möchte man für sein Volk den ihm zugemessenen Platz in der Gemeinschaft der Völker erkämpfen. Und seiner Meinung nach durfte allein Mobirowien das Recht beanspruchen, den ersten Platz einzunehmen. Hierfür stand er und wollte seine gesamte Kraft einsetzen und koste es sein eigenes Leben. Berauscht von solchen Gedanken begab sich Fraga in die obere Etage, um sich schlafen zu legen.

KAPITEL 5

I

Bereits seit einigen Tagen war Serla, die Tochter Bochres, aus Zafach in Miatr angekommen. Sie hatte ihre Studien an der Wirtschaftsakademie beendet, sodass sie mit den entsprechenden Kenntnissen ausgerüstet die Verwaltung von Bochres Werkstätten übernehmen und als einziges Kind später das Erbe ihres Vaters verantwortlich weiterführen konnte. Aber das war nicht der wesentliche Anlass ihrer Rückkehr in ihren Heimatort. Sie wusste, ihr Vater wurde im Sonnentempel festgehalten, und ihr war bei seiner Befreiung eine wichtige Rolle zugedacht. In Mobirowien galt für Frauen, die sich vermählen wollten, gemäß der Sitte die Regel, sich in den letzten zwei Wochen vor der Hochzeit lediglich verschleiert außerhalb ihres Hauses zu bewegen und mit niemandem außer engen Verwandten zu sprechen. Auf diese Weise konnte jede Frau die letzten 14 Tage vor der Hochzeit nutzen, um sich dahingehend zu prüfen, ob sie gewillt war, ein Leben lang mit dem Mann zusammenzubleiben, und nicht selten entschied sich die Frau gegen die geplante Vermählung.

Also geschah hier nichts Ungewöhnliches, als Serla in Begleitung von Karen eines Abends völlig verschleiert zum Sonnentempel ging, um ihren Vater zu besuchen, mit dem sie über „ihre zukünftige Ehe" mit einem Therfa aus Zafach sprechen wollte. Ihre Ganzkörperverschleierung hatte Serla dergestalt gewählt, dass man die Körperkonturen nicht erkennen konnte.

Karen erklärte dem Wächter vor dem Sonnentempel, Serla wolle von ihrem Vater Rat einholen, wie eine Ehe vonstattengehe und was sie beachten müsse, bevor sie sich auf Derartiges einlasse. Eine Ehe sei ja schließlich nicht vergleichbar mit dem Auswählen eines zu kaufenden Gegenstandes, den man jederzeit wegwerfen oder verschenken könne. Der Wächter berichtete, er habe selber zwei Töchter, von denen eine bereits glücklich verheiratet sei, er könne also insofern Serlas Verlangen nachvollziehen, genauestens vor der Entscheidung dieselbe hinsichtlich aller erdenklichen Konsequenzen zu untersuchen. Allerdings denke er, Bochre könne sicherlich keinen vernünftigen Rat geben, sonst würde er sich wohl nicht hier aufhalten. Natürlich müsse sie es letztendlich selbst beurteilen.

Nachdem beide Frauen den Eingang zum Sonnentempel problemlos passiert hatten, standen ihnen nunmehr etwa zwei Stunden zur Verfügung, um ihren Besuch erfolgreich zu Ende zu bringen. Da von den Bewohnern des Sonnentempels, insbesondere von denjenigen, die unter dem Einfluss der Droge Krasch standen, keine unmittelbare Gefahr, sei es politischer oder auch anderer Art, ausging, durften Besucher sich mit den Bewohnern unbeobachtet in ihren Zellen unterhalten.

„Mein Kind, wie sehr habe ich mir gewünscht, dich in unserem Haus begrüßen zu können, jetzt muss die bescheidene Zelle hier ausreichen. Ich fürchte um deine Unversehrtheit, sollte etwas schiefgehen, jedoch gleichzeitig bin ich sehr stolz auf meine mutige Serla. Lass dich anschauen."

Serla war Bochre entgegengeflogen wie in früheren Zeiten, da sie noch das kleine Mädchen war, das sich immer davor fürchtete, ihr Papa könnte nicht mehr nach Hause zurückkommen. Schließlich war ihre Mama, als sie gerade einmal vier Jahre alt war, eines Tages nicht mehr nach Hause gekommen und war zwei Wochen später tot aufgefunden worden. Die Umstände waren nie geklärt worden, jedoch war ihre Mutter nicht eines natürlichen Todes gestorben, so viel wusste sie.

Nach einer kurzen innigen Umarmung wendete sich Bochre Karen zu: „Meine liebe Karen, ich danke dir von Herzen für deine Mithilfe bei der Verwirklichung unseres Planes. Du hast die Feder von Mehru bekommen, die dir Unsichtbarkeit verleiht. Sobald wir drei nach draußen gehen, sollst du für niemanden mehr sichtbar sein. Im ‚Salon', einem Ort, an dem man sich gut treffen kann, wartet bereits Fiha auf uns. Sie wird mit dir zur Krankenstation gehen und dort den Krankenwärter ablenken, damit du in seinem Raum die nötige Menge Krasch aus dem dort befindlichen Vorrat entnehmen kannst. Den Rest des Plans kennst du. Glaubst du, du wirst es schaffen?"

„Na klar, Bochre, du weißt, ich schrecke vor schwierigen Aufgaben nicht zurück."

„Dann kann ich dir und uns nur gutes Gelingen wünschen." Bochre wendete sich zur Tür und alle drei verließen den Raum, obwohl für einen Außenstehenden lediglich zwei Personen zu sehen waren.

Es dauerte keine fünf Minuten und sie trafen Fiha im „Salon". Sie ging nervös auf und ab und spielte sich in Gedanken ständig die Szene vor, wie sie den Krankenwärter ablenken wollte. Inzwischen war alles bestimmt einhundert Mal vor ihrem geistigen Auge vorbeigezogen und sie gewann den Eindruck, sie wäre bestens darauf vorbereitet.

„Na, da bin ich aber froh", sprach Fiha die ihr Entgegenkommenden an, „dass ihr endlich aufgetaucht seid. Dann kann es gleich losgehen."

„Fiha, darf ich Euch Serla, meine Tochter, vorstellen?"

„Hallo, Serla, ich bin Fiha und möchte deinem Vater im Kampf gegen Fraga helfen. Entscheidet dein Vater diesen Kampf für sich, werden meine Dorfbewohner und ich nach Imifrich zurückkehren können. Du siehst also, ich biete nicht völlig selbstlos meine Hilfe an."

Sie sprachen wie üblich im „Salon" im Flüsterton, sofern Dinge besprochen wurden, die nicht für andere Ohren bestimmt waren, und Bochre war die ganz Zeit am Gestikulieren, Klatschen, Hüpfen von einem Bein auf das andere und Grimassenschneiden, sodass jeder Beobachter denken musste, Bochre wäre zu Recht im Sonnentempel untergebracht. Da sich Bochre mit seiner Tochter nicht allein im „Salon" aufhielt, benahm sich Serla wie alle Frauen, die für vierzehn Tage den Schleier tragen: Sie sprach kein einziges Wort.

Ein mit einem Purzelbaum begleitetes „Viel Glück!" gab Bochre den beiden Frauen mit auf den Weg und im Anschluss wendeten sich Fiha und Karen dem Gebäude zu, in dem sich die Krankenstation befand.

Der Zeitpunkt zur Durchführung des Plans war so gewählt worden, dass lediglich ein Krankenwärter auf der Station Dienst hatte. Allerdings gab es im Stockwerk über der Krankenstation ein Zimmer für den Medikus. Dieser durfte aber nur in dringenden Notfällen geholt werden.

Sobald beide Frauen die Krankenstation betraten, fing Fiha laut an, über starke Schmerzen im Unterbauch zu klagen, und schleppte sich mühsam zum Raum des Krankenwärters. Kaum hatte dieser sie gesehen, winkte er ab „Lass die Markiererei! Siehst du nicht, ich muss arbeiten!" Damit wandte er sich der Zuteilung der Kraschportionen zu, die für die politischen Insassen des Sonnentempels in kleinen Schüsseln vorbereitet wurden.

„Du kleiner Scheißer!", brüllte sie ihn an. „Gleich platzt die Fruchtblase und du wirst schuld sein, wenn das Kind, das in mir wächst, zu früh kommt und nicht überleben kann. Ich will einen Arzt sehen! Hol mir sofort den Arzt, sonst reiß ich dich vom Arsch her auseinander, du Mamasöhnchen!"

„Ist ja schon gut! Du hast mir nichts von deiner Schwangerschaft gesagt."

„Los, renn endlich hin zum Arzt! Der Kleine drückt immer stärker nach unten, als ob er raus will. Au, das tut weh! Auhuhuhu!"

Den Krankenwärter packte leichte Panik. Hätte er eine Frühgeburt zu verschulden, würde dieser Tag bestimmt sein letzter als Krankenwärter im Sonnentempel sein. Folglich verließ er seinen Raum, vergaß dabei aber nicht die Tür abzuschließen – immerhin hätte er zu verantworten, falls jemand unerlaubt in den Besitz einer der im Raum befindlichen Medikamente gelangte, unter denen sich natürlich auch Krasch befand.

Als der Medikus schließlich die Treppen zur Krankenstation heruntergerannt kam, hatte Fiha eine Ohnmacht simuliert und hektisch öffnete der Krankenwärter die Tür zu seinem Raum, damit er für den Medikus für alle Fälle ein eventuell notwendiges Mittel schnell aus dem Medikamentenvorrat holen könnte.

Nach kurzer Untersuchung stellte der Medikus fest: „Soweit ich sehen kann, liegt keine akute Gefahr vor, dennoch werden wir die Patientin für alle Fälle die nächsten zwei Tage zur Beobachtung hierbehalten."

Während Fiha in ein Krankenzimmer gebracht wurde, war Karen schon längst mit ihrer Beute in dem dafür mitgebrachten Stoffbeutel verschwunden und gelangte nach kurzer Zeit zu Bochres Zelle zurück.

„Das ist ja scheinbar perfekt gelaufen, zumal das Ganze gerade einmal eine knappe halbe Stunde gedauert hat. Meine Anerkennung!", begrüßte Bochre Karen.

„Das Lob gehört Fiha" erwiderte Karen. „Sie hat getan, als würde die Gefahr einer Frühgeburt bestehen und hat hervorragend eine sich anbahnende Ohnmacht vorgegaukelt. Beide, Krankenwärter und Medikus, waren ziemlich besorgt um sie. Sie wird die nächsten zwei Tage auf der Krankenstation verbringen. Im Übrigen musste ich keine der vorbereiteten Kraschportionen mitnehmen, da der Krankenwärter den Behälter in seiner Hektik nicht in den Schrank für gefährliche Medikamente eingeschlossen hatte, sondern er stand noch geöffnet auf dem Tisch. Ich brauchte mich nur zu bedienen und habe den Beutel ganz damit gefüllt."

„Die Menge, die du mitgebracht hast, ist mehr als ausreichend für den Zweck, den wir damit verfolgen. Jetzt müssen wir uns beeilen. In spätestens einer halben Stunde müssen alle Besucher den Sonnentempel verlassen haben. Serla und ich werden die Obergewänder miteinander tauschen, und zumal wir etwa die gleiche Größe und Statur haben, wird so lange nichts auffallen, bis jemand in die Zelle treten sollte und Serla direkt von vorne sehen würde. Ich werde an deiner Seite als Serla durch die Eingangspforte des Sonnentempels schreiten, und da ich ganzkörperverschleiert bin und zudem kein Wort sage, wird mich jeder für Serla halten. Währenddessen bleibt Serla noch bis zum Morgen in meiner Zelle, muss allerdings die Feder bekommen. Erst wenn die Zellenbewohner zum Frühstück gerufen werden, wird der Krankenwärter, der alle zum Essenssaal führen soll, den Raum, in dem ich untergebracht war, leer vorfinden. Frühestens zu dem Zeitpunkt kann Alarm geschlagen und Fraga in Kenntnis gesetzt werden.

Wir haben somit eine Nacht Vorsprung. Allerdings müssen wir damit rechnen, dass Fraga, sobald er von meiner Flucht erfährt, zum Äußersten entschlossen sein wird."

Und zu Serla gewandt sprach er weiter: „Meine liebe Serla, ich bin riesig stolz auf mein tapferes großes Mädchen. Selbst wenn ich auf deine Kraft vertraue, werde ich erst beruhigt sein, wenn ich dich wieder gesund in den Armen halten werde."

Nachdem Bochre sich von Serla verabschiedet hatte, strebten Karen und er zum Ausgang und ließen Serla allein zurück in dem Raum, der ihrem Vater drei Wochen als „Zuhause" gedient hatte. Dem diensthabenden Krankenwärter teilte Karen noch mit, Bochre wolle in seiner Zelle nicht weiter gestört werden, zumal das viele Toben am heutigen Tag ihn völlig ermüdet habe und er vorhabe zu schlafen. Bereits bevor sie aus der Zelle gegangen wären, hätte er auf seinem Bett gelegen und geschlummert.

Am Ausgang hatte ein Wachwechsel stattgefunden, weshalb dort zwei neue Wächter standen. Als diese die vermeintlich zwei Frauen auf sie zukommen sahen, schaute der eine den anderen an und sagte laut vernehmlich: „Schau mal, die beiden da sind genauso alleine wie wir. Die eine muss ich lediglich davon abbringen, sich in den nächsten Tagen zu verheiraten." Und an beide „Frauen" gewandt sagte er: „Na, meine Täubchen, wie wär's mit einem netten Treffen morgen Abend? Zu der Zeit haben wir beide frei."

Karen wusste, wie sie mit einer schlagfertigen Antwort dieses freizügige Angebot zurückweisen konnte, ohne die Männer zu beleidigen, und erwiderte: „Gerne, ich hoffe, ihr habt nichts dagegen, wenn ich meinen Mann und seinen Bruder mitbringe, auf die Art wird es amüsanter."

„Schätzchen, dann sollten wir uns wohl eher nicht treffen", wehrte der Wächter leicht erschrocken ab. „Ich habe keine Lust, mich mit deinem Mann oder seinem Bruder zu duellieren. Wünsche eine gute Nacht."

„Euch gleichfalls eine gute Nacht", entgegnete Karen und war gerade mit Bochre ins Freie getreten, als derjenige, der sie angesprochen hatte, in einem Ton, den sie als Befehlston deutete, sie anrief: „Wartet!"

Das war der Moment, vor dem sie sich gefürchtet hatte, und in ihrer Fantasie stiegen die schlimmsten Bilder auf. Nicht allein würde sie verhaftet und Bochre zurück in den Sonnentempel geschickt werden, sondern Serla würde ebenfalls eingekerkert werden, falls sie nicht rechtzeitig die Feder benutzte. Darüber hinaus könnten sie ihren Plan, Fraga vor Preku zu beschuldigen, nicht mehr sinnvoll durchführen. Es gäbe kein Krasch, Bochre und sie wären aus dem Verkehr gezogen und Zeugen, die eventuell vor Preku aussagen würden, gesetzt den Fall, sie sähen gute Chancen, ihre Aussagen könnten zu dem gewünschten Ziel führen, würden Angst vor Fragas Rache haben. Das könnte sie ihnen nicht übel nehmen, zumal ein zu großes Risiko bestand, aus dem Weg geräumt zu werden, wenn man Fraga angegriffen hatte. Sie musste an Mehrus Bericht über den Auftragsmord an den zwei Dienern denken und seit Fraga Bürgermeister in Miatr war, hatte die Zahl der ungeklärten Todesfälle um einiges zugenommen. Sie wusste, er würde vor nichts zurückschrecken, sofern es darum ging, seine Macht zu erhalten. Aber jetzt, kurz vor dem Ziel, das konnte nicht wahr sein, da müsste gleich etwas passieren, das sie vor dem Zugriff durch die Wächter bewahren würde. Zum Beispiel könnte sich um sie eine Wolke bilden, sodass sie unerkannt entkommen könnten oder ein Blitz könnte direkt vor den Wächtern im Boden einschlagen oder der Boden könnte sich plötzlich auftun, um einen unüberwindlichen Spalt zwischen Wächtern und ihnen zu bilden. Jedoch nichts dergleichen geschah. Karen war bis zum Äußersten gespannt, und sollten die Wächter sie verhaften wollen, war sie zum Fluchtversuch bereit.

Der Wächter, der sie angesprochen hatte, kam auf beide zu und wendete sich direkt an Karen: „Falls ihr euch das noch anders überlegt, morgen Abend bin ich mit meinem Kumpel in der ‚Gaststätte zum letzten Groschen'. In der Woche darauf sind wir am gleichen Abend wieder dort. Also, vielleicht bis bald."

„Mal sehen, wohin uns das Vergnügen zieht. Ich habe schon immer stramme Jungs wie euch vorzugsweise als Haussklaven eingestellt." Karen schenkte dem Wächter noch ein huldvolles Lächeln und sagte dann zu der vermeintlichen Serla: „Komm, Kindchen, wir müssen schnell nach Hause, sonst macht sich dein Onkel noch Sorgen und geht auf die Suche nach uns."

Nachdem ihr kurz zuvor der Schreck in die Glieder gefahren war, konnte sie nun befreit aufatmen und merkte dabei, wie angenehm die Frühlingsluft war, in der der gesamte Blütenzauber sich zu entfalten schien. Sie hätte vor Freude Luftsprünge machen können. Ein enorm wichtiger Teil des Planes war gelungen.

An diesem Abend fand eine Versammlung im Hintergebäude der „Gaststätte zum letzten Groschen" statt. Das Geheimtreffen hatte wahrscheinlich schon begonnen, und Darsto hatte sicherlich die anderen bereits über den Plan in Kenntnis gesetzt, der Karen und Bochre gerade geglückt war. Sie mussten sich beeilen, zumal sie beim Geheimbund nicht die Sorge entfachen wollten, der Plan könnte fehlgeschlagen sein.

II

„So, wie du den Plan beschrieben hast, Darsto, kann der nicht schiefgehen. Der ist perfekt. Sicherlich klopfen beide gleich an der Tür an. Ich würde allzu gerne morgen Vormittag das Gesicht von Fraga sehen, wenn ihm zugetragen wird, dass Bochre aus dem Sonnentempel entkommen ist."

Fitr spielte Fraga mit einer zunächst ungläubig erstaunten, dann erschreckten, schließlich wütenden Miene und erntete dafür allgemeines Gelächter. Freilich war sich nicht jeder so sicher wie Fitr. Zum Beispiel wollte Fima schon überlegen, was sie tun könnten, vorausgesetzt die Flucht sollte schiefgegangen sein. Das erschien allerdings den meisten verfrüht, deswegen achtete keiner auf Fimas Bedenken, die beharrlich ihre

„Wenns" formulierte, bis sie das ihnen bekannte Klopfen vernahmen. Und tatsächlich, zu jedermanns Erleichterung, traten nun Karen und der noch verkleidete Bochre ein. Die beiden wurden mit einem großen Hallo begrüßt und Fitr konnte es nicht unterdrücken, Bochre mit der Bemerkung anzusprechen „Mein Gott, was für ein fesches Mädel! Da würde sicherlich aus unserem Kreis einer sich allzu gerne dir zu Füßen werfen, um dein Mann zu werden."

„Allerdings möchte ich als kleinen Unterschied betonen, ich stehe auf Frauen!", erwiderte Bochre.

„Da fällt mir mindestens eine im Augenblick ein, die dich gerne zu ihrem Mann nähme", bemerkte Karen und schaute ihm dabei direkt in die Augen mit einem leicht fragenden und erschrockenen Gesichtsausdruck, ob sie nicht eventuell etwas zu deutlich geworden wäre oder ob er den Sinn der Aussage in ihrem vollen Ausmaße verstanden hätte.

Bochre sah Karen erstaunt an, warf ihr einen Blick zu, in dem seine Augen die ihren zu streicheln schienen, und ergriff nun das Wort: „Liebe Leute, wir haben heute noch etwas vor, lasst uns deshalb überlegen, was für den Gerichtstag, der übermorgen stattfindet, zu bedenken ist, damit wir keinen unerwarteten Widerstand erleben müssen. Sobald Fraga morgen erfährt, dass ich meinen Urlaub im Sonnentempel abgebrochen habe, müssen wir mit seiner Entschlossenheit rechnen, alles erdenklich Mögliche zu unternehmen, um sich und seine Machtstellung zu sichern. Er wird mich möglicherweise ermorden wollen, jedoch der König schwebt genauso in Gefahr. Deswegen müssen wir die Stadtwächter ausschalten, die ihm gegenüber zu Loyalität verpflichtet sind. Dabei werden wir selbstverständlich keine Gewaltmaßnahmen ergreifen, sondern dieses Mittel" – und damit zeigte er den Beutel mit dem Rauschmittel Krasch im Kreise – „wird wahre Wunder vollbringen. Karmak beliefert die Stadtwache täglich mit Brot und geben wir ihm dieses Zaubermittel, um es dem dafür vorgesehenen Teig unterzumischen, werden wir Stadtwächter erleben, die verrückte Sachen machen und die den ihnen ge-

gebenen Befehlen nicht gehorchen. Ich denke allerdings, das stellt nur eine Maßnahme unter vielen dar, die wir für übermorgen vorzubereiten haben."

„Das ist wahr", meldete sich nun Fima. „Denn wenn wir zwar verrückte und nicht mehr auf Fragas Befehle hörende Stadtwächter haben, könnten diese immer noch mit ihren Schwertern und Dolchen Unheil anrichten. Wir müssen irgendwie an ihre Waffen kommen und sie an einem Ort aufbewahren, wo die Stadtwächter nicht hingelangen können."

„Es wird mir ein Leichtes sein", schaltete sich nun Darsto ein, „meinen Bekannten bei der Stadtwache zu überreden, den Trinkbechern der beiden in der Wache Nachtdienst leistenden Wächter ein Schlafmittel beizugeben. Keiner würde etwas merken, wenn wir die Eingangstür zur Stadtwache aufbrechen. Allerdings befinden sich die Waffen seit einem Zwischenfall, bei dem ein Stadtwächter drei andere im Schlaf mit seinem Schwert erschlagen hatte, alle bis auf das Schwert des Hauptmanns und seines Stellvertreters in der Waffenkammer, die verschlossen ist. Lediglich der Stadtkommandant und der wachhabende Offizier verfügen über einen Schlüssel dazu. Mein Bekannter hat mir übrigens mitgeteilt, Fraga habe es sich zur Gewohnheit gemacht, etwa um Mitternacht einen kurzen Kontrollgang bei der Stadtwache durchzuführen. Dabei trinkt er zum Abschluss mit dem wachhabenden Offizier einen Krug Bier. An den Schlüssel können wir nur kommen, sofern wir dem Offizier ebenfalls ein Schlafmittel ins Glas kippen. Und in jedem Fall sollten wir ein Schlafmittel einsetzen, das erst zwei Stunden später seine Wirkung entfaltet. Wie wir den Offizier ins Reich der Träume schicken können, ist mir noch nicht klar."

„Hierfür", entgegnete Mehru, „bietet sich die Karzolfeder an, die unsichtbar macht. Damit kann ich mich ungesehen in die Stadtwache schleichen, dem Offizier unbemerkt den Schlaftrunk ins Glas gießen, zwei Stunden warten, um ihm danach den Schlüssel vom Gürtel abzunehmen und die Waffenkammer aufzuschließen, und ihr transportiert sämtliche Waffen in die unterirdischen Tunnelgänge. Anschließend hänge ich dem Offizier den Schlüssel wieder an den Gürtel, ohne dass er etwas gemerkt haben wird, wenn er aufwacht. Im Übrigen bin ich in der Lage, euch das Schlafmittel zurechtzumixen, das erst zwei Stunden nach der Einnahme seine volle Wirkung entfaltet. Eine bestimmte Mischung aus Cannabis, Schlafmohnsaft, Baldrianwurzel, Passionsblumenkraut und Hopfen bewirkt wahre Wunder. Besorgt ihr mir bis morgen Vormittag die benötigten Dinge, werde ich das Mittel am Abend fertig zubereitet haben und es kann für unseren Nachtausflug Verwendung finden."

„Die von dir genannten Stoffe hole ich noch heute von meinem Bruder", beeilte sich Farmos zu bemerken. „Er ist Besitzer einer Apotheke und verfügt über das beste Sortiment an Pflanzen und Extrakten in Miatr."

„Ich denke, wir haben die wichtigsten Punkte besprochen", sagte Bochre. „Die Anklagepunkte gegen Fraga stehen fest, die brauchen nicht mehr besprochen zu werden. Da wir uns vorgenommen haben, zum Abschluss unserer Besprechungen immer etwas Besonderes ins Zentrum zu rücken, möchte ich euch ein Rätsel aufgeben: Was ist häufig schwer und besitzt kein Gewicht?"

„Fragas Wort: liegt schwer im Magen, hat aber von der Aussage her kein Gewicht?", war ein Vorschlag.

„Der Noterlass in Miatr: ist schwer zu ertragen und wiegt nichts?", war eine zweite Idee.

„Na ja", begann Bochre das Rätsel aufzulösen, „bei Fragas Wort wäre ich zurzeit noch vorsichtig, zumal solange er Macht hat, besitzt sein Wort Gewicht. Der zweite Vorschlag könnte passen. Ich hatte mir als Lösung ‚Rätsel' gedacht. Ein Rätsel ist oft nicht leicht zu lösen, allerdings lässt es sich nicht in Gramm wiegen, verfügt folglich über kein Gewicht. Dann wünsche ich euch eine angenehme Nachtruhe. Morgen sehen wir uns hier zur selben Zeit."

Nachdem sie sich voneinander verabschiedet hatten, ging jeder in seine Richtung durch die entsprechende Tür fort und alle waren zuversichtlich gestimmt, dass ihr Vorhaben in zwei Tagen gelingen würde.

III

Serla hatte bislang die ganze Zeit auf der Liege in der Zelle mit dem Gesicht zur Wand gelegen. Es handelte sich um eine Vorsichtsmaßnahme, falls ein Wärter in die Zelle schauen sollte. Zudem hatte sie die Decke übers Gesicht gezogen, damit niemand sie als eine hier nicht hingehörige Person erkennen würde. Sogar wenn jemand dicht ans Bett herantreten sollte, würde die Täuschung nicht auffallen. Mehrmals in der Nacht war der Krankenwärter in den Raum gekommen, um nach seinem „Patienten" zu sehen, und jedes Mal hatte Serla den Eindruck, ihr lautes Herzklopfen wäre nicht zu überhören. Jedoch zu ihrer Erleichterung verließ der Krankenwärter stets scheinbar beruhigt den Raum. Sie konnte sich nicht vorstellen, dass es üblich war, derartig häufig die Anwesenheit von Patienten zu überprüfen. Im Grunde bedeutete das für sie, Fraga musste irgendeine Nachricht über eine bevorstehende Flucht seines wichtigsten im Sonnentempel befindlichen Bewohners bekommen haben. Sollte das stimmen, hieß das, im Geheimbund würde sich ein Verräter aufhalten. Und das machte alles erheblich schwieriger und riskanter. Möglicherweise würde es den gesamten Plan vereiteln und es könnte sein, dass ihr Vater und Karen bereits verhaftet waren und im Kerker der Stadtwache saßen. Dann wäre alles vergeblich gewesen. *Das möchte und will ich nicht glauben! Erst wenn ich meinen Vater dort eingekerkert sehe oder jemand mir darüber glaubhaft berichtet, werde ich mich solcher Realität nicht entziehen können. Solange ich nichts Entgegengesetztes höre, glaube ich fest an das Gelingen des gesamten Plans.* Schließlich schlief sie ein, um zwei Stunden später hochzuschrecken mit der Befürchtung, zu lange geschlafen zu haben – der Krankenwärter sollte morgens beim Weckruf

Bochres Bett leer vorfinden. Ihr Vater hatte ihr eingeschärft, der Zeitpunkt, zu dem Fraga über seine Flucht in Kenntnis gesetzt würde, gehöre ebenfalls zum Gesamtplan und solle keinesfalls nach dem Wecken liegen.

Eine Weile musste Serla noch abwarten, bis der Krankenwärter den Weckgong betätigte, um anschließend von Zelle zu Zelle zu gehen und ganz schläfrige Zellenbewohner zu wecken. Beim Einsetzen des Gongs strich sie über Mehrus Feder.

Kaum trat der Krankenwärter in Bochres Zelle, stürzte er sofort hin zum Bett, blickte darunter, ob sein Patient nicht eines seiner Spielchen mit ihm trieb, musste aber resigniert feststellen, Bochre blieb, so viel er auch nach ihm Ausschau hielt, verschwunden. In Panik rannte er zum Vorsteher des Sonnentempels, zumal er wusste, Bochre gehörte zu den ganz besonderen Patienten, über die laufend Bericht erstattet werden musste. Er konnte sich das eigentlich nur so erklären, dass Bochre als Therfa eine ganz besondere Behandlung bekäme, damit er vielleicht bald wieder am Leben der Stadt teilnehmen könnte. Er fand das ungerecht den anderen Patienten gegenüber, doch im Moment war es nur wichtig, seinem Leiter die schlechte Nachricht zu überbringen. Wahrscheinlich würde er wegen mangelnder Diensterfüllung eine Strafe erhalten. Also wollte er die Sache möglichst schnell hinter sich bringen.

In der Tat war der Vorsteher rasend vor Wut. Durch einen Boten ließ dieser sofort Fraga über Bochres Verschwinden in Kenntnis setzen.

Serla hatte sich inzwischen in Richtung Ausgang bewegt und wollte gerade den Sonnentempel verlassen, als sie bemerkte, wie Fraga mit Riesenschritten auf das Gebäude zueilte. Bereits am Eingang schrie er dem Leiter entgegen, der dorthin gekommen war, um ihn zu empfangen: „Wie konnte das passieren? Ich will sofort den Verantwortlichen sehen, der scheinbar, statt aufzupassen, geschlafen hat."

„Herr, der unaufmerksame Krankenwärter, bei dem das geschehen ist, wird auf der Stelle entlassen", versuchte der Leiter Fraga etwas milder zu stimmen.

„Was soll der Unsinn, das ist keine Maßnahme, die seiner Schuld angemessen ist. Er wird schnellstens ins Stadtverlies bei der Stadtwache überführt und kann damit rechnen, wegen Hochverrats angeklagt zu werden. Sicherlich hat er mit Bochres Leuten zusammengearbeitet. – Sofern Eure Berichte stimmen, hat Bochre gestern noch seine Medikamente, die er zweimal in der Woche erhält, eingenommen. Ist das richtig?"

„Ja, Herr, wir führen peinlichst genau Buch über die Patienten, die dieses Mittel erhalten. Dabei ist nichts schiefgelaufen." Die Stimme des Vorstehers klang unterwürfig und diensteifrig und Fraga war für den ersten Moment etwas beruhigter, weil er davon ausging, Bochre könne sowieso noch nicht Herr seiner Sinne sein. Das würde wenigstens weitere drei bis vier Tage dauern. Abrupt wandte er sich dem Ausgang zu, rief dem Leiter noch über die Schulter zu, es kämen in Kürze zwei Stadtwächter, die den Krankenwärter in Gewahrsam nehmen würden, und verschwand im Gewühl der Gassen von Miatr gefolgt von einer unsichtbaren Serla.

IV

Im „Wirtshaus am Rathaus" nahm Fraga, nachdem er einen wortlosen Gruß an den Wirt gerichtet hatte, zielstrebig – gefolgt von der für das normale Auge unsichtbaren Serla – Kurs auf den Gang, der um den Schankraum führte, und verschwand in einem Besprechungszimmer. Es dauerte nicht lange und es trat – Serla wollte es nicht glauben – Krefu, den Bochre für seinen treusten Diener hielt, ein.

„Herr, Ihr habt mich rufen lassen! Hier bin ich zu Euren Diensten!"

„Krefu, es ist komplizierter, als ich dachte. Dein Herr ist scheinbar aus dem Sonnentempel geflohen. Da er nach Aussage des Vorstehers sich zurzeit unter Drogeneinfluss befindet, wird er uns morgen auf dem Rathausplatz kaum gefährlich sein können. Dennoch will ich sichergehen, dass nichts schief-geht. Deswegen gebe ich dir den Auftrag, deinen Herrn zu tö-ten, was diejenigen entmutigen wird, die vielleicht gegen mich aufbegehren wollen, sodass kaum jemand es wagen wird, sei-ne Stimme gegen mich zu erheben. Glaubst du, du kannst den Auftrag ausführen?"

„Herr, für Euch tue ich alles, zumal ich überzeugt bin, es wird dem Wohl Miatrs zugutekommen. Wir wissen nur zu genau, die neuen Gesetze haben in unserer Stadt und unserem Staat alles auf den Kopf gestellt. Ich schätze mich glücklich, mit meiner Kraft und meinen Taten dem alten Gesetz erneut Geltung ver-schaffen zu dürfen."

„Ich möchte die Nachricht von Bochres Tod heute Abend verkündet wissen, damit jeder, der seine Hoffnungen auf ihn gesetzt hat, sich mit einem Schlag ohne Führung fühlen wird und sich zu mir, dem legitimen Oberhaupt der Stadt, bekennt, mindestens um einer Strafe zu entgehen, die unweigerlich aus meinem Munde befohlen auf sie niederfahren wird, sofern sie sich mir gegenüber nicht loyal verhalten sollten."

„Herr, es wird mir ein Vergnügen sein, den Tod meines al-ten Herrn verkünden zu können, der mich in den letzten Jah-ren weder ernst genommen noch wahrgenommen hat. Bei Boch-re besteht seit langem für mich keine Möglichkeit mehr, meine Position zu verbessern. Wie steht Ihr denn zu Eurer Aussage, mich für meine Loyalität zu Euch zu belohnen?"

„Krefu, habe ich dir etwas zugesagt, kannst du darauf zäh-len. Ich bin ein Mann, den man beim Wort nehmen kann! Da Bochre kein Testament hinterlassen haben wird – das musst du allerdings zuvor beseitigen, zumal er sicherlich seine Tochter als Erbin eingesetzt hat –, fällt sein gesamter Besitz an die Stadt Miatr und ich werde dir einen Teil davon geben. Dieser Teil wird ausreichen dich zeitlebens von allen Geldsorgen zu befreien."

„Herr, Ihr seid zu gütig!"

„Gut, da jetzt alles besprochen ist, was zu besprechen war, ist unser Gespräch beendet. Ich gehe davon aus, du wirst ge-nauso unerkannt verschwinden, wie du zu mir gekommen bist."

„Herr, Ihr kennt mich zu gut!" Bei diesen Worten breitete Krefu die Verkleidung aus, die er zusammengerollt neben sich abgelegt hatte. Er schlüpfte mit flinken Bewegungen in das Mönchsgewand und war wenig später verschwunden. Erst jetzt musste Serla daran denken, dass ihr Vater ihr eingeschärft hatte, sie solle möglichst direkt aus dem Sonnentempel nach Hause gehen, und eilends wandte sie sich wie Krefu zum Gehen.

V

Alle Bewohner der Stadt waren gekommen, um die Ankunft des Königs zu bestaunen, und die Stadtwachen mühten sich ab, den Menschenstrom unter Kontrolle zu halten, damit für die Kutsche des Königs und sein Gefolge hinreichend Platz war, um zur Königswohnung im Rathaus zu gelangen, ohne längere Zwischenaufenthalte wegen der die Straße säumenden Menschen in Kauf nehmen zu müssen. Die Stadtwachen waren angewiesen worden, den Weg freizuhalten und dabei keineswegs Gewalt gegen die Bevölkerung anzuwenden, weil der König in diesem Punkt sehr empfindlich reagieren konnte. Es hatte vor Jahren in einer anderen Stadt Mobirowiens bereits einmal eine Situation gegeben, in der der König höchstpersönlich aus der Kutsche ausgestiegen war, um einen gemeinen Stadtwächter zu maßregeln, der mit einer kurzen Peitsche auf Personen eingeschlagen hatte, die der Königskutsche seiner Meinung nach zu nahe gekommen waren.

Die Reisekutsche des Königs erwies sich als schlicht in Gestalt und Aufbau, lediglich durch die Rot- und Blaufärbung sowie eine goldenen Krone und das Wappen des Königs auf dem Wagenschlag hob sie sich von den anderen sechs Kutschen ab. Gezogen wurde die Kutsche von vier Schimmeln, die von der Rasse her ein rein weißes Fell besitzen mussten. Die Gespanne der dahinter und davor befindlichen Hofleute wurden von Füchsen, Braunen und Rappen gezogen, während Schimmel als Privileg des Königs galten. Darüber hinaus war die Königskutsche das einzige Gefährt, das vierspännig fuhr, während bei den anderen jeweils zwei Pferde vorgespannt waren.

Der Einzug des Königs in Miatr stellte eine eindrucksvolle Prozession dar: Vorneweg ritten zwei Fanfarenbläser, deren Aufgabe darin bestand, das Nahen des Königs anzukündigen. Darauf folgten der königliche Standartenträger und der Hauptmann der königlichen Leibgarde. Alle vier trugen die prächtig gefärbte Uniform der Leibgarde mit ihren reich geschmückten Federbuschhelmen. Gleich hinter dieser Vorhut fuhren die ersten drei Gespanne der Hofleute, danach kam die königliche Kutsche, woran sich die drei letzten Gefährte des königlichen Gefolges anschlossen. Jede Kutsche hatte links und rechts jeweils einen Wachsoldaten der Leibgarde postiert und am Schluss dieses Prozessionszuges ritten vier Wachsoldaten als Nachhut. Insgesamt befanden sich im königlichen Gefolge 22 Bewaffnete, die die Sicherheit des Königs auf dem Weg zu garantieren hatten.

Waren früher, zum Beispiel bei Ghoro mit 80 Wachsoldaten, die Eskorten wesentlich stärker besetzt, schien es mit ein Ergebnis der von Preku aufgestellten Gesetze zu sein, dass sich weniger Räuber auf den Straßen Mobirowiens aufhielten. Somit konnte die Menge an Begleitsoldaten verringert werden, um den König sicher von einem Ort zum anderen zu geleiten. Ebenso hatte Preku mit 24 Höflingen sein Gefolge erheblich verkleinert. Insgesamt zahlten sich alle Maßnahmen in klingender Münze aus, denn mit einer geringeren Anzahl an Wachsoldaten und Hofleuten wurden die notwendigen Ausgaben solcher Inspektions- und Gerichtstagsreisen gegenüber den Jahren zuvor enorm gemindert. Während viele Könige vor Preku ständig neue Ideen für das Eintreiben zusätzlicher Steuern entwickelt hatten, um die durch übertriebenen Luxus und gesteigertes Machtstreben geleerte Schatztruhe zu füllen, gelang es Preku, den Staatsschatz ohne weitere Maßnahmen zu mehren. Im Gegensatz zu seinen Vorgängern führte seine Art der Regierung in vielen Bereichen zum Abbau von Steuern. Viele Untertanen nahmen diese Form des Umgangs mit ihrem sauer verdienten

Geld dankbar zur Kenntnis und hatten eine starke Sympathie für ihren König entwickelt.

War in Miatr Hoffnung durch das gemeinsame Wirken von Mehru, Fagol und Amtrok im Armenviertel aufgekeimt, verstärkte sich dieselbe durch die Ankunft des Königs, an dessen Auftritt die Menschen in der Stadt sowie den umliegenden Dörfern hohe Erwartungen knüpften – viele erhofften sich die Ablösung ihres verhassten Bürgermeisters.

Natürlich wollten sie ihrem Hoffnungsträger so nah wie möglich sein, wobei die Wachsoldaten und die Stadtwächter den erlaubten Abstand markierten und die meisten sich aufgrund ihres Respekts und ihrer Zuneigung auch nicht aufdrängeln wollten. Jubelnd begrüßten die Bewohner Miatrs ihren König, der ihnen freundlich lächelnd zuwinkte. Er wirkte zwar etwas abgespannt von der strapaziösen Reise, zeigte jedoch echte Freude darüber, dass ihm die Menschen so zugetan waren. Spontan ließ er den gesamten Zug auf dem Rathausplatz anhalten. Dort betrat er das Podest, das für den Gerichtstag am nächsten Tag fast vollständig errichtet war – es fehlte einzig die Dekoration mit den Farben des Königs und den Flaggen des Landes und der Stadt.

„Meine lieben Mobirowier, ihr habt mir in dieser schönen Stadt einen fantastischen Empfang bereitet. Ich bin stolz, bei euch derartigen Jubel auszulösen, und glaubt mir, ich kann genau unterscheiden, ob ein Jubeln nur von oben angeordnet wird oder ob dieses aus dem Innersten eurer Gefühle heraus kommt. Ich muss zugeben, ihr habt mich stark berührt. Dafür danke ich euch und verneige mich vor euch mit großem Respekt. Möge der morgige Gerichtstag eure mir gezeigte Freude mit gerechten Urteilen von meiner Seite her ergänzen, selbst wenn Gerechtigkeit nicht für jeden ein Anlass zur Freude sein wird. Wer Unrechtes getan hat, findet in mir jemanden, der sowohl gerecht als auch hinreichend milde urteilt, was ein Verzeihen und Vergebenkönnen von Angesicht zu Angesicht ermöglichen soll. Momentan wird in Mobirowien für viele Vergehen die Todesstrafe verhängt. Ich selbst verkündige mit dem heutigen Tag, diese Strafe soll einzig Anwendung bei heimtückischem Mord finden.

In allen anderen Fällen müssen ab heute Gefängnisstrafen ausgesprochen werden. Ebenfalls werden noch nicht vollstreckte
Todesurteile, die unter mein heutiges Dekret fallen, nicht mehr
ausgeführt. So ist mein Wille!"

Mit diesen Worten kletterte der König vom Podest herunter, um die letzten Schritte zur Königsetage im Rathaus zu
Fuß zu gehen und zahlreiche Handküsse, die ihm angeboten
wurden, im Vorbeigehen entgegenzunehmen. Seine Soldaten
und die Stadtwache hatten alle Hände voll zu tun, die Menge
vom Sturm auf den König zurückzuhalten. Bei Fraga breitete
sich eine gewisse Sorge aus, ob nicht die ungeheure Menschenmenge sich am morgigen Tag gegen ihn wenden und sein Werk
verunmöglichen könnte. Doch dann beruhigte er sich, zumal
er einerseits die Verhaftung der drei Gäste in der „Gaststätte
zum letzten Groschen" in Auftrag gegeben hatte und andererseits es bestimmt ausreichen würde, die Menschenmenge mit
Freibier und gutem Schmaus zu besänftigen. Jetzt konnte er
sich sowieso nicht weiter in Gedanken mit dem morgigen Tag
beschäftigen. Es war seine Aufgabe, den König im Rathaus ge-
ziemend zu begrüßen und zugleich zu überprüfen, ob in der
Königsetage alles dem König zu Gefallen arrangiert war. Er
wollte sich und der Stadt keine Blöße geben, immerhin verfügte Miatr über ausreichende Mittel, den König etliche Wochen, ja Jahre, in seinen Mauern zu beherbergen, und dem König sollte es an nichts fehlen.

VI

„Mein Graf, mein Graf, warum wollt Ihr mich jetzt schon verlassen?" Der so Gefragte konnte zwar nicht gerade gräfliche
Kleidung sein Eigen nennen, hingegen zeigte er sonst ein hoch-
herrschaftliches Gehabe, das mit seinem Titel zusammenpass-
te. „Aber Madame, mich ruft die Pflicht. Jeden Abend muss ich
dem König eine Gutenachtgeschichte vorlesen und unser König

geht zeitig schlafen." „Wie kann er sich erdreisten, seinem König jeden Wunsch von den Augen abzulesen, doch der Königin seines Herzens nicht mal Gesellschaft am Abend zu leisten, wenn es dunkel wird und ich mich zu fürchten beginne. Unter einem edlen Ritter hätte ich mir etwas anderes vorgestellt." „Ich bin untröstlich über meine Unhöflichkeit, werde es allerdings gutzumachen versuchen. Ihr erinnert Euch möglicherweise, unser König hat mich beim letzten Mal mit Torte beworfen, als ich es gewagt hatte, mich um fünf Minuten zu verspäten." „Mein Gott, Ihr habt recht, es scheint lebensgefährlich zu sein, dem König nicht jedes Begehren zu erfüllen. Unter den Umständen möchte ich Euch gerne verzeihen. Obwohl, wenn ich es mir so recht überlege, würde es nicht schaden, Ihr brächtet in Zukunft von der Torte etwas für mich mit." „Madame, nicht selten bekomme ich ein altes, hartes Stück Brot oder ein Stück stinkenden Fisch an den Kopf." „Untersteht Euch, mir das mitzubringen! Was würde denn passieren, wenn Ihr heute gar nicht mehr beim König auftaucht und stattdessen mir in dieser allzu dunklen Nacht Gesellschaft leistet?" „Ich wäre darüber sehr glücklich, Euch heute Nacht beizustehen und Euch die Hand zu halten, jedoch Graf würde ich mich nie mehr nennen dürfen. Falls Euch das nicht stört, würde ich mich für das Hierbleiben entscheiden." „Na ja, einen Grafen zum Mann zu haben, würde ich zwar begrüßen, hinwiederum kann ich es gerade heute nicht ertragen, ohne Eure nächtliche Begleitung auszukommen, insofern verzichte ich gerne auf Euren Titel."

Schelmisch blickte Mehru Amtrok entgegen, schien ihn mit diesem Blick aufzufordern, den in ihrem Spiel künstlich aufgebauten Abstand zu überwinden, und tatsächlich nahm er ihren Kopf in seine Hände und drückte sanft und behutsam seine Lippen auf die ihren. Dann schaute ihn Mehru ernst an: „Glaubst du, wir schaffen es, Preku davon zu überzeugen, dass Fraga ein Betrüger und Mörder ist?" „Es gibt schon eine Menge an Hinweisen, die wir gut und gerne vor Preku angeben könnten, dennoch denke ich, entscheidender wird sein, dass der Bürgermeister offensichtlich seine Stadtwache nicht unter Kontrolle hat, vorausgesetzt unser Vorhaben sollte gelingen. Da Fraga in dem Fall nicht mehr für die Sicherheit des Königs garantieren kann, wird ihn das Gelingen dieses Planes eher zu Fall bringen als eine Anklage, bei der Fraga jederzeit das Gegenteil behaupten kann und der König bei fehlenden Beweisen nicht gegen den Bürgermeister entscheiden wird."

„Du hast recht, wahrscheinlich wird Fraga seinen Posten verlieren, aber eine Anklage wird wohl nicht unbedingt zustande kommen. Falls Bochre oder Karen dann Bürgermeister werden, können wir gemeinsam mit den anderen nach Imifrich zurückkehren."

Amtrok schaute sie überrascht und erfreut an, denn er hatte damit gerechnet, sie wollte zumindest eine gewisse Zeit noch in Miatr verbringen, um die Weiterentwicklung des Hospitals zu betreuen. Es hätte ihn nicht verwundert, hätte Mehru ihm erklärt, ihr Platz wäre nun in Miatr, und natürlich wäre er bei ihr geblieben, würde sie es wünschen.

„Du willst mit mir zurück nach Imifrich?"

„Ja, natürlich gehen wir beide zusammen mit unserem in mir wachsenden Kind zurück in unser Dorf."

Mehru musste lachen, als sie bei Amtrok das Wechselspiel der Gefühle mitverfolgte. Ein ungläubiger Blick wandelte sich in eine Mischung aus unbändiger Freude, innigster Liebe und gewisser Unsicherheit über die plötzlich in die Realität geschobene Verantwortung.

„Ich kann es nicht glauben, du erwartest ein Kind? Wie kannst du dir dabei so sicher sein?"

Jetzt musste sie hell auflachen und erklärte ihrem Mann, woran eine Frau eine Schwangerschaft an sich erkennt. Lange schon hatten sie sich ein Kind gewünscht, nun schien es Realität zu werden und Amtrok strahlte vor Glück. Beide sprachen sie nur noch über das zukünftige Kind, wie das ihr Leben verändern würde, was sie mit ihm zu unternehmen gedenken würden. Sie malten sich aus, wie es wohl aussehen würde, welche Eigenschaften es in sich vereinigen würde, wie es sich anfühlen würde, Verantwortung für ein heranwachsendes Wesen zu tragen und es über die Welt und die Menschen aufzuklären, sodass es sich dort gut zurechtfinden und seinen eigenen Weg zu gehen in der Lage sein würde. In etlichen Dingen waren sie unterschiedlicher Meinung, dagegen stimmten sie sofort darin überein, dass sie einen besseren Paten als Fagol nicht finden könnten. Wie sie so sprachen, verging die Zeit wie im Fluge und sie waren etwas überrascht, als Julia wie vereinbart an der Tür klopfte, um sie an ihr Geheimtreffen im Hintergebäude zu erinnern.

VII

Am Abend vor Abhaltung des Gerichtstages durch den König traf sich der Geheimbund „Die Reine Therfamacht", um den Plan für den nächsten Tag vorzustellen und gegebenenfalls Bedenken zu erörtern, die zu leichten Änderungen am Plan führen könnten. Man traf sich in Fragas Haus in demselben Raum wie bei allen vorherigen Treffen. Es war ein wichtiger Termin, zumal am nächsten Tag König Preku auf dem Marktplatz den Gerichtstag abhalten sollte. Fraga hatte von seinen Dienern alles gleichermaßen herrichten lassen wie beim letzten Treff, auf dem Krefu darüber berichtet hatte, dass es ihm gelungen war, Bochre das Rauschmittel Krasch unterzumischen. Da sich Bochre aber seit spätestens heute Morgen auf der Flucht befand, erschien es ihm notwendig, hart und entschlossen den Tod seines Gegners zu beschließen. Ja, dieser Gegner machte Fraga Angst und das war ihm Rechtfertigung genug, Krefu mit der Mordtat zu beauftragen.

Wer weiß, ob Bochre nicht aus eigenen Stücken geflohen ist und was er alles von meinen Plänen weiß? Vielleicht ist er die ganze Zeit nur zu Spionagezwecken im Sonnentempel gewesen und hat es irgendwie vermeiden können, das Rauschmittel nehmen zu müssen. Allerdings die Szene im Rathaus kann er nicht bewusst gespielt haben, denn Krefu hatte mir versichert, es wäre ihm gelungen Bochre das Rauschmittel unterzumischen, und Bochres Auftritt im Rathaus war ein eindeutiger Nachweis, dass er von dem Mittel berauscht war. Ich kann mir nicht vorstellen, Bochre könnte eine Szene wie diese lediglich vorgespielt haben. Ganz egal, wie das nun tatsächlich gewesen ist, es ist besser, diesen Gegner zu beseitigen, auf diese Weise wird er uns in Zukunft nicht weiter stören können. Mit seinem Arbeitsmodell hat er ungeheuer viel Unruhe in Miatr erzeugt und manch ein Therfa, der lange auf meiner Seite gestanden hatte, ist nun hin- und hergerissen, zumal Karens und Bochres Werkstätten die einzigen sind, die in letzter Zeit nicht allein Gewinn abgeworfen, sondern sich gleichzeitig vergrößert haben. Fast alle anderen Therfas konnten kaum neben diesen Werkstätten bestehen und ihnen waren Massen an Arbeitskräften weggebrochen. Und jeder Geschäftsbesitzer weiß, ohne Arbeitskräfte kann kein Werk weiterlaufen. Sollte Bochre fallen, ist es nur eine Frage der Zeit, wann Karen aufgeben muss und sich eventuell auf ihr Gut in Hangstu zurückzieht. Falls sie dazu jedoch nicht gewillt sein sollte, gibt es Methoden, um sie dahin zu bewegen, wo ich sie hinhaben will. Mit dem Beenden des Einflusses von Karen und Bochre auf die Ratsversammlung kann ich meine eigenen Gesetze in Miatr diktieren. Gleich wird Krefu auf der Versammlung den Tod Bochres verkünden und dann kann ich mich endlich meiner Lieblingsidee zuwenden, nämlich dem Griff nach der Krone. Sarko wird nicht nur alle königlichen Aufträge für die Lieferung von Baumaterial für die Unzahl an Palästen und Schlössern, die ich errichten werde, erhalten, sondern ich werde in ihm einen loyalen Bürgermeister in Miatr einsetzen, der bei Interesse ebenso für andere Posten am Hof gut geeignet ist.

Mit solchen Gedanken beschäftigt war Fraga in den Versammlungsraum getreten und hatte mit einem Blick erfasst, dass alle Mitglieder des Geheimbundes anwesend waren. Bevor er nun die Runde eröffnete, schaute er jedem Einzelnen mit kritisch prüfendem Blick in die Augen, und was ihm dort erwidert wurde, beruhigte und stärkte ihn ungemein, denn alle strahlten Entschlossenheit und Härte, jedoch auch Zuversicht und Ergebenheit ihm gegenüber aus.

„Meine lieben Getreuen", eröffnete Fraga die Sitzung. „Wir mussten schwere Entscheidungen fällen in der letzten Zeit. Wie ihr vielleicht schon erfahren habt, verweilt Bochre nicht mehr im Sonnentempel, und weil er nicht allein am morgigen Tag eine Gefahr für uns darstellt, sondern uns grundsätzlich das Leben in Miatr schwer macht, habe ich mich schweren Herzens – und ihr müsst mir glauben, ich habe das nicht gerne getan – entschieden, jemanden damit zu beauftragen, Bochres Wirken in Miatr sowie anderswo gewaltsam zu beenden. Meinen Vertrauten für solche delikaten Aufträge habt ihr bereits beim letzten Mal kennen gelernt. Hört euch den Bericht von Krefu an, der ja schon fast einer von uns ist und der in einer Stadt, die ohne Bochre weiter existieren wird, mit einem Teil von Bochres aufgehäuften Reichtümern belohnt werden wird."

Während er die letzten Worte sprach, öffnete sich die Tür zum Versammlungssaal und Krefu trat mit langsamen, bedächtigen Schritten ein.

„Herr, ich danke Euch für Euer Vertrauen, mir in dieser erlauchten Runde Gehör zu schenken." Und an alle gewendet fuhr er fort: „Fürwahr, es ist zu Ende gebracht. Ich habe heute Bochre in seinem Haus ein Mittel in den Weinbecher geschüttet, das ihn in weniger als zehn Minuten getötet hat. Das Mittel hinterlässt keine Spuren. Sollte jemand einen Verdacht haben, nutzt das gar nichts, zumal alles nach einem normalen Herzstillstand aussieht. Des Weiteren habe ich, Herr, wie Ihr es gewünscht hattet, Bochres Testament aus seinem Schreibtisch entwendet und es an Ort und Stelle verbrannt. Die Spuren davon habe ich selbstverständlich beseitigt, sodass nicht einmal der Hauch eines Verdachts bestehen wird. Da Bochre mich für seinen engsten Vertrauten hielt, wusste ich, wo sich seine wichtigsten Unterlagen befanden, die ich im Notfall seiner Tochter Serla zukommen lassen sollte."

Nach diesen Worten verneigte er sich und wollte sich zum Gehen wenden, indes Fraga ihm folgendermaßen antwortete:

„Da du ja fast schon einer von uns bist und mich und die hier Anwesenden äußerst zufrieden gestellt hast, darfst du entgegen unseren Regeln heute an der Versammlung teilnehmen, damit du die Gelegenheit hast, uns besser kennen zu lernen und dich mit unseren wichtigsten Gedanken vertraut zu machen."

Fraga räusperte sich, nahm einen Schluck aus seinem Weinglas und hob erneut zu sprechen an.

„Ihr alle wisst, morgen ist ein entscheidender Tag und wir dürfen nichts dem Zufall überlassen, sondern es bedarf eines planvollen Vorgehens. Wie ihr ebenso wisst, haben sich neben Karen und Bochre ebenfalls einzelne Therfas den abscheulichen Gedanken der eigenartigen Lenkung von Werkstätten geöffnet und von uns abgewandt. Noch handelt es sich um keine offene und eine lediglich vereinzelte Gegnerschaft. Sollten wir allerdings morgen nicht als Sieger hervorgehen, wird die Saat, die unsere Unruhestifter gesät haben, aufgehen können. Allein aus diesem Grunde konnten wir es nicht dulden, Bochre auf Dauer sein zerstörerisches Tun weiter entfalten zu lassen, sondern wir haben uns in diesem speziellen Fall für äußerste Härte entschieden. Im eigentlichen Sinne befinden wir uns mit den beiden Störenfrieden im Kriegszustand und solche Mittel sind in einem Krieg erlaubt. Nichtsdestoweniger müssen wir uns gleichzeitig wappnen für den Fall, dass morgen eine Klage gegen mich bei Preku auf offene Ohren stoßen sollte. Ihr müsst bedenken, mein Ende würde logischerweise das eure bedingen, denn sollte ich meiner Position als Bürgermeister enthoben werden, werden alle Vorteile, die ihr genießt, sich in Luft auflösen und ihr müsst mit euren Gutshöfen und Werkstätten in den direkten Wettbewerb mit anderen ohne Begünstigung durch mich treten und ihr wisst, dass ihr dabei nicht gut wegkommen werdet.

Die Entscheidung, die ich euch nun vorstellen werde, ist mir am schwersten gefallen, zumal sie sich gegen jemanden richtet, dem in der Regel unser aller Respekt gehört. Schon häufig haben wir die Maßnahmen und Gesetzesvorhaben erörtert, die König Preku beim Volk hohes Ansehen einbringen. Sie erscheinen allesamt nicht geeignet, unserem Staat das für ihn beste Wohlergehen zu ermöglichen, sondern werden eher in Zukunft dazu beitragen, das Königreich in Chaos zu stürzen und es damit in seinen Grundfesten zu erschüttern. Aufgrund unseres

Einflusses auf andere Therfa-Geheimbünde im Reich konnte sich Bochres und Karens Werkstättenmodell bisher nirgendwo durchsetzen. Preku hingegen hat Interesse bekundet und möchte einzelne Werkstätten besichtigen, die nach dem Modell arbeiten und wirtschaften. Sollte unserem König dieses Modell gefallen, könnte er anordnen, es per Dekret im gesamten Reich zu verwirklichen. Leider scheint Preku nicht die staatszersetzende Wirkung des Modells zu verstehen. Jetzt haben wir, die wir diese gefährliche Wirkung erkannt haben, nicht mehr unseren König sondern unser Land zu schützen. Es fällt mir sehr schwer, jedoch schwierige Lagen erfordern eben besondere Antworten und Handlungen. Ich habe bereits mit Sarko über die Aussichten eines Anschlages gesprochen, dessen Ziel der König sein wird. Wir sind der Meinung, dass gerade hier in Miatr ein günstiger Zeitpunkt ist, und da wir uns in diesem Ort bestens auskennen, werden wir genauestens einschätzen können, wo, wie und wann die Tat erfolgreich durchgeführt werden kann. Bevor wir Einzelheiten dieser Tat besprechen, möchte ich von euch hören, ob ihr dem Plan grundsätzlich zustimmt, denn sofern einer in dieser Runde dagegenstimmt, werden wir den Plan fallen ..."

Das letzte Wort „lassen" ging im allgemeinen Jubel unter. Niemand in diesem Raum hegte Sympathien für den König. Sie fühlten sich mit dieser Entscheidung autorisiert „Nieder mit Preku!" und „Nieder mit dem Schwächling!" zu skandieren. Das war ein überdeutliches Votum gewesen.

Als Fraga weitersprach, sah man ihm die große Erleichterung an, die er empfand: „Liebe Freunde, ihr habt gesprochen und es soll geschehen! Morgen werden Preku und ich auf dem Podest vorne nebeneinander direkt der Menschenmenge gegenüber sitzen. Dahinter werden sich die Therfas, die den Rat des Königs in Zafach bilden, sowie die restlichen Therfas der Stadt Miatr befinden. An jeder Ecke des Podests wird als Sicherung ein bewaffneter Soldat des Königs stehen. Sarko werde ich direkt hinter mir postieren. Außerdem werden vier unserer besten Armbrustschützen in den Häusern um den Platz entsprechend instruiert, auf ein Signal von Sarko die königlichen Podestwachen auszuschalten. Sofort nach dem Signal wird Sarko unserem König einen Dolch in den Rücken stoßen. Unsere 70 Mann der Stadtwache, die auf dem Rathausplatz stehen, werden anschließend die 22 königlichen Soldaten, die rings um das Podest stehen, umzingeln und zur Aufgabe zwingen oder erschlagen. Jeder in dieser Runde Anwesende wird berechtigt sein, Therfas, die sich ihm widersetzen, auf der Stelle zu verhaften oder bei fortgesetztem Widerstand zu töten. Schließlich werde ich mich als König Fraga I. ausrufen lassen und diesen Tag zu einem Festtag erklären. Als Dank an meine treuen Anhänger in Miatr werde ich das geplante Königsmahl, an dem sämtliche Therfas und ausgewählte Vertreter der restlichen Bevölkerung Miatrs teilnehmen sollten, an die Bewohner und Gäste Miatrs ausgeben. Da wir wissen, der Durst der niederen Bevölkerung wird ausschließlich durch Bier und Wasser gelöscht, werden wir 30 Bierfässer am Nordtor vorbereiten. Auf diese Art ziehen wir eine Menge Volk dorthin und haben sofort die Chance, sollten einzelne Bürger und Bedienstete gegen unsere Maßnahmen protestieren oder rebellieren, diese zu isolieren und gegebenenfalls zu verhaften. Ich habe diesen Plan mit Sarko gemeinsam durchdacht. Krefu hat die Idee beigesteuert, den Dolch, mit dem Sarko den König attackieren wird, mit Gift zu tränken, sodass der Anschlag absolut sicher zum ersehnten Ergebnis führt. Falls jemand Bedenken, Einwände oder Verbesserungsvorschläge hat, bitte ich euch darum, Entsprechendes zu äußern. Sollte das nicht der Fall sein, gehe ich davon aus, der Plan ist angenommen, wie ich ihn euch vorgestellt habe."

„Ich habe ein Bedenken", meldete sich ein junger Therfa zu Wort. „Besteht nicht die Gefahr, die drei Gäste, die sich mit von Bochre ausgestellten Passierscheinen in unseren Mauern aufhalten, könnten sich als Rädelsführer eines Aufstandes gegen uns wenden? Wie ich gehört habe, verfügen sie besonders im Armenviertel, in das wir uns nicht mehr ohne Stadtwächter hineintrauen, über Unmengen an Sympathien. Falls die Armen über irgendwelche Waffen verfügen, würden sie in dieser ungeheuren Masse für uns eine ernsthafte Bedrohung darstellen."

„Ich gebe dir recht, Braku", antwortete Fraga. „Dazu habe ich mir bereits einen Plan zurechtgelegt. Die Stadtwachen sind beauftragt, unsere drei Gäste morgen früh vor dem Aufstehen in Gewahrsam zu nehmen. Wir werden um vier Uhr morgens die ‚Gaststätte zum letzten Groschen' umstellen und ebenfalls den Innenhof sichern, damit keiner über die Hinterhöfe entkommen kann. Falls von der Seite her ein möglicher Aufstand geplant sein sollte, werden die Rädelsführer verhaftet sein, bevor überhaupt ein Aufstand losgehen kann. Solchermaßen werden wir dieser Idee die Luft aus den Segeln nehmen. Hast du noch weitere vergleichbar wichtige Einwände, Braku? Wenn nein, sollten wir uns noch die Nachtruhe zukommen lassen, die nötig ist, damit wir morgen keinen gravierenden Fehler begehen."

Ein Moment der Stille folgte, in dem mögliche weitere Einwände hätten vorgebracht werden können, dann brachen alle in Hochrufe aus: „Ein Hoch auf den zukünftigen König! Lang lebe Fraga! Ein Hoch auf Fraga den Großen!"

Mit einer Handbewegung beendete Fraga den Hochsturm und ermahnte sie, mit niemandem über die hier gehörten Dinge zu sprechen, selbst wenn die Person einem noch so vertrauensvoll erscheinen sollte. Es sei schließlich der Zweck eines Geheimbundes, Geheimnisse im internen Kreis zu belassen. „Denkt daran, ich werde jedes gegenteilige Verhalten als Verrat an unserer Sache und meiner Person werten und die entsprechende Person hat in solch einem Fall mit den üblichen Konsequenzen zu rechnen. Also, haltet euch daran, und nun noch allen eine geruhsame Nacht."

Alle verabschiedeten sich voneinander und manch einer hätte gerne mit einem Freund aus dieser Runde an irgendeinem Ort über die großen Ereignisse weitergesprochen, die sich anzubahnen schienen, aber jeder wusste, solche Dinge konnten nur an ihrem Versammlungsort sicher besprochen werden. Anderswo würden zum Beispiel Spione des Königs vielleicht etwas aufschnappen, was nicht für ihre Ohren bestimmt war. Es wäre fatal, würde alles an dem unstillbaren Mitteilungsbedürfnis einer Person scheitern. Sie ergaben sich in die Situation, dass es zum jetzigen Zeitpunkt das Beste war, ihr eigenes Zuhause aufzusuchen und sich dort etwas Nachtruhe zu gönnen, so gut es eben in dieser Lage ging, die jeden mit Hochspannung und Hochstimmung erfüllte.

Fraga selbst saß noch eine Weile in seinem Arbeitszimmer, führte sich den morgigen Tag unzählige Male vor sein geistiges Auge und es dauerte nicht lange, so erschien es ihm bereits, als würde eine Erinnerung an etwas Geschehenes vorbeiziehen, derartig stark war er bereits mit dem gesamten Moment, der alles verändern würde, verwoben. Je häufiger er die Szene wiederholte, desto sicherer fühlte er sich. Eigentlich konnte nichts mehr schiefgehen. Sein einziges Bedenken war auf ein Scheitern des Mordanschlags an Bochre gerichtet gewesen und hier hatte Krefu ganze Arbeit geleistet. Eventuell sollte er als Fraga I. Krefu nach dem erfolgreichen Sturz des alten Königs in den Therfastand erheben. Solche Form von Loyalität ist nicht mit Gold aufzuwiegen.

Schließlich ermahnte sich Fraga, die Nachtruhe nicht zu kurz geraten zu lassen. Immerhin stand ihm morgen der wichtigste Tag seines bisherigen Lebens bevor und an dem Tag ist es besonders wichtig, alles ganz bewusst wahrnehmen und an die Bevölkerung der Stadt in bestechender Klarheit die richtigen Worte richten zu können. Seine Rede hatte er sich selbstverständlich schon längst zurechtgelegt. Er beschloss, sich sofort nach dem Kontrollgang bei der Stadtwache auf sein Nachtlager zu legen und die geplante Rede vor dem Einschlafen noch einmal vorbeiziehen zu lassen, um danach mithilfe des zuvor eingenommenen Schlaftrunks ins Reich der Träume hinüberzugleiten.

VIII

Im Schlafzimmer des Königs saßen Preku und Machut beieinander und sprachen über den morgigen Tag. Machut verfügte im gesamten Land Mobirowien über vergleichbar gute Kontakte, sodass er an jedem Ort ohne viel Mühe schnell an die wichtigsten Informationen gelangen konnte. Selbstverständlich war Machut nicht gleich mit der Tür ins Haus gefallen, sondern hatte Preku zunächst einmal grundsätzlich über das Verhältnis der Bewohner zu ihrem Bürgermeister aufgeklärt. Ebenfalls hatte er die von Fraga verordneten Notmaßnahmen erwähnt und mit dem König eine kurze Diskussion darüber geführt, ob es nicht sinnvoll wäre, überhaupt Abstand vom Erlass von Notmaßnahmen durch Stadt- oder Bezirksräte zu nehmen. Der König hatte sogar vorgeschlagen, für sich selbst diese Maßnahme nicht weiter zu beanspruchen, sondern Derartiges lediglich in Abstimmung mit allen betroffenen Seiten zu befürworten. Allerdings gab Machut dabei zu bedenken, letztere Sache wäre für das Königreich gefährlich und würde es ins Chaos stürzen, weil die wenigsten Menschen mit der zusätzlichen Verantwortung, die sodann auf ihnen lasten würde, etwas anfangen könnten. Zumindest war ihm die Umsetzung eines Dekrets in diese Richtung um wenigstens 100 Jahre zu früh.

„Majestät, was mir tatsächlich Sorgen bereitet, ist eine Nachricht, die mich vor einer Stunde erreichte. Ich hörte aus zuverlässiger Quelle, der Therfa, dessen Werkstätten Ihr übermorgen besichtigen wolltet, sei heute Abend an Herzversagen gestorben. Wie Ihr wisst, bildete Bochre die Speerspitze der Gegnerschaft gegen den Bürgermeister und er hätte einen geeigneten Kandidaten für Fragas Nachfolge abgegeben. Darüber hinaus war Bochre, ebenso wie Ihr, Majestät, es seid, in ganz Miatr beliebt, außer in bestimmten Therfakreisen. Es würde mich nicht wundern, wenn diese Kreise dem Tod etwas nachgeholfen haben. Bislang gab es durch Bochre eine Gegenkraft gegen Fraga. Unter anderem hat er Leuten, die Miatr nach Erlass der Notmaßnahmen aufsuchen wollten, Passierscheine ausgestellt, womit sie sich in der Stadt frei bewegen durften, ohne dass es irgendjemandem erlaubt gewesen wäre, sie zur Unterzeichnung eines Arbeitsvertrages gegen ihren Willen zu zwingen. Und Majestät wissen, welche Art von Arbeitsverträgen Fraga abgeschlossen hat, mit denen der Unterzeichner praktisch versklavt war. Es ist nicht unbedingt die Aufgabe der Krone, sich in den Streit in einer Stadt einzumischen und Partei für eine Seite zu ergreifen. Wird allerdings durch besondere Umstände der Frieden gestört, halte ich es für meine Pflicht, Majestät darauf aufmerksam zu machen, dass wir eingreifen müssen, um Schlimmeres im Sinne des Übergreifens der Unruhen auf andere Städte zu verhindern."

„Wie schätzt Ihr Fragas Machtbasis und seinen Rückhalt im Bezirk Bogul ein? Soll ich Euren Ausführungen Glauben schenken, muss ich daraus eine starke Gefährdung der Krone sehen. Könnt Ihr Euch vorstellen, der Bürgermeister plant einen Umsturz und, wenn ja, wie hoch ist die Gefahr, dies könnte bald, wenn nicht gar bereits während meines Aufenthaltes hier, stattfinden? Anfangs bin ich völlig unbesorgt nach Miatr hineingefahren. Sollte ich mir jetzt Sorgen über einen Anschlag auf mein Leben machen? Um eines klarzustellen, den Tod fürchte ich nicht – schließlich muss jeder irgendwann einmal sterben. Jedoch was ich nicht akzeptieren könnte, wäre, wenn meine Aufgabe, die ich mir gestellt habe, nicht auf den Weg gebracht werden kann, der dazu geeignet erscheint, jeden Untertan des mobirowischen Reiches in irgendeiner Form an der Macht zu beteiligen. Und hierfür wollte ich mich durch die neuartige Werkstättenführung, wie sie in dieser Stadt erstmalig seit etlichen Jahren praktiziert wird, anregen lassen. Sollte das alles umsonst gewesen sein?"

„Nein, Majestät, ich gehe nicht davon aus. Diese neue Form des Wirtschaftens birgt derartig viele Vorteile in sich, dass man ein Dummkopf oder ein Fanatiker sein muss, wenn man vor dem Neuen die Augen verschließt. Aber es würde ohne unsere Förderung sehr viel länger brauchen, sich als allgemeines Werkstättensystem durchzusetzen. Fraga hat durch sein ungeheures Vermögen gewaltige Macht in Boful entwickelt. Zudem scharen sich um ihn etliche Therfas, die sich als ihr wichtigstes Ziel die Rückkehr zu den Zuständen vor den Gesetzesänderungen auf die Fahnen geschrieben haben. Das hängt auch mit ihrer Entmachtung zusammen, die sie nicht weiter dulden wollen. Statt ihrem Wort Gesetzeskraft beizumessen, werden sie heutzutage zur Rechenschaft für Straftaten an Untergebenen herangezogen, die in ihrem Auftrag oder von ihnen selbst ausgeführt worden sind. Wenn Majestät erlauben, würde ich an dieser Stelle gerne einen kleinen Exkurs einschalten?" Als Preku wohlwollend nickte, fuhr Machut fort. „In gewisser Weise muss man feststellen, zwischen Krone und Therfas besteht ein Widerspruch. Früher gab es keinen Unterschied, indem Untergebene auf das Wort ihres Herrn zu hören hatten, sonst folgte eine Strafe, die sogar die Todesstrafe für kleinste Vergehen sein konnte. Heute ist das für den normalen Therfa nicht mehr erlaubt, doch sobald der König spricht, besitzt sein Wort Gesetzeskraft wie bei Eurem Dekret, das ihr am Vormittag auf dem Marktplatz erlassen habt. Und dieser Widerspruch stört die gegen Euch aufbegehrenden Therfas erheblich. Sie empfinden sich auf eine Stufe mit ihren Untergebenen gestellt, und das ist ihnen zutiefst zuwider. Sie sagen, Ihr würdet mit Euren Gesetzen das Land ins Chaos stürzen. Und bei solchen Argumenten drängt sich stets ein sofortiges Handeln auf. Dieses Handeln fordert totale Entscheidungen, bei denen einzig ein Ja oder ein Nein gegeben werden kann. Das heißt aber auch, falls ein Mensch den eigenen Interessen im Wege steht, die man mit den Interessen des Staates verbinden kann, drängt sich dessen Beseitigung geradezu als Gebot der Zeit auf. Ein Anschlag auf Euer Leben durch Fraga oder einen seiner Getreuen passt gut ins Bild. Verstärkt wird die Gefährdung Eures Lebens durch den Tatbestand, dass nach meinem Kenntnisstand Bürger im Rahmen eines Geheimzirkels, der von Bochre und einer Therfa namens Karen geleitet wird, Material und Belege gegen Fraga gesammelt haben, die sie Euch morgen präsentieren wollen. Majestät wissen, wie sich ein in die Enge getriebenes Tier verhält, und ähnlich stellt sich mir Fragas derzeitige Situation dar. Mit solchem Verhalten stimmt der plötzliche Tod von Bochre überein. Wenn Majestät es für richtig erachten, würde ich alles veranlassen, sodass wir noch in dieser Nacht die Stadt verlassen können, um der erwähnten Gefahr aus dem Weg zu gehen."

„Vielen Dank, mein lieber Machut, ich werde nicht vor dieser Gefahr davonlaufen. Besteht die Gefahr morgen, beseitige ich sie nicht, indem ich vor ihr weglaufe. Erstens wird man den König der Feigheit bezichtigen und zweitens ereilt mich der Tod dann an einem anderen Ort, sofern es das Schicksal oder einzelne Fanatiker beschlossen haben. Ich werde mich der Gefahr stellen und ich bin verpflichtet, als König ein Vorbild abzugeben. Solange ich König bin und solange ich mich als solcher in der Öffentlichkeit aufhalte, werde ich den Menschen zeigen, was es heißt, zu seinen Untertanen zu stehen.

Mein lieber Machut, ich habe Euch bereits meine Vision vorgestellt, die daran anknüpft, die Gesetzesmacht, die ich besitze, auf meine Untertanen zu übertragen. Und ich habe die Hoffnung, dass sich hier in Miatr die Keimzelle für die Verwirklichung meines Wunschtraums befindet. Wir müssen mit unserem Einfluss gerade nach Bochres Tod diese Keimzelle weiter fördern. Möglicherweise erlebe ich noch während meiner Zeit als Regent die Umstellung der Zünfte auf diese moderne Art des Wirtschaftens. Zunächst wäre ich erst einmal zufrieden, wenn das Modell nicht gemeinsam mit Bochre untergeht."

Machut war schon ganz unruhig geworden, weil er die Aufmerksamkeit des Königs auf etwas lenken wollte, das ihm durch den Kopf ging. Er kannte alle Gesetze, die zum Teil seit mehreren hundert Jahren Gültigkeit hatten, und darunter gab es eines, das dem König unter bestimmten Bedingungen ermöglichte, Besitz eines verstorbenen Therfas unter die Schutzherrschaft der Krone zu stellen.

„Majestät, ich bin felsenfest überzeugt, Bochres Werkstätten und Güter werden trotz allem weiterhin nach bekannter Weise bewirtschaftet. Falls ein Testament existiert, wird Bochres Tochter die Nachfolge ihres Vaters antreten und alles auf die Art weiter betreiben, wie sie es von ihrem Vater kennen gelernt hat. Sollte aber kein Testament vorhanden oder dieses von Bochres Mörder beseitigt worden sein, so gibt es im Lex Regum einen von Ihrem Urgroßvater König Thorne zu Erbfragen ergänzten Passus. Nach diesem steht dem König in jedem Fall die mögliche Übernahme des Besitzes eines Therfas zu, sofern es kein rechtsgültiges Testament gibt. Dabei verpflichtet sich der König, angemessen für das Wohlergehen der Nachfahren zu sorgen und der Stadt oder dem Dorf, in dem der oder die Werkstätten sind, die Hälfte der Erträge zufließen zu lassen. Gleiches Recht besteht für Bürgermeister und Dorfvorsteher. Sollte Fraga beabsichtigen, von diesem Recht Gebrauch zu machen, steht das königliche Recht in jedem Fall darüber. Wir werden vermutlich morgen bei der Eröffnung des Gerichtstages durch den Bürgermeister erfahren, ob Fraga solches vorhat, und sollte dieses der Realität entsprechen, ist das zumindest ein Indiz für einen Zusammenhang mit einem geplanten Gewaltverbrechen an Bochre. Wie Majestät wissen, zählt Fraga bereits jetzt zu den mächtigsten und reichsten Männern in ganz Mobirowien. Würde nun der Besitz von Bochre hinzukommen, gäbe es keine Macht im Land, die Fragas wirtschaftliches Handeln begrenzen könnte. Und damit würde gleichfalls sein politischer Einfluss wachsen. Was das bedeuten würde, brauche ich wohl nicht näher zu erläutern. Ich denke, Fraga würde sich nicht damit begnügen, im Hintergrund die Fäden zu ziehen. Will er möglicherweise nicht selbst zum König ernannt werden, so werden ihn seine Anhänger – man denke hier an seinen Geheimbund, der sich „Die Reine Therfamacht" nennt – dazu drängen, und was das für Mobirowien hieße, mag ich mir gar nicht ausmalen. Sollte also Fraga morgen im Namen der Stadt Miatr und kraft seines Amtes Anspruch auf Bochres Besitz erheben, müssen wir darauf vorbereitet sein und das Vorbehaltsrecht des Königs verkünden. Gleichzeitig werden wir eine genaue Untersuchung hinsichtlich Bochres Todes, seines Besitzes und eines eventuell vorhandenen Testamentes anordnen. Wir müssen allerdings damit rechnen, dass Fraga unsere Ansagen als Kriegserklärung versteht und wir im weiteren Verlauf nicht drumherum kommen werden, die Stadt mit unseren Truppen zu belagern. Falls dann König Woschinin uns angreifen sollte, könnten wir ihm nicht die erforderliche Gegenwehr leisten. Demzufolge darf es gar nicht erst so weit kommen. Aber ich denke, für den Moment reicht es erst einmal, die Gefahren ausgelotet zu haben, sonst könnten wir schnell zu dem Schluss gelangen, Mobirowien wäre bereits verloren. Wenn Majestät erlauben, würde ich mich gerne zur Ruhe begeben. Morgen steht uns allen ein anstrengender Tag bevor."

„Machut, ich bin Euch für Eure offene Rede sehr verbunden. Es gibt keinen besseren Berater als Euch. Da morgen mein letzter Tag sein könnte, lege ich größten Wert darauf, den Tag gut ausgeruht zu beginnen, damit ich mir wenigstens in dieser Hinsicht keinen Vorwurf zu machen brauche. Ich wünsche Euch eine angenehme Nachtruhe."

„Majestät, Ihr seid zu gütig. Mögen Majestäts Träume von schöneren Dingen künden als morgen zu erwarten sind." Mit diesen Worten verneigte sich der Berater des Königs und zog sich zurück.

IX

Alle, die dem Geheimbund um Bochre angehörten, waren an diesem Abend versammelt, um die Dinge, die in den Abend- und Nachtstunden durchgeführt werden sollten, zu besprechen und zu koordinieren. Nicht jeder war bereits darüber im Bilde, dass Bochre einem Herzversagen erlegen war, und als schließlich die traurige Nachricht von Karen übermittelt wurde, reagierte jeder darauf mit eigener Betroffenheit, zum Beispiel Fitr mit einem herzzerreißenden Tränenausbruch, der in Widerspruch zu seinem sonst voller Kraft strotzenden Wesen stand, Karen mit nach innen gekehrter Trauer, die ihrer Sprechweise eine Bedächtigkeit und Ernsthaftigkeit beifügte, die die meisten in dieser Runde noch nicht auf diese Art kennen gelernt hatten, und Mehru mit trauriger Wut, die ihre Entschlossenheit umso mehr unterstrich und sich zum Teil wie ein Vorwurf an Bochre anhörte, sie jetzt in dieser entscheidenden Phase verlassen zu haben.

Aber bei niemandem mündete die Todesnachricht in Resignation; das, so fühlten sie alle, waren sie Bochre schuldig. Schließlich war zu viel vorbereitet und sie erinnerten sich an Bochres Äußerung, darauf zu vertrauen, dass für alles gesorgt wäre, selbst im ernstesten aller Fälle, der allerdings jetzt eingetreten war. Möglicherweise hatte Bochre irgendwelche Beweise gegen Fraga in der Hinterhand gehabt, die morgen von Serla vorgetragen würden. Sie alle würden in dieser Nacht ihren Teil dazu beitragen, dass Fraga am morgigen Tag, sollte sich eine erdrückende Beweislage ergeben, seinen Kopf nicht aus der Schlinge ziehen könnte. Es gab viel zu tun in dieser Nacht, und das war gleichzeitig eine Möglichkeit, sich von düsteren Gedanken abzulenken. Es verhielt sich wie bei einer Lawine, die ins Rollen geraten war: Niemand würde sie mehr aufhalten können. Nachdem sie ihre Aufgaben zum letzten Mal abgesprochen hatten, hielt Fagol eine kurze Abschlussrede zum Gedenken an Bochre.

„Es hat viele Menschen gegeben, die mit ihren Gedanken und Worten Neues angestoßen haben. Doch was wir hier bei dir, Bochre, erlebt haben, trägt in sich ein Ausmaß, das wir heutzutage noch gar nicht ausreichend ermessen können. Deine Art, Werkstätten aufzubauen, hat im Kern die Gleichwertigkeit jedes menschlichen Wesens zum Ziel. Du hast dich nie selbst als wertvoller als andere Menschen gesehen. Statt Unterwürfigkeit deinem Willen gegenüber einzufordern, hast du jedem vor Augen geführt, dass er sowohl in diesem Leben eine sinnvolle Aufgabe erfüllt, als auch Herr seiner eigenen Entscheidungen sein darf und sein soll. In letzter Konsequenz trägt dein Gedankengebäude eine völlig neue Form der Herrschaft und Regierung in sich und ein Gedanke, der freigelassen ist, verhält sich wie der Pfeil, der abgeschossen wird. Es gibt kein Zurück mehr. Gleichermaßen, wie es in deinen Werkstätten den Menschen besser geht als in den Werkstätten, die nach dem alten System verfahren, gehe ich davon aus, ein Umsetzen deiner Gedanken und Werke in allen Bereichen unseres Landes wird jedem zu einem besseren Leben verhelfen. Dafür danken wir dir und verneigen uns vor dir, der du es geschafft hast, uns mit diesen Gedanken neues Leben einzuflößen."

„Ich danke dir, Fagol. Ich hätte es nicht so treffend formulieren können", sagte Karen mit stockender Stimme und mit dem Hinweis „Denkt daran, wir treffen uns alle nachts gegen halb zwei Uhr an der Stadtwache. Legt euch jetzt noch ein paar Stunden schlafen und seid pünktlich da!" verabschiedete Karen alle.

KAPITEL 6

I

Mehru hatte bereits vor dem Verlassen der „Gaststätte zum letzten Groschen" die Feder benutzt, um von niemandem gesehen werden zu können. Farmos war aus seiner Schänke nach draußen getreten, als würde er vor dem Zubettgehen noch einmal frische Luft schnappen, hatte aber Mehru lediglich die Tür geöffnet, sodass keiner auf komische Gedanken käme, würde von unsichtbarer Hand die Schanktür auf- und zugemacht werden. Tagsüber war sie damit beschäftigt gewesen, den Schlaftrunk herzustellen, der für die diensthabenden Stadtwächter gedacht war. Mit ihrem Ergebnis war sie sehr zufrieden, denn bei ihrem Test war Julias Katze exakt nach zwei Stunden eingenickt und die Menge, die sie ihr verabreicht hatte, war gering gewesen. Für diesen Teil des Planes mussten jetzt noch die anderen Details zusammenpassen. Sie war darüber informiert, dass Fraga an jedem Tag, bevor er sich schlafen legte, die Stadtwache inspizierte, und das würde er besonders in dieser Nacht nicht versäumen, zumal, falls er etwas im Schilde führen sollte, musste er notwendigerweise die Stadtwache als Droh- oder Vollzugsmittel einsetzen und sich auf sie voll und ganz verlassen können. In der Regel setzte er sich anschließend einen Moment mit dem diensthabenden Offizier zusammen und trank mit ihm einen Krug Bier als Nachttrunk. Gleichermaßen war es den beiden Wächtern vom Dienst erlaubt, zu dem Zeitpunkt einen Krug Bier zu sich zu nehmen. Darsto sollte die Pforte der Stadtwache im Blick behalten, um den Moment abzupassen, in dem Fraga in der Stadtwache verschwinden würde. Dann wäre er etwa fünf Minuten später mit seinem Auftritt dran.

Als Mehru zur Pforte gelangte, zog sie sofort energisch am Glockenzug und die schrille Glocke machte einen Lärm, wie wenn sie gleich die gesamte Stadt in Alarm versetzen wollte. Doch sie wusste, ihre eigenen Gedanken trugen mit dazu bei, die Durchdringlichkeit des Geräusches zu steigern, obendrein verstärkte die ansonsten sie umgebende lautlose Stille der nachtschlafenden Stadt für das sich dicht an der Lärmquelle befindliche Ohr jedes noch so leise gesprochene Wort oder andere Laute erheblich. Schließlich hatte sie schon seit geraumer Zeit sämtliche eigenen Körpergeräusche wie Herzschlag, Atmen, Schlucken, ja das Streifen ihrer Kleidung an Armen und Beinen in einer Lautstärke wahrgenommen, dass, wäre ihr ein Passant entgegengekommen, sie sich gewundert hätte, würde dieser sie nicht bemerken.

Sie vernahm schwere Schritte, die sich der Tür näherten, ein metallenes Klicken nach einer quietschenden Drehbewegung im Schloss, ein lautes Klacken, womit der Schlüsselbart den Verriegelungsbolzen zur Seite schob, und mit leichtem Knarren schwang die Tür auf. „Wer da?", rief eine Stimme in die Nacht hinaus. Als der Stadtwächter keine Antwort bekam, machte er die Tür weit auf, trat auf die Straße hinaus und schaute in jede Richtung. Diesen Moment nutzte Mehru, um sich unbemerkt in die Stadtwache einzuschmuggeln. Natürlich konnte der Stadtwächter draußen niemanden sehen, der am Glockenstrang gezogen hatte. Kopfschüttelnd verriegelte er wieder die Tür und setzte sich an den Tisch im Wachzimmer zu seinem Kameraden.

„Muss wohl ein sehr später Glockenstreich gewesen sein! Dass solche Belästigungen noch so spät getrieben werden, hätte ich nicht gedacht. Wäre das mein Junge, würde ich den deftig verdreschen!"

„Na, nun sei mal nicht so! Du warst auch mal ein Junge, und du musst zugeben, unsere Glocke stellt eine Versuchung für jeden mutigen Jungen dar."

„Da hast du natürlich recht. Trotzdem würde ich ihm eine verpassen, wenn ich ihn erwischen würde. Vor allem wenn ich daran denke, dass wir morgen früh bereits gegen halb vier die ersten zehn Kameraden wecken sollen, die dann ausrücken, um die Unruhestifter in der ‚Gaststätte zum letzten Groschen' zu verhaften. Für die zwanzig muss das Frühstück fertig sein, das heißt, wir müssen bereits um drei die Brote von Karmak entgegennehmen. Also heute Nacht werden wir sowieso kaum zum Schlafen kommen."

„Wird Zeit für unseren Bürgermeister, dann können wir unser Bierchen zischen. Darauf freue ich mich jedes Mal, wenn ich nachts Wache schieben muss."

„Vielleicht kommt er ja heute mal früher, immerhin wird er heute Nacht noch ein wenig Schlaf gebrauchen können."

Kaum hatte der zweite Stadtwächter dies ausgesprochen, schellte die Glocke und wie erwartet stand Fraga vor der Tür. Die beiden Stadtwächter nahmen die allerstrammste Haltung an, die sie nur annehmen konnten, und Fraga zog grußlos an ihnen vorbei, um gleich durch die geöffnete Tür ins Zimmer des wachhabenden Offiziers zu gehen.

Mehru war in höchstem Maße angespannt, weil es nun nur noch fünf Minuten dauern sollte, bis der Schlaftrunk zum Einsatz käme. *Hoffentlich ist auf Darsto Verlass*, dachte sie bei sich und jede Minute gerann zu einer mit ungeduldigem Warten gefühlten Ewigkeit. Die Stadtwächter hatten sich gerade ihr wohlverdientes Bier eingeschenkt, als das eindringliche Läuten der Glocke zum dritten Mal in dieser Nacht ertönte.

„Wehe, das ist wieder so ein Jungenstreich!" Ächzend erhob sich der Stadtwächter, der schon die anderen Male die Tür geöffnet hatte. Mehru hörte nun deutlich, wie vor der Tür Darsto außer Atem und in sich überschlagender Stimme dem Wächter zurief: „Ihr müsst da hinten eingreifen, die beiden da prügeln sich sonst zu Tode!"

„Keru, du musst mit mir mal nach draußen. Wir müssen die Streithähne voneinander trennen!"

„Komme gleich, muss nur noch dem Offz Bescheid sagen!"

Der Plan lief wie geschmiert. Beide Stadtwächter befanden sich auf der Straße und Fraga und der wachhabende Offizier waren zur Tür gegangen, um den Eingang zur Stadtwache vor dem Zutritt Unbefugter zu sichern. In der Zwischenzeit hatte Mehru in alle vier Getränke den Schlaftrank geschüttet. Sie wusste, sie musste schnell handeln, denn die beiden „Streithähne" waren natürlich in den Plan mit eingebaut und diese sollten, wenn die Stadtwächter nur noch wenige Meter von ihnen entfernt wären, in verschiedene Richtungen fortlaufen, dabei erschreckt tun, indem einer von beiden ausrufen würde: „Stadtwächter! Bloß weg von hier!"

In dem Moment, in dem die kurz zuvor sich noch heftig Streitenden in verschiedene Richtungen davonliefen, tauschten die Stadtwächter einen verdutzten Blick aus, schauten zurück zur Stadtwache, wo der wachhabende Offizier ihnen bedeutete umzukehren, und schließlich trotteten sie gemächlich zur Wache zurück.

Mehru war in dem Raum geblieben, in den der Offizier und Fraga anschließend zurückkehrten. Sie vertrat die Ansicht, dass, falls jetzt noch wichtige Dinge zu erfahren waren, dies nur aus dem Gespräch zwischen Fraga und dem Offizier denkbar wäre. Die beiden setzten sich wieder auf ihre Plätze und tranken schweigend ihr Bier. Als Fraga den letzten Schluck zu sich genommen hatte, wischte er sich beim Aufstehen mit dem Ärmel den Schaum von seinem Mund ab und erinnerte den Offizier, bevor er sich zum Gehen wendete, an den am Morgen von ihm ausgegebenen Befehl.

„Du bist mir dafür verantwortlich, dass morgen auf dem Rathausplatz siebzig Stadtwächter, einschließlich der Nachtpatrouillen, zugegen sind. Sollte einer fehlen, werde ich dich und die fehlenden Stadtwächter hart bestrafen. Merk dir das!"

„Zu Befehl, Herr! Die Stadtwächter sind bereits heute Morgen darüber informiert worden. Ihr braucht Euch keine Sorgen zu machen. Außerdem hat schon seit Menschengedenken kein Gerichtstag mehr in Miatr stattgefunden, und das möchte wohl niemand verpassen."

„Ich verlasse mich auf dich!" Mit dieser Bemerkung verließ Fraga die Stadtwache, ohne sich noch einmal umzudrehen.

Mehru wusste, dass sie sich noch etwa zwei Stunden gedulden musste, erst dann würde die Wirkung des Schlaftrunks einsetzen. Bis dahin konnte sie außer Warten nichts weiter unternehmen. Das war nicht gerade eine ihrer Stärken, jedoch musste sie sich darin fügen, wollte sie nicht den gesamten Plan gefährden. Also setzte sie sich auf die Treppe, die zum oberen Stockwerk führte, wo die Stadtwächter schliefen, die keinen Nachtdienst hatten.

Wenig später kam der wachhabende Offizier aus seinem Wachraum und ging auf die Treppe zu. Sofort stellte sich Mehru hin, um einen Zusammenstoß zu vermeiden. Auf dem Treppenabsatz drehte er sich um und sagte zu den beiden anderen Stadtwächtern gewendet: „Ich mach mal einen Probealarm. Mal sehen, wie lange die brauchen, bis sie wach sind und in den Klamotten stecken." Sodann lief er mit schnellen Schritten, dabei jeweils zwei Stufen mit einem Schritt nehmend, die Stiege hoch. Mehru hatte im letzten Moment einem Zusammenstoß ausweichen können. Jedoch war es ihr vorgekommen, als hätte der Stadtwächter mitten im Hocheilen im Sprung angehalten und ihr direkt ins Gesicht geschaut. Es lief ihr heiß und kalt den Rücken hinunter und sie dachte bei sich, jetzt hat er mich entdeckt, obwohl das eigentlich nicht sein konnte. Beim Weiterlaufen sah sie, wie er den Kopf schüttelte, wie wenn er etwas von sich abwerfen oder sich selbst Zuspruch geben wolle, dass da nun tatsächlich nichts, rein gar nichts gewesen wäre, was ihn hätte beunruhigen können. Allerdings nahm Mehru sein Hocheilen als Gelegenheit, ihm nach oben zu folgen und die Räumlichkeiten genauer anzuschauen.

Auf der letzten Treppenstufe zum oberen Stockwerk angekommen wäre sie beinahe rücklings die Treppe hinuntergestürzt, so erschreckte sie sich über das ungemein laut gebrüllte „Alaaahaaarm!" des wachhabenden Offiziers. Zu ihrem Erstaunen musste sie feststellen, niemand reagierte auf dieses Signal, erst beim zweiten „Alaaahaaarm!" begannen sich Einzelne in ihren Betten zu regen und beim dritten Mal hörte sie direkt darauf einen dumpfen Aufprall. Danach kam alles in Bewegung, jeder strebte schnellen Schrittes zu den zwei sich zwischen den drei Schlafräumen befindlichen Räumen hin. Im letzten Moment, bevor sie von den über den engen Gang Eilenden umgerannt wurde, schlüpfte Mehru auf einen Mauervorsprung bei dem rechts neben der Stiege befindlichen Fenster. Sie konnte von dort genau beobachten, dass die Stadtwächter eine Ordnung einhielten, die es ihnen erlaubte, ohne einen Stau zu verursachen, schnell in die Räume hinein und wieder hinaus zu gelangen. Alle aus den Kammern Zurückkommenden trugen eine Uniform samt Rock und Hose, Gürtel sowie Stiefel in den Händen. Keine fünf Minuten nach dem dumpfen Aufprall rief es aus allen Stuben beinahe gleichzeitig: „Fertig!" Der Reihenfolge nach kontrollierte der Offizier alle Stuben und hörte sich das markig gebrüllte „Stube 1 angetreten mit 19 Mann! Bereit zum Dienst!" an. Im Anschluss daran waren verschiedene Aufforderungen und Bemerkungen des Offiziers zu hören wie zum Beispiel „Du siehst ja aus wie ein Fragezeichen! Nimm gefälligst Haltung an!" oder „Heute scheinbar Tag der offenen Hose geplant? Mach den Schlitz zu!" oder „Hast wohl heute Nacht noch im Sandkasten gespielt! Nach dem Alarm werden die Schuhe ordentlich geputzt, erst danach gehst du ins Bett!". Als der Offizier alle Zimmer inspiziert hatte, ging er auf den Gang und brüllte, sodass Mehru wieder kräftig zusammenzuckte: „Wegtreten! Marsch, Marsch! In drei Minuten sind alle bis auf unseren Schuhputzer im Bett!" Der gesamte Ablauf, den Mehru anfangs beobachtet hatte, schien jetzt noch einmal abzurollen, allerdings nun entgegengesetzt.

Fünf Minuten später polterte der Offizier die Stiege wieder hinunter, derweil Mehru in ihrem Versteck ausharrte. Bei näherem Untersuchen ihres Standortes stellte sie fest, dass sie sich genau auf der entgegengesetzten Seite der Eingangstür befand. Da der Gang mit drei Fackeln erhellt war, konnte jedermann sich hier recht sicher bewegen, ohne Gefahr zu laufen, gegen ein Hindernis zu stoßen. Sie wartete, bis der Schuhputzer seine Arbeit beendet hatte und wieder in sein Bett gesunken war, erst danach untersuchte sie das Fenster, das sich problemlos öffnen ließ. Zufrieden kicherte sie in sich hinein. Sie hatte soeben eine Erweiterung des Plans beschlossen, auf dessen Ausführung sie nunmehr etwas weniger als eine Stunde warten musste.

Unten hörte sie den Offizier mit den beiden Stadtwächtern sprechen. Er schien sich seiner Donnergeschützstimme zu rühmen, die tatsächlich einen Stadtwächter derartig erschreckt hatte, dass dieser aus dem Bett gefallen war. Es folgte dröhnendes

Gelächter, anschließend forderte der Offizier die beiden anderen Stadtwächter zum Kartenspiel auf, das von derben Flüchen begleitet wurde. Zwischendurch kam es beinahe zu einer Prügelei, weil einer den anderen der Schummelei bezichtigte. Allmählich wurden die Stimmen immer leiser, bis alles in Schweigen gehüllt war.

Langsam schlich sich Mehru die Treppe hinunter und tatsächlich, der Offizier und die beiden anderen Stadtwächter lagen schlafend in ihren Stühlen. Bevor sie weitere Schritte ihres Plans unternahm, wollte sie absolut sichergehen. Also pustete sie nacheinander alle drei kräftig an, dann kniff sie sie abwechselnd in den Oberarm und ins Ohrläppchen, schließlich nahm sie den Arm des Offiziers und ließ ihn los. Keine Kraft hielt den Arm auf, sondern er fiel schlaff nach unten. Nachdem sie den letzten Test erfolgreich bei den beiden anderen durchgeführt hatte, öffnete sie die Eingangstür der Stadtwache, gab dreimal einen Eulenschrei von sich, wie sie ihn von Amtrok gelernt hatte, hastete zurück zum Offizier und entwendete ihm den am Gürtel hängenden Waffenraumschlüssel.

Als die Mitglieder des Geheimbundes im Gebäude angekommen waren – lediglich Karmak war in seiner Backstube mit Backen von Brot speziell für die Stadtwache beschäftigt, das an diesem Tag besondere Bestandteile beinhalten sollte –, hatte Mehru bereits die Tür zur Waffenkammer aufgeschlossen. Sie teilte ihnen mit, hier in der Wache wäre noch etwas zu erledigen, wenn sie alle Waffen abtransportiert hätten. Danach fingen sie an, die Waffenkammer leer zu räumen. Alles wurde zu Karmak und von dort in das Tunnelsystem gebracht. Es dauerte keine halbe Stunde, bis dieser Teil des Plans erledigt war.

Anschließend versammelten sie sich wieder in der Stadtwache und dort schlug ihnen Mehru vor, zumal sie jetzt schon mal den Wächtern die Waffen weggenommen hätten, ebenso die Uniformen samt Stiefeln und Gürteln verschwinden zu lassen. Zunächst hatte sie vorgehabt, die Uniformen zu verbrennen, aber Karen gab zu bedenken, dass Stadtwächter sowieso Uniformen benötigten, es insofern sinnlos wäre, etwas zu verbrennen, was man später wieder brauchen werde. Sodann ging sie zusammen mit Fima und Fitr ins obere Stockwerk, räumte mit beiden die Kammern aus, in denen die Kleidung war, und um den Weg abzukürzen oder nicht Gefahr zu laufen, dass eventuell ein Stadtwächter durch knarrende Treppenstufen geweckt würde, warfen sie sämtliche Kleidungsstücke aus dem Fenster rechts neben der Treppe. Darunter standen schon die anderen mit Handkarren bereit, um die Uniformen, Stiefel und Gürtel gleichermaßen in das Tunnelsystem zu bringen.

Am Schluss waren nur noch die Pferde aus dem Stall der Stadtwache wegzuführen. Für den Zweck hatten sie eine ausreichende Zahl kleinerer Säcke mitgebracht, die den Pferden wie Schuhe übergezogen und oben zusammengebunden wurden, damit nicht etwa das laute Trappeln der Hufe den einen oder anderen Bewohner in Miatr aufwecken würde. Allerdings mussten die Pferde etwas weiter durch die Stadt bis zur „Gaststätte zum letzten Groschen" gebracht werden, weil der Zugang zum Tunnelsystem bei Karmak nicht breit und hoch genug für die Tiere war. Sie führten die Pferde durch den gleichen Tunnelgang, durch den damals Amtrok und Darsto gemeinsam zum Ferfolm gelangt waren. Alles war perfekt organisiert. Der Fährmann Stahro wartete bereits auf sie und setzte sie in vier Fuhren innerhalb von einer Stunde über den Fluss. Auf der anderen Seite des Flusses nahmen Karens Leute die Tiere entgegen und brachten sie zu ihrem vorübergehenden Bestimmungsort, dem Gut in Hangstu.

Auf ihrem Rückweg nach Miatr teilte Mehru Fagol und Amtrok mit, sie dürften auf gar keinen Fall in Farmos' Gasthaus zurückkehren, da die Wahrscheinlichkeit ihrer Verhaftung bestand. Daraufhin bot ihnen Karen die Benutzung zweier ihrer Gästezimmer an, sodass sie noch in den fehlenden Stunden bis zum Aufbruch zum Rathausplatz etwas Ruhe und Kraft sammeln könnten, bevor es dort zu den entscheidenden Ereignissen kommen sollte, auf die sie sich genauestens vorbereitet hatten und auf die alles ausgerichtet war.

II

In der Zwischenzeit hatte Karmak einen anderen Teil des Plans zu erledigen. Das erste Teilstück davon beinhaltete, das von Bochre aus dem Sonnentempel besorgte Krasch unter den Brotteig für die tägliche Brotlieferung an die Stadtwache zu mischen.

Kurz nach drei am Morgen ging Karmak mit einem Handkarren, in dem seine Brotlieferung lag, hin zur Stadtwache. Wie geplant fand er die Pforte dort unverschlossen und die drei Stadtwächter schlafend vor. Er schob seine Karre in die Stadtwache hinein, sodass in seiner Abwesenheit kein Unbefugter von dem „Spezialbrot" etwas mitgehen lassen konnte, schloss die Tür der Wache hinter sich ab und rannte zum Südtor, wo der Stadthauptmann mit neun weiteren Stadtwächtern die Stadtmauer und das Tor im wichtigsten Zugangsbereich von der Handelsstraße her bewachte. Im weiteren Wachgang rund um die Stadt sowie am Nordtor waren insgesamt zehn zusätzliche Stadtwächter verteilt.

Atemlos berichtete Karmak dem Hauptmann, er hätte die Pforte zur Stadtwache offen vorgefunden und die drei wachhabenden Stadtwächter würden sämtlich wie tot auf ihren Stühlen sitzen. Der Hauptmann übergab das Kommando unverzüglich an einen Stadtwächter und nahm sich vier Männer mit auf den Weg zur Stadtwache.

Als er dann in der Wache feststellte, für die er seinen eigenen Schlüssel bei sich trug, dass alle drei „nur" schliefen und durch nichts geweckt werden konnten, hastete er schnell ins obere Stockwerk und fand mit einem laut gebrüllten „Alaaahaaarm!", das er ebenso wie der wachhabende Offizier zweimal wiederholen musste, heraus, alle Stadtwächter waren hier unversehrt. Sie begannen nun wie gewohnt zu den Räumen zu rennen, in denen sich sonst normalerweise ihre Kleider befanden. Doch wie verblüfft waren sie, als sie die Kammern leer vorfanden. Lediglich in Unterwäsche stellten sie sich in ihren Zimmern auf und die Feldwebel, die ebenfalls in den Stuben schliefen, machten ihre Meldungen an den Hauptmann. „Stube 1 angetreten mit 19 Mann zum Dienst!" „Stube 2 ...!" „Wollt ihr mich verarschen?", brüllte sie der Hauptmann an. „Herr Hauptmann, die Uniformen samt Stiefeln und Gürteln sind weg!", vermeldeten alle drei Feldwebel. „Das glaube ich jetzt nicht!" Der Hauptmann raste vor Wut, wurde jedoch schnell davon überzeugt, dass seine Feldwebel recht hatten.

Verdammt! Heute ist doch so ein wichtiger Tag, wieso läuft alles schief? Er konnte sich keinen Reim darauf machen, hatte aber das dumpfe Empfinden, jemand hatte ihm absichtlich diese Unannehmlichkeiten bereitet, um ihn vor Fraga bloßzustellen. Vielleicht braute sich ja eine für ihn nicht begreifbare Form der Verschwörung zusammen. Jetzt durfte ihn das aber nicht kümmern, denn im Moment hatte er Ersatzkleider für seine Wächter zu besorgen. Er musste unbedingt mit dem Bürgermeister sprechen. Eventuell könnte dieser ihm eine Lösung anbieten.

„Stube 1 in den Frühstücksraum! Euer Feldwebel übernimmt den Befehl in der Stadtwache bis ich zurück bin! Stube 2 und 3 wegtreten! Für euch ist Frühstück in einer Stunde!"

Er war doch erst ein paar Wochen Hauptmann, dachte er bei sich, warum musste ihm das jetzt gerade widerfahren. Fraga würde ihn dafür verantwortlich machen und er würde eine saftige Strafe erhalten. Voraussichtlich war er die längste Zeit Hauptmann gewesen. Allerdings hatte er momentan keine Zeit, sich über sein Los zu beklagen. Er erteilte seinen vier mitgebrachten Stadtwächtern den Befehl, ihm zu folgen, und rannte zusammen mit ihnen, so schnell er konnte, zu Fragas Haus, wo nach längerem Betätigen des Türklopfers ein mürrisch dreinblickender Diener das Sichtfenster öffnete und ihn nach seinem Begehr fragte.

„Es ist etwas Unfassbares passiert, ich muss sofort mit dem Bürgermeister sprechen." „Ist das tatsächlich derartig dringend, dass ich den Herrn wecken muss? Der Herr hat uns ausdrücklich befohlen, ihn nicht vor sechs Uhr aus dem Bett zu holen." „Ich werde doch wohl einschätzen können, ob es sich um einen Notfall handelt. Weckst du deinen Herrn nicht auf der Stelle, wird das für dich Konsequenzen haben." „Ja, ja, ist schon gut. Ich tu's auf Eure Verantwortung."

Das Sichtfenster wurde verschlossen und der Diener entfernte sich schlurfenden, gemächlichen Schrittes, wie der Hauptmann aus dem Klang, der aus dem Haus an seine Ohren drang, schließen konnte. Nun musste er sich in Geduld üben und warten, bis der Diener endlich den Bürgermeister geweckt haben würde. Doch eigentlich durfte es keine Verzögerung geben. Er erinnerte sich genau an die Order von Fraga, 70 Mann der Stadtwache beim Gerichtstag des Königs auf dem Rathausplatz einzusetzen. Die restlichen zehn Stadtwächter sollten sich aufteilen, um das Nord- und das Südtor zu bewachen. Und wie sollte er das jetzt hinkriegen, wenn es lediglich 20 Mann in der vorschriftsmäßigen Kleidung gab – nämlich die, die in der Nacht Wacheinsatz an der Stadtmauer gehabt hatten. Sollte er etwa die anderen in Unterwäsche mit Waffen auf den Rathausplatz schicken? Das würde ja aussehen, als ob sie den König beleidigen wollten. Hierauf würde Fraga ganz bestimmt mit härtesten Strafen reagieren, denn schließlich würden sie ihren Bürgermeister blamieren.

Gerade wollte er nochmals den Türklopfer betätigen, da hörte er erneut diese schleppenden Schritte, die auf die Tür zukamen. Was er nun hörte, hatte er am allerwenigsten erwartet.

„Es scheint unmöglich zu sein, den Herrn zu wecken. Wir haben es sogar mit unsanften Methoden probiert, also mit Zwicken, Einsatz von Wasser, Anbrüllen, jedoch der Herr schläft einfach weiter. Eventuell hat er einen schweren Schlaftrunk genommen, damit er auf jeden Fall seine Nachtruhe bekommt."

„Heute läuft ja alles ziemlich verflixt daneben. Ihr probiert weiter, den Bürgermeister wachzukriegen, und in der Zwischenzeit musst du mir mit Behelfskleidung für 57 Männer dienen. Wir brauchen je 57 Hosen, Hemden, Gürtel und Stiefel. Und solltest du es endlich geschafft haben, Fraga zu wecken, schickst du unverzüglich nach mir. Ich musste meinen Posten am Südtor verlassen und habe den Befehl über die Stadtwache übernommen. Es handelt sich um einen äußersten Notfall!"

„Na ja, mit Kleidung können wir zwar aushelfen, allerdings müsstet Ihr mit Dienerkluft vorlieb nehmen. Hiervon dürfte es nicht schwierig sein, Eure angeforderte Menge zu liefern. Doch als Gürtel müsst Ihr Euch Tücher um die Taille binden und mit Stiefeln kann ich nicht dienen, da müssen einfache Holzschuhe herhalten."

„Immerhin besser, als in Unterwäsche herumzulaufen, obwohl die Dienertracht meinen Stadtwächtern nicht unbedingt Autorität verleiht. Wir haben noch etwas Zeit, in der möglicherweise jemandem etwas einfällt oder gar unsere Uniformen wiedergefunden werden. Falls du es schaffst, Fraga in der nächsten Stunde zu wecken, sag ihm, ich bin zur ‚Gaststätte zum letzten Groschen' gegangen, um seinen Befehl auszuführen."

Der Hausdiener gab den Stadtwächtern zwei Handwagen mit, um die Kleidung mit einer Fuhre zur Wache zu transportieren. *Jetzt aber so schnell wie möglich zurück zur Wache*, dachte der Hauptmann bei sich, *um die befohlene Verhaftung rechtzeitig durchführen zu können. Fraga wird sich schon etwas dabei gedacht haben.* Also rannte er im Laufschritt mit seiner Begleitung zur Wache zurück, schließlich lautete Fragas Befehl, die drei Gäste in der „Gaststätte zum letzten Groschen" gegen vier Uhr zu verhaften. Dort angekommen befal er, dass neben seinen vier leicht bewaffneten Stadtwächtern noch 15 Stadtwächter aus Stube 1 mitzukommen hätten. Diese 15 sollten den Hinterhof und die zur Straßenseite gewendete Vorderfront sichern, damit niemand entkommen könnte.

Bevor sie losgingen, ordnete er an, dass alle, er selbst eingeschlossen, die noch kein Frühstück – dieses bestand aus einem Krug Bier und Brot – zu sich genommen hatten, dies in fünf Minuten zu erledigen hätten. Danach befal der Hauptmann den 15 Männern, ihm zur Waffenkammer zu folgen. Er eilte voraus und wollte gerade seinen Schlüssel aus dem Bund am Gürtel ins Schloss der Tür zur Waffenkammer stecken, als er feststellte, dass die Tür bereits offen war. Jetzt schrillten sämtliche Alarmglocken bei ihm. *Das kann nicht sein! Das darf nicht sein!* Und er hoffte, alles wäre nur geträumt oder wenigstens seine schlimmste Vermutung träfe nicht zu. Aber zu seinem großen Entsetzen, das sich mit Fassungslosigkeit mischte, blickte ihm gähnende Leere aus der Waffenkammer entgegen. Bekam der Bürgermeister davon Wind, könnte ihn das seinen Kopf kosten. Angestrengt überlegte er, wo er nach der ersten Katastrophe mit der Kleidung nun Ersatzwaffen herbekommen könnte. Vor allem mitten in der Nacht schien das wohl eher unmöglich zu sein und die Stadtwächter sollten alle pünktlich gegen sechs Uhr am Rathausplatz ihren Dienst antreten, da die Besucher und Bewohner Miatrs bereits sehr früh versuchen würden, einen möglichst günstigen Platz zu ergattern. Hier müsste er mit seiner Truppe für Ordnung sorgen und gegebenenfalls müsste er in der Lage sein, den Platz für weitere Besucher zu sperren, damit der König den Gerichtstag ohne Zwischenfälle abhalten konnte. Es war zum Haareraufen; wenn er Glück hatte, könnte Fraga höchstpersönlich zehn Stadtwächter mit Schwertern und Dolchen versorgen. Aber dazu müsste er wach sein, er, der Hauptmann, müsste ihm Rapport erstatten und dann, erst dann würde der Bürgermeister möglicherweise sein eigenes Waffenarsenal öffnen, womit er vermutlich nicht über 80 sondern über 30 bewaffnete Stadtwächter verfügen könnte.

Was er nach dem heutigen Tag zu erwarten hatte, darüber machte er sich keine Gedanken mehr. Verändern konnte er sowieso nichts mehr. Ihm fiel die große Anzahl an Rundhölzern auf dem Hinterhof der Stadtwache ein, die für die alljährliche Pferdekoppel im Sommer als Begrenzungsstäbe dienten. In Ermangelung anderer Waffen war bei den Hölzern wenigstens dafür gesorgt, dass jeder Stadtwächter ein nun zum Schlagstock umgewandeltes Rundholz in den Händen hatte. Mit dergestalt ausgerüsteten Untergebenen – in Dienerkleidung und mit Schlaghölzern bewaffnet – begab sich der Hauptmann auf den Weg zur „Gaststätte zum letzten Groschen", der nicht mit Erfolg gekrönt sein sollte, wie er wenig später feststellen musste.

III

Es war bereits Viertel vor sechs und die Stadtwächter sollten sich fertig machen zum Ausrücken. Abgesehen davon, dass der Hauptmann noch vor einer Stunde die zehn Stadtwächter zur Bewachung der Stadtmauer bestimmt hatte, tat sich in der Stadtwache nicht viel, was auf einen Aufbruch hinwies. Nachdem die Stuben 2 und 3 ihr Frühstück eingenommen hatten, war der Hauptmann auf den Tisch geklettert und hatte zu sprechen angefangen. Zunächst dachten die Stadtwächter, die zuletzt gefrühstückt hatten, er wollte sie an die Bedeutung des heutigen Tages erinnern, obwohl sie sich ziemlich lächerlich in den Dienerklamotten und Holzschuhen vorkamen. Aber nein, er forderte sie auf, es seinem Beispiel nachzutun und auf das Wohl ihres Königs und ihres Bürgermeisters zunächst ein Bier zu trinken, und überhaupt sei der heutige Tag ein guter Tag zum Feiern, weshalb er beschlossen hätte, den Stadtwächtern nicht allein ein großes Fass Bier zu spenden, sondern sie ebenso am heutigen Tag vom Dienst freizustellen.

Als die beiden Feldwebel von Stube 2 und 3 das vernahmen, blickten sie sich kurz an, nickten übereinstimmend, gingen auf ihren Hauptmann zu und verhafteten ihn.

„Kameraden, ihr wisst, Fraga hat uns seine eindeutigen Befehle für heute erteilt, und beschließt unser Hauptmann plötzlich etwas anderes, verstößt er gegen diese Befehle, und ihr wisst auch, Befehlsverweigerung wird bestraft. Solange unser Bürgermeister nichts anderes anordnet, verbleibt der Hauptmann in Gewahrsam."

„Ihr kleinen Schäkerer", wendete sich der Hauptmann an die zwei Feldwebel. „Ich hab' jetzt keine Lust, mit euch zu spielen. Ich will raus zu meinen Spielkameraden in den Hinterhof. Geht zum König und sagt ihm, ich, der Bürgermeister von Miatr habe beschlossen, mit ihm gemeinsam Verstecken zu spielen. Ihr könnt mir gestohlen bleiben!"

Als der Hauptmann seine „Spielkameraden" im Hinterhof erwähnte, hatten Einzelne aus dem Fenster geschaut, das auf den Hinterhof zeigte, und sie sahen, wie dort etwa 20 Stadt-

212

wächter miteinander balgten, mit den Schlagstöcken gegeneinander kämpften oder apathisch dastanden und vor sich hinmurmelten.

Einer der Feldwebel stürzte nach draußen und brüllte: „Sofort aufhören! Seid ihr alle verrückt geworden? Fertigmachen zum Abmarsch!"

Jedoch es tönte ihm entgegen „Nö, wir haben jetzt keine Lust aufzuhören!", „Spiel doch mit, es macht höllischen Spaß!", „Was will'n der hier?" oder „Das sag' ich meinem Papa!". Dem Feldwebel schoss durch den Kopf, für derartig viele Befehlsverweigerer würden die Zellen nicht ausreichen. Er konnte in die vorhandenen zwei Zellen maximal sechs Mann pro Zelle stecken und mit dem Hauptmann waren es schon über 20. Erschwerend kam noch hinzu, dass die vier Stadtwächter, die den Hauptmann zum Bürgermeister begleitet hatten, außer Rand und Band waren und im Gebäude treppauf, treppab tobten. Dabei kreischten sie laut „Ich hab' dich! Du bist dran!", „Ätsch, entwischt!" und „Ihr seid gemein! Keiner lässt sich von mir fangen!".

Nach kurzer Beratung fassten beide Feldwebel den Beschluss, ein Stadtwächter aus Stube 2 sollte in der Stadtwache bleiben und hatte dafür zu sorgen, „keinen dieser Verrückten" aus dem Gebäude zu lassen.

Mit um 25 Mann verkleinerter Truppe machten sich beide Feldwebel auf den Weg zum Rathausplatz. Beiden hämmerte die Frage durch den Kopf, warum derartig viele Stadtwächter auf einen Schlag nicht mehr Herren ihrer Sinne waren. Obendrein waren vorher bereits unerklärliche Dinge passiert, die alle dazu beitrugen, die Schlagkraft der Stadtwache in äußerstem Maße einzuschränken. An dermaßen viele Zufälle wollte und konnte keiner von beiden glauben. Hier waren irgendwelche Intrigen gesponnen worden und sie fühlten sich benutzt für ein böses Spiel. Würde man keinen Schuldigen finden, alles würde an den Offizieren und Feldwebeln hängen bleiben. Na ja, jetzt hieß es erst einmal, mit der verminderten Truppe trotzdem die Ordnung aufrecht zu erhalten. Was der König wohl denken wird, wenn er sie in diesem lächerlichen Aufzug in Dienerkleidung, Holzschuhen und mit Schlagstöcken bewaffnet sieht?

Ein Fenster wurde geöffnet und eine Stimme erhob sich, die „Ruhe!" brüllte. Jedoch als die zur Stimme gehörige Frau die mit Holzschuhen ausgestatteten Stadtwächter sah, die diesen Lärm verursachten, war ein ohrenbetäubendes Gelächter zu hören, und mit erstickter Stimme rief sie den Wächtern nach: „Habt wohl heute Morgen keine Zeit mehr zum Stiefelputzen gehabt?"

Kurz vor dem Rathausplatz, der schon von etlichen Menschen gesäumt war, kam ihnen ein Mann entgegen, verneigte sich bis zum Boden und höhnte: „Seid gegrüßt, meine Herren, ihr habt für den heutigen Tag eine vortreffliche Kleidung ausgewählt."

Schließlich stellte sich ihnen ein etwa zehnjähriger Junge entgegen, fuchtelte mit seinem Dolch herum und sagte: „Vor euch braucht ja niemand Angst zu haben. Mit euren Schwertern könnt ihr vielleicht einen Hamster erschrecken, zwei zahnlose Hunde dagegen würden euch allein in die Flucht schlagen."

Wie der Hauptmann schon bei der Kleiderübergabe in Fragas Haus befürchtet hatte, zeigten viele Bürger Miatrs vor den Stadtwächtern keinen Respekt und noch bekümmerte das die verringerte Truppe, indes sollte diese Haltung lediglich noch etwas länger als eine Stunde anhalten.

IV

Morgens um acht machte sich Fima in Begleitung von zwei Bediensteten zur Wohnung ihres Bürgermeisters auf, damit er seinen wichtigsten Tag nicht verschlief. Sie war sich sicher, bereits die lächerliche Kleidung sowie das unvernünftige Verhalten der Stadtwache würden den König bestürzen und auf eine mögliche Ablösung Fragas einstimmen. Denn auf diese Weise war die Sicherheit Prekus nicht gewährleistet. Das war der einzige Trumpf, den sie gegen ihren Bürgermeister in der Hand hatten, allerdings wog er schwer.

Die Anschuldigungen, die sie vorbringen wollten, würden wahrscheinlich daran scheitern, dass Fraga und seine Anhänger alles abstreiten und sie des Rufmordes beschuldigen würden. Zwar war ihr und den anderen Anhängern des Geheimbundes daran gelegen, der Gerechtigkeit Vorschub zu leisten, aber das hatte noch zu warten und es wäre vielleicht nie möglich, eindeutige Beweise vorzulegen. Sogar bei den vor den Toren der Stadt begrabenen Dienern Fragas, die Sarko erschlagen hatte, könnten sie nicht den Beweis erbringen, dass Sarko die Tat im Auftrag von Fraga durchgeführt hatte.

Fima betätigte den Türklopfer und wurde von einem mürrisch dreinblickenden Diener an der Pforte empfangen, dessen Miene sich sofort in zuckersüße Freundlichkeit veränderte, als er Fima, die eine Therfa war, erkannte.

„Meine Dame, so hoher Besuch zu dieser frühen Stunde?"

„Ich muss schon sagen, auf deinen Herrn ist kein Verlass. Die Mitglieder des Rates der Stadt sollten sich bereits um sieben im Rathaus treffen. Die anderen sind bereits zugegen. Einzig Fraga scheint sich noch für den König schönzumachen."

„Wir müssen uns bei der Dame entschuldigen, denn uns ist es erst vor fünf Minuten gelungen, unseren Herrn wachzubekommen. Ich möchte Euch bitten, einen Moment im Empfangssalon Platz zu nehmen."

Mit diesen Worten geleitete der Diener Fima ins Hausinnere und führte sie in den Kleinen Salon, der wie sämtliche repräsentativen Räume in Fragas Haus mit Marmorfußboden, Wandteppichen, stilvollen Möbeln einschließlich Kronleuchtern prächtig eingerichtet war. Und es dauerte tatsächlich keine zehn Minuten und Fraga stand vor ihr in voller Amtstracht.

„Meine Dame, wie aufmerksam von Euch, Euren Bürgermeister abzuholen. Aber keine Sorge, ich hätte alleine zum Rathaus gefunden."

„Das beruhigt mich, zumal wir schon befürchteten, wir müssten ohne Euch anfangen. Darüber hinaus musste ich mich heute Morgen wundern, als ich die Stadtwächter als Diener verkleidet sah, die sich wie kleine Kinder benahmen. Auf diese Art können wir die Sicherheit des Königs und der Stadt nicht garantieren."

„Da müsst Ihr Euch irren. Die Stadtwächter haben von mir gestern eindeutige Befehle für den heutigen Tag erhalten."

„Ich denke schon, ich befinde mich voll und ganz bei Verstande und sehe keine Dinge, die nicht sein können. Den anderen Ratsmitgliedern ist das ebenfalls aufgefallen. Da sich uns somit ein ernsthaftes Sicherheitsproblem stellte, mussten wir schnell handeln. Karen hat schleunigst Ersatzkräfte besorgt und sie mit den nötigen Uniformen und Waffen ausgestattet. Ein so genannter Fitr hat die Position des Hauptmanns vorübergehend übernommen. Dieser Fitr hat für die Sicherheit auf dem Rathausplatz zu sorgen, während sein Stellvertreter Pavron für die Bewachung der Stadttore und -mauern zuständig ist."

Fraga war zwar noch ziemlich benebelt von dem Schlaftrunk, jedoch seine Gedankenkraft kehrte allmählich zurück. Er merkte, ihm war scheinbar in der Nacht einiges entglitten. Wenn er sich nicht mehr auf seine Stadtwache verlassen konnte, war die Durchführung des Planes, wie er ihn dem Geheimbund „Die Reine Therfamacht" vorgestellt hatte, nicht mehr möglich. Er brauchte einfach Sarko das vereinbarte Zeichen nicht zu geben und keiner würde irgendetwas argwöhnen, außer es befände sich ein Verräter im Geheimbund. Fraga dachte fieberhaft nach, wem er einen Verrat zutrauen würde, kam allerdings zu keinem Ergebnis. Dennoch wusste er selbst aus Erfahrung, dass in solchen Situationen immer wieder einzelne Leute ihre Chance sahen, um sich beim König oder eventuell neuen Bürgermeister beliebt zu machen. Doch jeder Verrat würde die anderen Mitglieder des Geheimbundes veranlassen, den Tod des Verräters zu beschließen, und eigentlich war nach seiner Einschätzung keiner aus dem Kreis Manns genug, diese Gefahr zu riskieren. Es wird schon gut für mich ausgehen, versuchte sich Fraga selbst zu beruhigen, und wandte sich an Fima.

„Da muss ich Karens kluge Voraussicht und ihr entsprechendes Handeln loben. Ich werde mich dafür noch erkenntlich zeigen. Jetzt habe ich aber den Eindruck, wir müssen uns beeilen, um noch vor dem König auf dem Rathausplatz einzutreffen."

Und beide verließen im Gefolge von je zwei Dienern das Bürgermeisterhaus und strebten eiligen Schrittes dem Platz entgegen.

V

Als Fima und der Bürgermeister am Rathausplatz ankamen, hatten bereits die Ratsmitglieder auf der Tribüne ihre Plätze eingenommen. Allerdings musste Fraga zu seiner Verwunderung feststellen, dass erstens die Bewachung auf dem Podest nicht allein aus vier königlichen Soldaten, sondern noch aus vier weiteren Wachen bestand, die die Uniform der Stadtwächter trugen, und dass zweitens die Sitzordnung, so wie er sie sich vorgestellt hatte, in einem wichtigen Detail nicht eingehalten worden war. Sarko hatte man dicht am linken Außenrand des Podestes platziert. Selbst wenn das jetzt nicht mehr von Wichtigkeit für den ursprünglich besprochenen Plan war, tauchte bei Fraga unwillkürlich die Frage auf, ob irgendjemand außerhalb des Geheimbundes etwas von dem Plan erfahren hatte. Die Zuweisung von Plätzen stand zwar ihm als Bürgermeister zu, jedoch sofern er nicht rechtzeitig anwesend war, konnte das das Mitglied des Rates mit dem nächsthöheren Einfluss beziehungsweise dem nächstgrößeren Besitz übernehmen und hier verfügte nach Bochres Tod eindeutig Karen über dieses Recht. Am liebsten wäre Fraga, einen Schwächeanfall vortäuschend, aus der Situation geflüchtet, gab sich aber einen inneren Ruck, als er sich umsah und die Menge der bereits versammelten Bürger als geschlossenen Block wahrnahm, von dem er feindlich gemustert wurde, und er ging aufrechten Schrittes in die Richtung seines Platzes auf dem Podest, der sich direkt neben dem des Königs befand. Ja, viele Bürger waren ihm nicht gerade wohlgesonnen, besonders die, die sich in abhängiger Arbeit befanden. Wäre er jetzt zurückgegangen, wäre er zu Recht der Feigheit bezichtigt

worden und das hätte er sich noch nicht einmal selbst verzeihen
können. Er beruhigte sich, indem er sich sagte, niemand Unbe-
fugtes könnte Bescheid wissen und schließlich stünde die Mehrheit der Ratsmitglieder auf seiner Seite. Oben auf dem Podest
angekommen, nahm er nicht gleich seinen Platz ein, sondern
ging zu Sarko, um ihn in verklausulierten Worten über die Ab-
setzung des Plans zu informieren. Dieser blickte ihn zwar daraufhin zunächst verständnislos an, schien dann aber zu verstehen und nickte ihm kaum merklich zu.

Als Fraga schließlich seinem Platz zustrebte, fand er den
Platz hinter dem König leer vor, während Karen hinter dem
Platz des Bürgermeisters saß. Für den leeren Platz gab es eine
eindeutige Erklärung. Sofern ein Ratsmitglied gestorben war,
blieb über einen Zeitraum von drei Monaten ihm zu Gedenken
bei allen Veranstaltungen des Rates ein Platz frei. Na ja, dachte er bei sich, Karen wird hier berücksichtigt haben, dass Bochre nach mir der einflussreichste und wohlhabendste Therfa in
Miatr war, ihm also der Platz direkt hinter dem König gebührt.

Wenig später kündigten die Fanfarenbläser das Eintreffen
des Königs an. Dieser war erstaunlich schlicht gekleidet. Er trug
eine schwarze Richterrobe und eine Perücke mit langen, wal-
lenden, gelockten Haaren. Neben ihm ging Machut, der sein
wichtigster Berater war, und hinter ihm trug ein Diener das
Gesetzbuch Mobirowiens auf einem rotsamtenen Kissen, das
mit einer goldenen Krone bestickt war. An der Seite des Die-
ners ging der königliche Protokollant, der alle Utensilien wie
Papier, Feder und Tinte bei sich trug. Der König mit seinen drei
Begleitern war links und rechts flankiert von jeweils acht königlichen Leibwächtern.

In bedächtigem Tempo gingen sie auf das Podest zu, derweil die Menschenmenge zunächst zu jubeln anfing und wenig
später Spruchchöre des Inhalts „Heil unserem König!" sowie
„Befrei uns vom Tyrannen!" skandierte. Gerade wollte der König auf das Podest steigen, da bahnte sich eine Gruppe aus drei
Diener in Holzschuhen, die in den Händen Rundhölzer trugen,
einen Weg durch die Menge zum König. Die königlichen Solda-

ten hatten bereits vorsorglich ihre Schwerter gezückt und warteten auf den Befehl zum Einschreiten. Doch Preku winkte die Gruppe zu sich heran und fragte sie: „Habt ihr einen Wunsch, den ich euch gleich an Ort und Stelle erfüllen kann?"

Daraufhin sprach ihn der Mittlere von den dreien an: „Hallo, König, wir haben heute schon viel Spaß gehabt. Willst du nicht mit uns spielen?"

„Ja, ja, spielen", sagte der König seufzend. „Gerne würde ich mir selbst diesen Wunsch erfüllen. Sogar ich habe gelegentlich ein Verlangen danach. Jedoch wie ihr wisst, habe ich als König viele Pflichten zu erfüllen. Jetzt muss ich erst einmal zu Gericht sitzen und möglichst gerechte Urteile fällen."

„Oh, schade, na ja, hätte ja sein können", antwortete der eine von ihnen. „Dann wollen wir dich nicht weiter aufhalten." Und zu den beiden anderen gewandt sagte er: „Los, haut ab! Ich muss euch jetzt kriegen!" Damit tobten sie johlend und lärmend weiter und waren bald nicht mehr zu hören.

Der König hatte nun seinen Platz eingenommen, und nachdem er eine Hand als Zeichen für den Beginn erhoben hatte, verstummte die Menschenmenge wie auf einen Schlag und wartete auf die Eröffnung durch den Bürgermeister. Dieser erhob sich, wendete sein Gesicht dem König zu und begann zu sprechen.

„Majestät, es ist uns eine hohe Ehre, Euch in unserer schönen Stadt begrüßen zu dürfen. Für uns ist der heutige Tag zu einem ganz besonderen Tag geworden. Ich hoffe, wir erweisen uns als würdig und Eure Majestät wird hoffentlich einen angenehmen Aufenthalt haben. Zu meinem Bedauern muss ich Majestät, aber ebenso die Bürger aus Miatr, die das noch nicht wissen, darüber in Kenntnis setzen, dass unser ehrenwertes Ratsmitglied Bochre gestern verstorben ist und er zu aller Betrübnis mit seinen überaus wichtigen Beiträgen dem Rat der Stadt nicht mehr zur Verfügung steht. Gerne hätte ich Freudigeres vermeldet, jedoch der Tod lässt sich nicht wegdrängen und wird weiterhin seinen Tribut von uns Menschen einholen. Allerdings wird aus diesem Tod auch Gutes für die Stadt Miatr hervorgehen, indem ich als Bürgermeister den Anspruch erhebe, den Besitz des verehrten Ratsmitglieds Bochre für das Wohlergehen der Stadt zu verwalten. Gleichzeitig verpflichtet sich die Stadt, Bochres Tochter Serla lebenslang ein Auskommen zu bezahlen, damit sie ein ehrenvolles Leben als Therfa führen kann. Majestät, ich erbitte hiermit Eure Zustimmung zu meinem Vorhaben, das den Reichtum der Stadt mehren wird und insofern allen Menschen hier zugutekommen wird."

„Mein lieber Fraga, diese Entscheidung werde ich jetzt noch nicht fällen können, da mir nicht alle notwendigen Informationen in diesem Fall vorliegen. Ich muss Euch auf später vertrösten. Eine solche Entscheidung bedarf gründlichster Überlegung. Selbst wenn scheinbar kein Testament vorliegt, muss zumindest erst einmal eine ordentliche Suche danach erfolgen. Im Übrigen dürft Ihr nicht vergessen, nach dem Lex Regum steht mir das gleiche Recht wie Euch zu und wem das dann zugesprochen werden wird, unterliegt allein meiner Entscheidung. Gut, genug davon."

Nun winkte Preku den Diener mit dem Gesetzbuch heran. Dieser trat vor ihn, kniete nieder und hielt Preku dabei das Gesetzbuch entgegen, derweil der König seine rechte Hand auf das Buch legte und die Formel sprach: „Hiermit gelobe ich, ein jedes Verfahren nach den hierin befindlichen Gesetzen anzuwenden und während der einzelnen Verfahren kein neues Gesetz hinzuzufügen. Jeder Bürger, der sich bei mir über einen Gesetzesverstoß beschweren will, muss gehört werden, unabhängig von Besitz oder Einkünften. Bürger, die sich selbst nicht vertreten können oder dürfen, zum Beispiel durch Krankheit beziehungsweise Kinder und junge Menschen unter 21 Jahre, können einen Vertreter ihrer Interessen benennen. Ich schwöre beim Finden eines Urteils mich zu bemühen, für jede Seite ein möglichst gerechtes Urteil zu sprechen, das den Sinn der geltenden Gesetze widerspiegelt und sich durch Güte in der Urteilsfindung auszeichnet. Möge Gott Zeuge und Beistand dafür sein!"

Seitdem Preku nun König war, und das waren jetzt schon siebzehn Jahre, hatte er die Formel für Gerichtstage in der veränderten Form vorgetragen. Während sein Vater in den Gerichtstagen immer die Festigung seiner Macht und seines Einflusses sah, indem er zum Beispiel während einer Verhandlung ein Gesetz, das seinen Interessen zuwiderlief, schnell mal veränderte, erschien es Preku wichtig, den Bürgern Rechtssicherheit zu geben und auf diese Weise ein Verständnis für die Gerechtigkeit von Gesetzen zu vermitteln. Gesetze, die der König selbst als ungerecht empfand, hatte er entweder verändert oder ganz gestrichen, so zum Beispiel den Unterschied zwischen Therfas und normaler Bevölkerung. Das stellte einen von vielen Gründen dar, weshalb die Bürger ihm vertrauten und oft den Mut aufbrachten, sogar die kleinen Gesetzesverstöße der Therfas, die für sie große Auswirkungen besaßen, dem König vorzutragen.

Der erste Fall, mit dem sich Preku befasste, wurde von einer ärmlich gekleideten Frau vorgebracht. Ihr Mann hatte bei Sarko in Diensten gestanden und war bei der Arbeit im Steinbruch umgekommen. Als ihr Mann tot war und insofern keine Arbeitsleistung mehr erbringen konnte, wäre Sarkos Berater zu ihr gekommen und hätte sie darauf hingewiesen, ihr Mann hätte einen Vertrag über fünf Jahre unterschrieben, aber lediglich zwei davon abgearbeitet. Im Arbeitsvertrag gab es sogar einen Passus, der besagte, Krankheit oder Tod würden nicht von der Verpflichtung der Erbringung der Arbeitsleistung entbinden. Der Berater hatte ihr vorgeschlagen, sie könnte gemeinsam mit ihren beiden Kindern die Arbeitsverpflichtung ihres Mannes erfüllen. Sie sehe sich jedoch außerstande, in einem Steinbruch Arbeit zu leisten, und wolle ebenso wenig, dass ihre Kinder durch zu harte Arbeit frühzeitig zu Bettlern gemacht würden. Würde sie dem Vorschlag des Beraters nicht folgen, müsse sie aus dem Haus, das seinem Herrn gehört, unverzüglich ausziehen und mit einer Klage über Schadensersatz für nicht erbrachte Leistungen rechnen.

Während der König der Frau zugehört hatte, war seine Miene zunehmend finsterer geworden und man konnte ein starkes Zittern seiner Hände sehen. Kaum hatte die Frau geendet, stieß er mit Ekel und Wut in der Stimme hervor:

„Welche Schande für Miatr! Ich muss mir hier anhören, wie ein Therfa es scheinbar nicht für nötig hält, die Gesetze des Königs zu beachten. Allgemein gilt ein solcher Vertrag längstens bis zum Eintritt des Todes, um dann zu erlöschen. Darüber hinaus habe ich ein Gesetz erlassen, in dem festgelegt wird, besondere Regelungen zu treffen, wenn jemand bei der Ausübung seiner Berufstätigkeit verletzt wird oder dabei zu Tode kommt, die dahingehend auszulegen sind, dass eine Familie zu entschädigen ist, die einen derartigen Verlust hinnehmen muss. Da hier das genaue Gegenteil meiner beabsichtigten Gesetzgebung angewendet worden ist, werde ich auf einer strengeren Einhaltung des Gesetzes als üblich beharren. Ich verurteile den Therfa Sarko dazu, der Familie für zehn Jahre lang kostenfreies Wohnen in ihrer jetzigen Wohnung und den ursprünglichen Lohn ihres Ernährers zu gewähren. Darüber hinaus hat er an die Familie fünf Goldstücke zu zahlen, das entspricht etwa dem Jahreslohn eines Arbeiters in einem Steinbruch, wie mein persönlicher Berater mir gerade zugeflüstert hat. So ist meine Entscheidung, die nun kraft meines Wortes Gesetz ist!"

Sarko hätte sich am liebsten gleich auf den König gestürzt und ihm den vergifteten Dolch in den Körper gerammt, allerdings hatte ihm Fraga ja zu verstehen gegeben, dass dieses Vorhaben abgeblasen war. Also biss er sich auf die Lippen und hielt sich krampfhaft mit den Händen an den Armlehnen fest, um nicht unvernünftigerweise Fragas Anordnung zuwiderzuhandeln.

Der nächste Fall betraf ein Ehepaar. Der Mann hatte seine Frau aus der Wohnung geworfen, nachdem sie bei der Nachbarin übernachtet hatte. Der Grund des Rauswurfes war die Eifersucht des Mannes und seine Vermutung, die Frau hätte ihn betrogen. Bei genauerem Hinsehen stellte sich heraus, die Frau war aus der Wohnung geflüchtet, da ihr Mann sie hatte schlagen wollen. Sobald beide sich ihrer gegenseitigen Liebe vergewissert hatten, entschied Preku, die Frau wäre, sollte der Mann ein weiteres Mal ihr mit Schlägen drohen, berechtigt, mit Hilfe der Stadtwache ihren Mann aus der Wohnung zu weisen. Auf Wunsch der Frau müsste der Mann in dem Fall sogar die Stadt verlassen. Preku ermahnte allerdings die Frau, ihrem Mann keinen Anlass zur Eifersucht zu bieten, indem sie ihm offen mitteilen möge, mit wem sie sich getroffen habe beziehungsweise zu treffen beabsichtige.

Hatte Fraga sich beim ersten Fall ernsthafte Sorgen über ähnliche Beschwerden gemacht, so beruhigte er sich zunächst, zumal der zweite Fall möglicherweise von der ungerechten Lage, die in der Stadt durch die Notregelungen herrschte, ablenken könnte.

Nun trat ein Mann vor, der dem König sein Antlitz nicht zeigte, sondern seine Kapuze tief ins Gesicht gezogen hatte. Kaum begann dieser Mann zu sprechen, erbleichte Fraga, zitterte am gesamten Körper und hatte seine Augen vor Schreck weit geöffnet.

„Majestät, ich habe Euch eine Beschwerde vorzubringen, die so ungeheuerlich in der Anklage klingt, dass ich, würde ich selbst dort oben sitzen, es nicht glauben wollen würde. Dennoch muss ich mich zunächst zutiefst dafür entschuldigen, Euch mein Gesicht nicht zu zeigen, da es Euch zu Tode erschrecken könnte. Ich bin nicht etwa durch Krankheit oder Unfall entstellt, sondern man wähnt mich im Reich des Todes, jedoch wie Ihr hören und sehen könnt, halten bei mir Körper und Seele noch zusammen. Ich bin also genauso lebendig wie jeder hier auf dem Rathausplatz Befindliche. Meine Anklage lautet folgendermaßen: Unser Bürgermeister Fraga hat sehr wohl den Wohlstand der Stadt Miatr gemehrt. Gehen wir fünfzehn Jahre zurück, finden wir ihn als genial für die Stadt planend. Für Miatr allein war die Anlage der Getreidesilos zu riesig. Es gab unter den Ratsmitgliedern anfangs nur zwei Mitglieder, die sich für den Bau aussprachen. Schließlich sollte der Bau Unmengen an Geld verschlingen, die unsere Stadt gut und gerne für zum Beispiel den Bau eines Hospitals gebraucht hätte. Bochre war wie Fraga für die Errichtung, obschon er seine Absegnung nur unter der Bedingung gab, dass im Fall von Ernteausfällen nicht allein Miatr sondern gleichermaßen die umliegenden Dörfer Anspruch auf Versorgung haben müssten. Weil diese Bedingung allerdings nirgends schriftlich aufzufinden war – vermutlich hatte man die alten Verträge verschwinden lassen und durch neue ersetzt –, gab es keine gesetzliche Handhabe gegen Fraga.

In der Tat hat in Miatr während der Hungersnöte kein einziger Bürger gehungert, jedoch in den umliegenden Dörfern waren die Menschen gezwungen, ihre Höfe und ihren gesamten Besitz für ihr Überleben herzugeben. Fraga hatte kurz vor der Hungersnot sämtliche Ernten in der näheren und weiteren Umgebung mit dem Geld der Stadt Miatr aufgekauft. Tatsächlich benötigte unsere Bevölkerung lediglich etwa ein Drittel der eingelagerten Getreidemenge, derweil Fraga den Rest zu überteuerten Preisen an die Dörfer wieder abgab. Ein Bruchteil seines Gewinns floss in den Stadtsäckel für die Aufkauf- und Lagerkosten zurück. Dies ist das erste Verbrechen, dessen ich Fraga hier vor Euch, Majestät, beschuldige, nämlich Erschleichung von Vorteilen durch Vertragsbetrug und im Zuge dieser Erschleichung das Inkaufnehmen von etwa 300 Hungertoten in den umliegenden Dörfern."

„Habt Ihr Beweise für diese Anklage?" war Prekus Frage.

„Leider gibt es nur den Hinweis darauf, dass Fraga in jener Zeit zu seinem ungeheuren Reichtum gelangt ist, und alles deutet auf diese Zusammenhänge hin.

Selbst wenn wir in diesem Fall keine stichhaltigen Beweise führen können, so komme ich auf sich heute Zusammenbrauendes, das mit dem Beschluss des Bürgermeisters, seinen stärksten Rivalen Bochre mit einem Mittel namens Krasch auszuschalten, seinen Anfang nahm ..."

„Majestät, muss ich mir weiter diese Beleidigungen anhören? Das ist doch alles erlogenes Zug, was aus dem Munde dieses Unbekannten kommt!", versuchte sich der Bürgermeister der Vorwürfe zu erwehren.

„Fraga, nach geltendem Recht wird jedermanns gesamte Anklage bis zum Schluss angehört und mag sie noch so unsinnig erscheinen. Fügt Euch also in die Regeln und beweist damit, dass Ihr über derartige Vorwürfe erhaben seid", antwortete ihm der König.

„Im Übrigen", fuhr der Ankläger fort, „werdet Ihr beizeiten feststellen, ich bin kein Unbekannter. Fraga hatte Krefu beauftragt, Bochre Krasch unters Essen oder ins Getränk zu mischen, damit Bochre für verrückt erklärt und in den Sonnentempel gebracht werden konnte. Dabei arbeitete Krefu vermeintlich für Fraga als Spion bei Bochre, was sich aber in Wahrheit genau andersherum verhielt. Tatsächlich diente Bochre alles als Vorwand, den Sonnentempel genauestens von innen her kennen zu lernen, und er musste feststellen, es handelte sich nicht um Gerüchte, dass Fraga seine Gegner mit Krasch betäubte und sie dort gefangen hielt. Gleichzeitig wollte Bochre in den Besitz von ausreichend Krasch kommen, um die 80 Mann starke Stadtwache nicht zu Fragas willfährigem Werkzeug für dessen verräterische Pläne werden zu lassen. Majestät, Ihr habt vorhin drei Stadtwächter getroffen, die sich wie kleine Kinder benommen haben, und kleine Kinder wollen spielen und keine Befehle ausführen.

Selbstverständlich hatte Bochre nie daran gedacht, im Sonnentempel alt werden zu wollen, sondern die Fluchtpläne standen bereits vor seiner ‚Einlieferung' fest. Kaum war sein wichtigster Gefangener aus dem Sonnentempel geflohen, musste Fraga fürchten, Bochre könnte doch eine Anklage am Gerichtstag vorbringen. Und um das zu verhindern, gab Fraga Krefu den Auftrag, Bochre ermorden zu lassen. Es sollte mit einem Mittel durchgeführt werden, das einen natürlichen Herztod vortäuschen würde ..."

„Majestät", meldete sich Fraga erneut zu Wort. „Das geht jetzt wirklich zu weit. Es ist kaum zu ertragen. Noch vor etwas weniger als zwanzig Jahren hätte ich mich durch das Schwert einer derartig ungeheuerlichen Anschuldigung entledigen können."

„Das ist mal wieder typisch für Euch, Fraga. Ihr scheint darunter zu leiden, dass ich den Therfas nicht mehr erlaube, Widerworte mit dem Stock oder Schwert zu ersticken. In Zukunft sollte ich Eure Stadt etwas stärker beobachten lassen, damit ich keinen Anlass mehr zu der Vermutung habe, die Therfas in Miatr wenden sich in der Mehrzahl gegen meine Gesetze."

Nachdem der König so gesprochen hatte, versank Fraga in brütendes Schweigen. Es war deutlich zu sehen, dem Bürgermeister wurde es zunehmend ungemütlich auf seinem Platz. Unruhig rutschte er hin und her und sein Blick ging immer wieder hin zu den Reihen seiner „Getreuen", die diesen Blick jedoch nicht erwiderten, da sie möglicherweise den Eindruck hatten, es wäre besser, sich nicht als Anhänger von Fraga zu erweisen. Sogar sein treuester Anhänger Sarko wirkte nicht aufmunternd auf ihn, sondern war gleichermaßen von höchster Unruhe ergriffen, umkrallte krampfhaft seine Sitzlehnen und hatte im Gesicht eine Leichenblässe angenommen.

„Wie Ihr sehen könnt" – und an dieser Stelle schlug der Mann seine Kapuze zurück – „gelang dieser Anschlag nicht, weil derjenige, der den Mord ausführen sollte, mein treuester Diener ist. Krefu hat mir alles haarklein erzählt und so konnte ich den heutigen Auftritt planen."

Es brauchte einen Moment, bis alle, sowohl die auf dem Podest Sitzenden als auch die Menschenmenge, begriffen hatten, Bochre war gar nicht tot, sondern er stand hier vor dem König und führte die Anklage gegen ihren Bürgermeister. Spontan jubelten die auf dem Rathausplatz versammelten Menschen lauthals: „Hoch lebe Bochre! Hoch lebe Preku!" Alle bis auf einige wenige oben auf dem Podest nahmen mit unbändiger Freude wahr, Bochre stand mitten unter ihnen und machte jetzt Anstalten, den ungeliebten Bürgermeister Fraga zu Fall zu bringen. Sie sprangen vor Freude in die Luft, warfen ihre Hüte nach oben, umarmten die neben ihnen Stehenden und drehten sich mit ihnen um die eigene Achse. Die Hochrufe wollten nicht aufhören, bis der König mit der Hand ein Zeichen gab, das besagte, die Verhandlung ginge nun weiter.

„Mein lieber Bochre, es freut mich, Euch unter den Lebenden zu sehen. Falls das, was Ihr sagt, stimmt, könnt Ihr bestimmt Euren wichtigsten Zeugen vor mir Rede und Antwort stehen lassen?"

„Majestät, das kann ich leider nicht ..."

„Hört, hört!", fiel Fraga erregt seinem Rivalen ins Wort. „Er kann seinen Zeugen nicht auftreten lassen. Soll ich Euch sagen, woran das liegt? Er hat ihn rechtzeitig umbringen lassen, um solche unglaublichen Unwahrheiten über mich verbreiten zu können und damit Krefu nicht bezeugen kann, dass alles erlogen ist. Alleine der Neid um meinen Erfolg hat deine Handlungen geleitet. Pfui, ich verabscheue dich!"

„Majestät, es tut mir leid, dass Ihr solch Ungemach habt, indem Ihr ständig Eure Ohren mit neuen Lügen beleidigen lassen müsst. Krefu ist quicklebendig. Allerdings hielt ich es für ratsam, ihn über Geheimwege verschwinden zu lassen, nachdem er über das Gelingen der Mordtat an mir im Kreise der Anhänger unseres Bürgermeisters berichtet hatte. Er befindet sich an einem sicheren Ort und ich habe ihm befohlen, nicht allein nach Miatr zurückzukehren, sondern dort zu warten, bis ich ihn abholen lasse."

„Majestät, das ist alles unglaubhaft. Soll an diesem Ort Gericht nach geltendem Recht abgehalten werden – und es geht dabei um Anschuldigungen gegen mich –, dann fordere ich eindeutige Beweise und nicht nur Vorwürfe und Verleumdungen ohne Grund und Boden."

„Fraga, in diesem Punkt muss ich Euch recht geben. Was also habt ihr, Bochre, konkret gegen Fraga vorzubringen, das als handfester Beweis dienen kann?"

„Majestät, hierauf bin ich selbstverständlich vorbereitet. Krefu hat mir über einen Plan des Bürgermeisters berichtet, der heute ausgeführt werden sollte. Es geht um einen Umsturzplan gegen Euch, Majestät."

„Das wird immer ungeheuerlicher!", schaltete sich nun wieder Fraga ein. „Majestät, entzieht dem Intriganten endlich das Wort. Bislang ist er jeden Beweis schuldig geblieben. Es ist nicht mehr zu ertragen."

„Fraga, Ihr wisst, jeder Ankläger soll seine Anschuldigungen zu Ende vortragen und keine Macht des Reiches, sogar der König selbst nicht, soll ihn daran hindern!"

Sobald Fraga von Preku zurechtgewiesen worden war, setzte Bochre die Anklage fort.

„Der Geheimbund ‚Die Reine Therfamacht' hat geplant, Euch heute auf dem Rathausplatz durch die Hand Sarkos, der Euch als Besitzer vieler Steinbrüche bekannt ist, mit einem vergifteten Dolch ermorden zu lassen. Und ..."

In demselben Moment, in dem Bochre den Namen Sarko erwähnte, sah man, wie Fitr, der als amtierender Hauptmann der Stadtwache direkt neben Sarko postiert war, diesem einen Dolch entriss. Allerdings hatte sich Sarko bereits eine Wunde am Unterarm zugefügt. Es dauerte keine zehn Sekunden und der Wirkstoff des Giftes hatte seine tödlichen Folgen im Körper entfaltet, sodass Sarko bewusstlos nach vorne kippte. Noch auf dem Podest verstarb er. Die königlichen Wachen warteten gar nicht erst den Befehl Prekus ab, sondern stürzten sich sofort auf Fraga, um ihn von einer möglichen Verzweiflungstat abzuhalten.

„Fraga", erhob Preku seine Stimme, der er zusätzlich Macht verlieh, indem er aufstand. „Es bedarf keiner weiteren Beweise durch Bochre. Ich habe Eure verschwörerische Tat hinreichend erleben dürfen, zu der Ihr Sarko angestiftet habt, die nun aber der Vollstrecker dieses Mordplanes gegen sich selbst gerichtet hat. Ich werde in Zafach über Euch zu Gericht sitzen und bis zur Verhandlung werdet Ihr eingekerkert bleiben. Euer Amt als Bürgermeister übertrage ich zunächst an Bochre und sämtliche Eurer Besitztümer sind beschlagnahmt. Sollte sich in der Verhandlung in Zafach Eure Schuld bestätigen, wird Euer Besitz zum großen Teil der Stadt Miatr übergeben. Ich werde lediglich zehn Prozent des Ertrages für die Staatskasse Mobirowiens einfordern. So ist meine Entscheidung, die nun kraft meines Wortes Gesetz ist!"

Die versammelte Menschenmenge war nicht mehr zu halten. Sie jubelte lauthals los, es war, als würde ein Orkan losbrechen, ein Orkan der Freude. Als Preku sah, welche Gefühle bei den Menschen freigelegt wurden, wendete er sich an Bochre und seinen engsten Berater: „Ich denke einmal, wir müssen die weiteren Verhandlungen auf morgen vertagen. Mein lieber Bochre, Ihr dürft Euch heute feiern lassen und ich werde mich bald in meine Gemächer zurückziehen. Ich erwarte Euch heute Abend im großen Empfangssaal."

„Majestät, ich habe noch eine Bitte."

„Sprecht aus, was ich Euch sicherlich nicht abschlagen kann, zumal ohne Eure Hilfe diese Angelegenheit gewiss ein anderes Ende genommen hätte."

„Majestät, ich möchte Euch heute Abend drei mutige und dem Wohl der Stadt und dem Reich dienende Bürger aus dem Dorf Imifrich vorstellen. Darüber hinaus hat mein Diener Krefu großen Anteil an der Aufdeckung der Verschwörung gehabt. Ihn möchte ich heute Abend ebenfalls mitbringen. Werde ich dazu Eure Erlaubnis erhalten?"

„Mit dem größten Vergnügen. Menschen, die sich um die Stadt und das Reich verdient gemacht haben, sind mir herzlich willkommen."

Nachdem er gesprochen hatte, erhob sich Preku von seinem Platz, winkte der Menge zu, die ihm jubelnd antwortete, und begab sich mit seinem Gefolge in die Königsetage im Rathaus.

Inzwischen hatte sich Serla endlich durch die Menge einen Weg zu ihrem Vater bahnen können und fiel diesem weinend in die ausgebreiteten Arme. Dann schaute sie ihm vorwurfsvoll ins Gesicht und fragte ihn, warum nicht einmal sie davon erfahren hatte, dass ihr Vater noch am Leben gewesen war. Er lächelte sie an und sprach:

„Ich hoffe, Serla, du kannst deinem alten Vater verzeihen, aber es musste absolut geheim gehalten bleiben. Krefu und ich haben lange darüber nachgedacht, jedoch kamen wir zu dem Schluss, niemand dürfe darüber Bescheid wissen. Damit der Plan gelingen konnte, musste sich Fraga in Sicherheit wiegen. Wer weiß, ob er sich sonst nicht dem Gerichtstag durch eine Flucht entzogen hätte?"

„Vater, jetzt musst du mir allerdings noch beantworten, warum ich gestern so schnell wie möglich nach Hause zurückkehren sollte, denn gesehen hätte mich ja sowieso niemand."

„Serla, du kannst dir doch bestimmt vorstellen, dass ich mir Sorgen um dich gemacht habe. Zwar war ich überzeugt, du würdest das schaffen, dennoch spürte ich natürlich einen Hauch von Unsicherheit. Ich wollte dich gesehen haben, bevor dann keine Zeit mehr gewesen wäre, zumal die Durchführung des Plans mich voll und ganz in Anspruch genommen hat."

Beide hatten Tränen der Freude in den Augen und die auf dem Rathausplatz Versammelten ließen sie jetzt hochleben, indem jeder von je acht starken Armen ergriffen und durch die Menschenmenge getragen wurde. Dabei riefen die Menschen ununterbrochen: „Hoch lebe unser neuer Bürgermeister! Hoch lebe seine Tochter Serla!" Es wurde ein Triumphmarsch durch die Stadt, der nach etwa einer Stunde vor der „Gaststätte zum letzten Groschen" endete. Dort war nämlich Karens und Bochres Geheimbund versammelt, der nicht länger in dem Raum im Hinterhofgebäude, sondern im Schankraum tagte.

VI

In der Schänke wurden sie von allen Seiten stürmisch begrüßt. Jeder wollte Bochre anfassen, so als wolle man sich vergewissern, dass er tatsächlich am Leben war. Sogar Karen sah ihn mit einem fragenden, staunenden sowie etwas vorwurfsvollen Blick an.

„Du alter Gauner, wolltest uns glauben machen, du hättest dich ohne Verabschiedung aus dem Staub gemacht? Was dir ja auch vollends gelungen ist. Als ich dich vorm König stehend erkannte, nachdem du die Kapuze zurückgeworfen hattest, war ich erst einmal wie vom Donner gerührt. Aber ich wusste in demselben Moment, da wird sich Fraga nicht mehr herauswinden können. Ach, Bochre, ich bin ja so froh, dass du uns erhalten geblieben bist."

„Bevor wir jetzt hier in Sentimentalitäten verfallen", erwiderte ihr Bochre, „möchte ich gleich eine Sache klären. Der König hat zwar mich zum provisorischen Bürgermeister ernannt, jedoch, falls du einverstanden bist, möchte ich dich heute Abend als eine geeignete Kandidatin für diesen Posten vorschlagen. Schließlich hast du es ganz hervorragend verstanden, die alte Stadtwache durch eine andere zu ersetzen, und unser Plan lief in allen Punkten wie abgesprochen. Ich selbst möchte einen Großteil meiner Energie daran setzen, unser Arbeitsmodell weiter ins Reich hineinzutragen und beim Aufbau mit Rat und Tat zur Verfügung zu stehen. Möglicherweise verschlägt mich dieses Ansinnen an Prekus Hof, von wo aus ich sodann als Gesandter des Königs in alle möglichen Städte und Dörfer in Mobirowien aufbrechen werde. Diesen Vorschlag werde ich dem König heute Abend unterbreiten. Bist du damit einverstanden?"

„Na ja, werde ich wohl sein müssen, sofern du deinen Aufgabenbereich nach Zafach verlagern willst. Doch ich hoffe weiterhin, deinen Rat in Miatr in Anspruch nehmen zu können, selbst wenn du nicht mehr so häufig in der Stadt weilen wirst."

„Selbstverständlich, denn ich werde mich bemühen, möglichst die Hälfte meiner Zeit in Miatr verbringen zu können. Ich habe eigentlich nicht vor, für diese Aufgabe länger als sechs Monate pro Jahr im Reich herumzureisen und im Hof als Berater anwesend zu sein."

„Bochre", mischte sich Mehru ein. „Du musst in deiner Funktion als Bürgermeister alle zu Unrecht im Sonnentempel untergebrachten Menschen gehen lassen. Obendrein gehe ich davon aus, dass zumindest alle Arbeitsverträge, die unter dem Diktat der Notregel abgeschlossen worden sind, ihre Geltung verlieren, damit ich mit allen Dorfbewohnern aus Imifrich, die mit mir zurückkommen wollen, dorthin gehen kann."

„Liebe Mehru, natürlich wird alles so gemacht, wie du es gerade eben gesagt hast. Leider kann ich dich mit deinem Mann nicht zu einem längeren Verweilen in Miatr überreden. Ohne eure und Fagols Hilfe hätten wir das alles nicht geschafft. Ich habe von Karen viel über den Hospitalaufbau im Armenviertel gehört. Außerdem verdanken euch die Armen noch die tägliche Speisung bei Farmos. Karen und ich geben zwar Geld für diese Dinge aus, jedoch auf die Idee musste erst einmal jemand von außerhalb kommen. Ich kann euch gar nicht genug danken für das, was ihr unserer Stadt gegeben habt."

Nun wandte sich Karen an Bochre: „Weißt du, da die drei die Herzen der Armen erobert hatten, konnte ich problemlos die ‚verrückt gewordene' Stadtwache durch andere Männer ersetzen. Ich bin überzeugt, alles wird sich zum Besseren wandeln, denn ab heute kann die Stadtwache wieder ins Armenviertel gehen, zumal die Männer bis auf Fitr und Pavron daher stammen. Und sollte unsere Stadt tatsächlich Fragas Erbe antreten, werden wir uns eine größere Stadtwache leisten können und keiner der alten Stadtwächter bräuchte seine Arbeit zu verlieren. Wir könnten wichtigen Transporten eine Bewachung mitgeben und würden dennoch unsere Stadt genügend bewachen können."

„Na, ich sehe, du hast dich schon ganz gut als Bürgermeisterin eingearbeitet. Bevor ich mich jetzt nach einer anstrengenden Nacht zum Schlafen begeben werde, muss ich euch drei, Mehru, Fagol und Amtrok, darum bitten, mich heute Abend zum Empfang beim König zu begleiten, denn er wünscht euch zu sehen."

„Du meine Güte", Mehru wirkte ganz erschreckt. „Ich habe ja nichts Vernünftiges zum Anziehen. Ich werde wie ein Bauernmädchen aussehen."

„Da mach dir mal keine Sorgen, denn du hast ja gesehen, der König legt keinen allzu großen Wert auf prunkvolle Kleidung. Er hat heute nur eine Richterrobe getragen und er wird schon verstehen, dass eine Frau, die vom Dorf kommt, in ihrem Gepäck keine für hochherrschaftliche Anlässe passende Kleidung mit sich spazieren trägt. Auch ihr beiden, Fagol und Amtrok, müsst euch eurer Herkunft und Kleidung nicht schämen. Was zählt, sind eure Taten, die ihr für Miatr vollbracht habt, und hier kann ich euch nicht genug loben."

VII

Bochre hatte der „Gaststätte zum letzten Groschen" den Rücken zugekehrt und ging durch die Straßen und Gassen Miatrs hin zu seinem Haus. Auf dem Weg schoss ihm eine Unmenge an Gedanken durch den Kopf. Seine Stimmung war euphorisch, denn der erhoffte Ausgang der Anklage gegen den ehemaligen Bürgermeister hatte nur deswegen eintreten können, weil alle bei der Durchführung des Planes ihr Bestes gegeben und erreicht hatten. Für Miatr bedeutete dies eine vermutlich rosige Zukunft.

Karens und sein Modell für die Führung von Gutshöfen, Töpfereien, Webereien, Färbereien und alle anderen möglichen Werkstätten würde sich jetzt durchsetzen können und die Menschen würden damit nicht nur mehr Zufriedenheit bei ihrer Arbeit, sondern ebenso bei den größeren Gestaltungsmöglichkeiten ihres jeweiligen einzelnen Lebens empfinden. Jedoch bis sich so etwas im ganzen Land durchsetzen würde, wären noch einige Kämpfe zu bestehen und zu führen. Viele Therfas stellten sich von vornherein dagegen, wie er es in Miatr hatte erleben müssen. Es ging den meisten gar nicht darum, die Lebenssituation der bei ihnen Arbeitenden zu verbessern, sondern sie wollten zurück zu den alten Gesetzen, die ihnen die vollständige Verfügungsgewalt über ihre Bediensteten gewährt hatten. Es ging hier um einen Machtkampf, bei dem dort, wo offensichtlich gegen Gesetze verstoßen wurde, mit öffentlich legitimierter Gewalt geantwortet werden konnte. Hingegen war es für die Veränderung in den Köpfen notwendig, mit unendlicher Geduld wiederholt dieselben Diskussionen zu führen. Ja, eine bessere Idee setzt sich durch, aber nur dann, wenn man alle Anstrengungen dransetzt, ihr dazu zu verhelfen. Allerdings darf man in dem Fall nicht etwa denken, dass nun alles gut ist, denn alles entwickelt sich weiter und eine ehemals bessere Idee kann nicht auf Ewigkeit Bestand haben, sondern muss sich entsprechend den sich verändernden Lebensumständen gleichermaßen erneuern. Eine zu starre Verfestigung führt zur Verkrustung, die dann unter Schmerzen aufgebrochen werden muss, damit sich Neues wieder Bahn brechen kann. So verhält es sich beim Zusammenleben von Paaren, von Gemeinschaften, von Völkern und der gesamten Menschheit. Vielleicht schaffen wir Menschen es ja einmal, einen Zustand zu erreichen, in dem wir untereinander ein Auskommen finden, ohne dass Machtstreben von Einzelnen jemals wieder eine derartige Bedeutung gewinnen kann, wie es heute noch der Fall ist. Dann hätten wir mit einem Schlage Kriege, Hungersnöte, Unterdrückung besiegt und das Ziel wäre verwirklicht, dass jeder Mensch von Geburt an das Recht hat, vollwertiges Mitglied der menschlichen Gemeinschaft zu sein. Die Beantwortung jeder Frage wird auf die Dynamik der Konsequenzen für den Einzelnen sowie die größere sie betreffende Gemeinschaft ausgerichtet sein. Jeder lebt nicht für sich allein sondern in Verhältnissen, die von den jeweils Einzelnen als gestaltbar erlebt werden. Dabei gilt nicht eine Grenze, die von außen gesetzt wird, als entscheidende, denn jede einzelne Person zieht ihre Grenze, indem diese einerseits keine unzumutbare eigene Begrenzung darstellt, andererseits zur Bereicherung des eigenen Lebens führt.

Nach Bochre ergaben die Verhältnisse, in denen sich jeder Einzelne befindet, eine vernetzte Struktur, in denen wichtigere Verhältnisse als Knotenpunkte mit gebündelten Erfahrungs- und Erlebnisschnüren erlebt werden. Diese Verhältnisse sind nicht allein unter Menschen zu finden, sondern der Einzelne geht derartige Verbindungen mit der Natur, unbelebter sowie belebter, ein und wird damit mit der Erde und darüber hinaus mit der Welt verbunden. Dergestalt entwickelt sich das Verhältnis jedes Einzelnen über den Stoffwechsel hinaus zur Ideenwelt hin zur wirklichen Welt in ständiger Wechselwirkung aller Ebenen untereinander zu einem Gebilde, in dem der Einzelne in seiner Einzigartigkeit sich seiner kosmischen Herkunft erinnert und hieraus Selbsterkenntnis, Ehrfurcht und Respekt in jeder Begegnung für sich erfahrbar macht.

Inzwischen war Bochre an seinem Haus angekommen, war von der Dienerschaft freudig begrüßt worden und hatte sich in seine Gemächer zurückgezogen. Es dauerte nicht lange und er war auf seinem Bett liegend eingeschlummert. In einem Traum erschien ihm Preku als Lichtgestalt, vor der er zunächst Angst hatte. Er versuchte sich zu verstecken, jedoch gelangte das Licht überall hin und Preku lachte über Bochres vergebliche Versuche, von ihm unentdeckt zu bleiben. Schließlich ermahnte er Bochre, er solle sich endlich der Aufgabe stellen, die er, Preku, für ihn ausgesucht habe. Es wäre doch sehr ehrenhaft, als Botschafter des Königs durch die Lande zu ziehen und dem Volk verständlich zu machen, dass niemand von ihrem König vergessen werde. Außerdem verfüge er über Wissen, Ausdauer und

Durchsetzungsvermögen. Würde er jetzt nicht seine Kenntnisse weitergeben, würde Mobirowien bald von Chaos und anschließend von Gewaltherrschaft erfasst werden. Und die folgenden Sätze gruben sich tief in sein Gedächtnis ein:

„Jeder Umsturz trägt große Chancen sowie große Gefahren in sich. Die Möglichkeit des Eingehens auf Verhältnisse ist weit geöffnet. Genauso gut wie sich Neues entwickeln kann, ist die entgegengesetzte Entwicklung denkbar. Die Menschen erwarten etwas, auf das sie ihre Hoffnungen und Lebensäußerungen richten können. Hier gilt es darum, die Gelegenheit am Schopfe zu packen, sich selbst als Führer des eigenen Weges zu stärken, der sich im Zusammenhang mit allem Anderen erlebt und erfährt. Nie darf die Sehnsucht nach dieser selbstgeleiteten Führung vernachlässigt werden, allerdings darf es nie einem Außen überlassen bleiben. Jeder muss für sich den Weg suchen, finden und wieder suchen, in ständigem Austausch mit anderen Vorstellungen und Lebensweisen. Vergiss das nie!"

Der letzte Satz hallte in Bochre wider und wider und er hörte ihn noch im Erwachen in sich klingen wie ein kostbares Vermächtnis, das sein neues Leben von nun an bestimmen würde. Bewegt und aufgerührt von diesem Traum, der ihm im Grunde das gespiegelt hatte, was er sich für die nächsten Jahre vorgenommen hatte, kleidete er sich an und bereitete sich auf den Empfang in der Königsetage bei Preku vor.

VIII

Mehru, Fagol und Amtrok waren frühzeitig am Rathaus angelangt. Zum Empfang beim König wollten sie auf gar keinen Fall zu spät kommen. Dennoch mussten sie noch eine halbe Stunde auf Bochre und seinen Begleiter Krefu warten, was ihnen von Minute zu Minute immer schwerer fiel. Ihre Nervosität nahm ständig zu und schon fürchteten sie, Miatrs neuer Bürgermeister würde durch irgendeine notwendige Amtshandlung zum Empfang gar nicht mehr erscheinen. Aber diese Vorstellung war natürlich absurd, denn den König konnte man nicht warten lassen, da hatte jede Amtshandlung hintenanzustehen. Bereits auf eine Entfernung von etwa 50 Metern rief Mehru Bochre und seinem Diener zu, wo sie denn bleiben würden, woraufhin Bochre ihr lachend antwortete, es wäre noch eine Viertelstunde erforderlich, wenn sie sich unbedingt verspäten wollten.

Gemeinsam gingen sie zur Königsetage im Rathaus und tatsächlich mussten sie im Vorzimmer 15 Minuten warten, bis sie vorgelassen wurden. In dieser Zeit instruierte Bochre Mehru, Fagol und Amtrok, wie sie sich am Tisch des Königs zu verhalten hätten, wollten sie gegen keine Etikette verstoßen. Der wichtigste Rat bestand darin, sich an ihm zu orientieren, dann würden sie schon nichts falsch machen.

Zwei Diener öffneten die Türflügel zum Empfangssaal und sie schritten an einer bereits gedeckten Tafel vorbei auf ihren König zu, der auf einem schlichten Holzstuhl saß, auf dessen Sitzfläche ein rotes Kissen lag, das mit der Krone und dem königlichen Wappen geschmückt war. Als Zeichen der Autorität und als Schranke für Besucher stand der Stuhl auf einem Podest, das an der vorderen Seite über drei Stufen betreten werden konnte. Bochre blieb vor den Stufen stehen, verneigte sich und wies mit einer ausladenden Bewegung des rechten Armes auf die mitgebrachten Gäste.

„Majestät, hier bringe ich Euch Mehru, Fagol und Amtrok aus Imifrich sowie meinen Diener Krefu. Wir danken Euch für die huldvolle Erlaubnis, in den königlichen Räumen von Euch empfangen zu werden."

Während Bochre die einzelnen Namen genannt hatte, hatte sich der oder die Angesprochene verneigt beziehungsweise an einem Hofknicks probiert. Mehru zeigte sich dabei nicht annähernd so geschickt, wie sie es beim Zubereiten von Medizin war, und als Preku über ihren verunglückten Knicks lachen musste – denn ihre Füße hatten sich ineinander verhakt und beinahe hätte sie den neben sich stehenden königlichen Diener umgerissen –, war sie vor Scham feuerrot im Gesicht angelaufen. Lächelnd hatte sich Preku ihr zugewandt:

„Ob jemand die Etikette am Hof beherrscht, ist weiß Gott absolut unwichtig. Wichtig ist, dass das Herz auf dem richtigen Fleck ist, und das kann man bei euch allen fünf behaupten. Es ist mir eine Freude, euch bei mir empfangen zu dürfen."

„Majestät, Ihr seid zu gütig. Bevor Ihr uns zu Tische geleitet, möchte ich noch eine Kleinigkeit mit Euch besprechen. In Eurer Großzügigkeit habt ihr mich zum neuen Bürgermeister von Miatr ernannt. Ich möchte Euch jedoch darum bitten, dieses Amt an Karen abgeben zu dürfen, die sich in den Tagen seit ihrer Tätigkeit als Ratsmitglied stets mit mutigen Ideen und Taten hervorgetan hat. Gleichzeitig erbitte ich gnädigst Eure Genehmigung dafür, mich als Berater am Hof und im Reich für Fragen einzusetzen, die Arbeitsorganisation, Arbeitsbedingungen und Führung von Werkstätten betreffen."

„Mein lieber Bochre, nichts tue ich lieber als das, denn seit ich Euch kenne, wart Ihr mir bei jedem Gespräch als ein wertvoller Ratgeber erschienen. Zunächst dachte ich allerdings, Eure Kraft würde in Miatr benötigt. Da Ihr mir Eure Zusammenarbeit nun selbst anbietet, werde ich Euer Angebot mit Freuden annehmen."

„Aber eine Bedingung habe ich dabei. Für meine Tätigkeit am Hof und im Reich möchte ich nicht mehr als sechs Monate pro Jahr aufwenden, die andere Hälfte des Jahres wünsche ich in den Dienst meiner Stadt zu stellen."

„Das nenne ich eine gute Verhandlungsgrundlage. Ihr werdet Eure Beraterresidenz sowie die dafür notwendige geldliche Ausstattung in Zafach erhalten und im Gegenzug mich in wichtigen Fragen beraten wie auch anderen Städten in Mobirowien zwecks Beratung zur Verfügung stehen. In der Regel werdet Ihr nicht länger als sechs Monate pro Jahr von mir in Anspruch genommen werden, dennoch werdet Ihr mir in Lagen, die das erfordern, auch mal länger zur Seite stehen müssen. Hier wäre dann über ausgleichende Maßnahmen nachzudenken. Seid Ihr damit einverstanden?"

„Mehr als das", erwiderte Bochre. „Ich schätze mich glücklich, dass Ihr mein Begehren unterstützt, Majestät. Ich möchte allerdings nicht vor Ablauf von zwei Monaten meine Tätigkeit am Hof aufnehmen, denn es bedarf noch einiger Regelungen, damit ich ohne Sorge nach Zafach aufbrechen kann."

„Somit ist die Angelegenheit besiegelt und wir können uns dem wichtigsten Teil des heutigen Abends zuwenden. Euch zu Ehren habe ich die köstlichsten Rezepte der königlichen Küche zubereiten lassen. Lasst uns nun an der Tafel Platz nehmen."

Krefu hatte die ganze Zeit ungläubig zugehört, da er meinte, er müsste sich verhört haben, als der König von fünf Gästen sprach, denn er hatte doch nur seine Pflicht für seinen Herrn getan, von dem er durchweg immer gut behandelt worden war, ja in alle wichtigen Pläne eingeweiht worden war und von dem er stets den Eindruck vermittelt bekommen hatte, dass er ein wertvoller, seinem Herrn gleichgestellter Mensch war. Doch wenn er jetzt an dem Bankett teilnehmen sollte, erschien ihm das allein deswegen nicht glaubwürdig, weil er für seine normale Arbeit von Bochre schon Lohn bekam, da müsste er nicht noch zusätzlich vom König ausgezeichnet werden. Dennoch hörte er den König sagen, er, Krefu, solle zur Linken des Königs sitzen. Links neben ihm wurde Bochre platziert, während zur Rechten des Königs die anderen drei in der Reihenfolge Mehru, Fagol und Amtrok ihre Plätze erhielten.

Bevor die Speisen gereicht wurden, begann das Gelage mit einem leichten Weißwein, der dazu gedacht war, den Magen auf das Essen vorzubereiten. Indem Preku bei Mehru, Krefu und Bochre den Wein selbst einschenkte, machte er ihnen verständlich, an diesem Abend würde er sie als im Rang über sich stehend betrachten.

„Möglicherweise wundert ihr euch darüber, dass ich euch dreien den Wein einschenke, jedoch sehe ich das lediglich als logische Folge für euren maßgeblichen Anteil daran, dass ich den heutigen Tag lebend überstanden habe und eine gefährliche Bewegung ihren Kopf verloren hat. ‚Die Reine Therfamacht' stellte eine Bedrohung für das gesamte Reich dar und ich werde allen Mitgliedern dieser Organisation als Landesverrätern ihre gerechte Strafe zukommen lassen. Aber ihr habt noch mehr für Mobirowien getan. Ihr habt mit eurem Einsatz ohne Gewaltanwendung – sieht man von der Herbeiführung von Rauschzuständen bei den Stadtwächtern ab – gezeigt, Machterhaltung beziehungsweise ein Umsturz gehen nicht zwangsläufig mit dem Ausüben von Gewalthandlungen einher. Die sinnvolle Verwendung derartiger Mittel erfordert viel Mut und Einfallsreichtum. Beides habt ihr bewiesen. Wenn ich euch fünf nun danken möchte und mein Glas auf euer Wohl erhebe, dann ist mir zugleich bewusst, dass eine Menge ungenannter Helfer euch unterstützt haben, ohne die das alles nicht möglich gewesen wäre. Auf euch und alle, die uns geholfen haben, ein Hoch!"

Sie erhoben ihre Gläser und die fünf antworteten dem König: „Es lebe der König!"

Zum Wein wurden in Honig gehüllte Anis- und Fenchelsamen gereicht. Danach ging man zu den Speisen über. Den Anfang bildeten mundgerecht geschnittene Apfel- und Birnenstücke sowie Aprikosen, verschiedene Kirschsorten und Trockenobst. Bochre nahm eine Aprikose in die Hand und sagte zu Preku:

„Majestät, es war ja völlig ungewiss, ob unser Plan zum Erfolg führen würde. Hätte Mehru nicht diese Karzolfeder dabeigehabt, wäre alles sehr viel schwieriger geworden. Auf diese Art konnten wir uns ungesehen in Fragas Geheimbund einschleichen, aber genauso meine Befreiung aus dem Sonnentempel durchführen. Allerdings war die Doppelrolle, die Krefu übernahm, ebenso wichtig. Und er muss sie absolut überzeugend gespielt haben, sodass er Fragas höchstes Vertrauen besaß. Ich weiß nicht, was ich ohne die beiden gemacht hätte."

„Bochre, Ihr seht, jeder von euch dreien hat eine enorm wichtige Rolle gespielt, um die große Gefahr, die in der Person Fraga dem Reich drohte, abzuwenden. Ich gehe sogar so weit zu behaupten, durch euer Handeln haben wir jetzt die Möglichkeit, Mobirowien dorthin zu führen, wohin ich es immer seit Beginn meiner Regierungszeit lenken wollte, nämlich zum Glück für alle Bürger unseres Reiches. Eure Aufopferungsbereitschaft für die

Idee des Besseren und euer Ideenreichtum zeichnen euch aus. Ich persönlich sehe euch als die Verkörperung der drei Gerechten von Akmator, und wie ihr vielleicht wisst, steht der Name Akmator sinnbildlich für einen Ort, in dem die Gerechtigkeit siegt und damit die Grundlage für das Glück der Bevölkerung bildet. Selbst wenn ich der Meinung bin, zum Glück gehört sehr viel mehr als Gerechtigkeit, denke ich, stellt sie so etwas wie ein Fundament dafür dar, um das herum sich alles andere gruppiert. Vielleicht habt ihr ja jetzt verstanden, warum ich euch heute die Weingläser gefüllt habe, obwohl ich als euer König über euch stehe. Im Übrigen dachte ich, Karzole wären in Mobirowien bereits ausgestorben. Soweit ich weiß, erweisen sie nur besonderen Menschen ihre Gunst, und es zeigt sich hier deutlich, Karzole können tatsächlich auf den Grund unserer Seele blicken, zumal euer Karzol die richtige Auswahl getroffen hat. Ein Hoch auf die Karzole!"

Damit erhoben sie erneut ihre Gläser. Als ihnen der köstliche Wein die Kehle hinunterrann, richteten Mehru, Fagol und Amtrok den Blick nach innen, hin zu ihrem Dorf mit Dorfsee und darin lebendem Karzol. Sie merkten, es war an der Zeit wieder zurückzukehren. Es bemächtigte sich ihrer ein Drang, unverzüglich aufzubrechen, sie sehnten sich nach ihrem Dorf und dem Zusammenleben mit dessen Bewohnern. Imifrich lag im Moment verlassen da, doch sie wussten, die meisten Bewohner würden bestimmt mit ihnen gemeinsam zurückgehen wollen.

Natürlich, so ging es Fagol durch den Kopf, war es nicht vorstellbar, nach den in Miatr gesammelten Erfahrungen ohne weiteres zum „Alten" zurückzukehren, zumal die Bewohner ihr Dorf und ihre dortige Lage jetzt mit einem anderen Blick betrachten würden. Vor dem Aufbruch aus Imifrich war der Zusammenhalt im Ort nicht mehr da gewesen. Vor und in Miatr hatten sie alle Schlimmes durchmachen müssen. Gerade jetzt bestand die große Chance, das Dorfleben so zu gestalten, dass in Zukunft keiner Not leiden oder keiner sich ausgeschlossen empfinden müsste. Sie hatten Karens und Bochres Art und Weise der Werkstättenführung kennen gelernt. Würden sie Ähnliches auf Imifrich anwenden, so bedeutete das, sie würden ganz bestimmte Flächen gemeinsam bebauen, deren Ertrag für die Grundversorgung der gesamten Dorfbevölkerung da zu sein hatte. Darüber hinaus gäbe es noch weitere Flächen, die den Einzelnen zugesprochen würden, auf denen jeder nach eigenen Vorstellungen Weiden für Tiere, Obstplantagen oder Ackerbau betreiben könnte. Freilich müssten die Leute ihre Vorstellungen formulieren, weil nicht jedes Land gleichermaßen für alles genutzt werden kann, sodass eine sinnvolle Zuordnung erfolgen könnte. Fagol baute sich sogar schon in Gedanken Arbeitspläne auf, nach denen jeder Bewohner auf den gemeinsamen Flächen nicht mehr als einen Tag wöchentlich arbeiten sollte, was selbstverständlich nicht sklavisch eingehalten werden könnte, besonders wenn zum Beispiel die Ernte eingefahren werden müsste.

Fagol war tief in Gedanken versunken und Amtrok musste ihn anstupsen, damit er merkte, dass ein königlicher Diener vor ihm mit einer Gemüseplatte stand. Gedankenverloren nahm er von den Pastinaken, der Sellerie und ein wenig vom Spinat. Etwas anderes zog seine und die Aufmerksamkeit aller Anwesenden auf sich. Nun wurden auf großen Platten zunächst Hähnchen, Gänse, Enten und Wachteln serviert und als Höhepunkt trug ein Diener einen gehäuteten Pfau mit vergoldetem Schnabel herein, aus dem Flammen schlugen, so als würde der Pfau Feuer speien. Preku ließ es sich nicht nehmen, das Tier eigenhändig zu tranchieren, und reichte Mehru, Bochre und Krefu die ersten Bissen an. Während dieses Ganges liefen Diener eilfertig mit Wasserschüsseln umher, sodass niemand seine fettigen Hände an der Kleidung oder gar dem Tischtuch abzuwischen brauchte.

„Ich hoffe", begann Preku zu sprechen, „euer Wunsch ist nicht auf Rinder- oder Schweinebraten gerichtet. Mein Arzt hat mir geraten, auf diese sehr schweren Speisen zu verzichten. Das Erste, was der königliche Leibarzt zu tun unternimmt, sofern ich irgendwohin verreise, ist, dass er einen Boten schickt, der den Küchenmeister darüber informiert, was mir zuträglich ist. Also müsst ihr aufgrund der Vorarbeit des Arztes mit dieser leichteren Kost vorliebnehmen."

„Majestät" antwortete Mehru. „Ich denke, wenn es Eurer Gesundheit zugutekommt, wird es uns nicht zum Schaden sein. Außerdem haben wir heute höchste Gaumenfreuden erleben dürfen. Kämen weitere hinzu, würde vermutlich mein Gedächtnis zu streiken beginnen. Und gerne erinnere ich mich an einen guten Geschmack, ohne dabei ein Geschmacksfeuerwerk auszulösen."

Alle stimmten Mehru bei und erfreuten sich als Schlussspeise an einer Käseplatte mit Maroilles, Port Salut und Münsterkäse sowie einer weiteren Platte mit Maronen, verschiedenen Nüssen und Datteln, zu der ein süßer, gewürzter roter Wein serviert wurde.

„Man hat mir zugetragen", wendete sich der König an Mehru, „Ihr habt in Miatr begonnen, mit viel Energie ein Hospital für arme Bürger aufzubauen. Solltet Ihr Euch Zeit nehmen können, würde ich Euch zusammen mit Eurem Mann gerne in Zafach an meinem Hof begrüßen dürfen. Ihr könntet dort berichten, wie Ihr den Aufbau bewerkstelligt habt und welche und wie viele Mittel dafür erforderlich sind. Es wäre schon wünschenswert, wenn alle Menschen eine medizinische Versorgung bekommen könnten, ganz egal welchen Standes sie sind."

„Majestät, es würde mich freuen, könnte ich in meiner Wenigkeit für das Wohlergehen der Menschen auch in den anderen Städten Mobirowiens beitragen. Jedoch wisst ihr selbst, diesbezüglich muss in vielen Städten den reichen Bürgern zunächst erklärt werden, warum die Armen eine gute gesundheitliche Versorgung benötigen. Wir sehen uns zwar aus Menschenliebe dazu angetrieben, hinwiederum können wir das bei anderen Menschen nicht voraussetzen. Hier bedarf es klarer Nachweise, dass ein gesunder und gut genährter Bediensteter, Diener, Handwerker stets in der Lage ist, bessere Arbeit zu leisten als jemand, der jeden Moment ums Überleben kämpfen muss. Ich würde also einen Teil meiner Aufgabe damit ausfüllen, Kenntnisse über den Aufbau eines Hospitals zu vermitteln, und einen anderen Teil würde ich daransetzen, die Leistungsfähigkeit unterschiedlich genährter und gesunder Menschen darzustellen. Wenn Ihr damit einverstanden seid, würde ich für eine Zeit lang, sagen wir längstens für zwei bis drei Monate, nach Zafach kommen."

„Ich bin einverstanden, doch seid darauf gefasst, dass Euch einzelne der Ärzte, die ich einladen werde, kräftig die Stirn bieten werden. Es wird sich sicherlich nicht um einen Spaziergang handeln. Jedes Mal, wenn man eingefahrene Meinungen als nicht tauglich für weitere Entwicklungen anprangert, beginnen die absurdesten Hahnenkämpfe. Dabei geht es dann nicht mehr darum, sich sinnvollen Gegenargumenten zu beugen, sondern einzig und allein ist die Siegerpose als Ziel im Visier. Solltet Ihr trotzdem Interesse an der Tätigkeit bekunden, scheint Ihr mir die geeignete Person für das Einleiten eines Perspektivwandels zu sein."

„Macht Euch keine Sorgen, Majestät", erwiderte Mehru dem König. „Ich hatte schon viel mit Dickköpfen in meinem Leben zu tun. Als ich damals noch bei meinem Vater in Gritolk lebte, hat er mich immer zu besonders schwierigen Patienten mitgenommen. In meiner Anwesenheit hat jeder die schlimmsten Behandlungen ertragen. Möglicherweise kann ich ein wenig von dieser Ausstrahlung, die ich auf die Patienten meines Vaters ausübte, auf Menschen in anderen Lagen übertragen."

„Na, ich freue mich auf jeden Fall, dass ich mit Euch in Zafach rechnen kann. Jetzt müsst ihr mich entschuldigen. Es ist bereits die Stunde angebrochen, zu der ich mich gewöhnlich zur Ruhe begebe. Selbst an diesem Ort hat mein schlimmer Leibarzt die Zeit diktiert. Er wird mir die ärgsten Vorwürfe machen, sollte er von einem meiner Diener hören, ich hätte sein Gebot nicht eingehalten. Mir war es eine Freude, euch kennen gelernt zu haben, und ich freue mich auf ein Wiedersehen. Nun wünsche ich euch eine angenehme Nachtruhe."

Damit schritt Preku aus dem Empfangssaal, ohne sich noch einmal umzublicken, während die anderen sich beim Vorbeischreiten des Königs verneigten, und auch Mehru hatte sich für eine Verneigung entschieden, statt den allzu komplizierten und für die Umstehenden gefährlichen Hofknicks ein weiteres Mal verunglückt zu zeigen.

IX

„Dir ist ja heute sehr viel Ehre zuteil geworden. Ich hoffe, du vergisst darüber nicht deinen Ehemann."

„Wie kommst du denn darauf?"

„Na ja, ich denke, du gehst bald nach Zafach. Dann bist du zwei Monate dort und wer weiß, vielleicht gefällt es dir am Hof so gut, dass du da bleiben möchtest."

Je mehr Amtrok darüber nachdachte, desto wahrscheinlicher erschien es ihm, dass er Mehru verlieren könnte. Was hatte er ihr schon zu bieten außer einem kargen Leben, das aus viel Arbeit und Mühen bestand. Er war halt ein Dickkopf vom Lande, wie Mehru ihn richtig charakterisiert hatte, der mit den hochgestellten Personen, die am Königshof ein- und ausgingen, nicht mithalten konnte. Schon begann er sich einzureden, seine Frau hätte einen besseren Mann als ihn verdient, was ihn zunehmend in Richtung Verzweiflung trieb.

„Was denkst du eigentlich über mich? Ist dir der Wein nicht bekommen? Du solltest wissen, ich möchte nicht auf Dauer in einer Stadt leben. Außerdem liebe ich dich."

Mehru befand sich wieder einmal in einer Situation, die sie mit Amtrok bereits vorher häufiger erlebt hatte und mit der sie stets schlecht umgehen konnte. Sie wusste nur, sie fühlte sich unwohl. Vielleicht hatte sie ihrem Mann Unrecht getan, indem sie ihn nicht gefragt hatte, ob er damit einverstanden wäre, für etwa zwei Monate nach Zafach an den Hof zu gehen. Warum entstanden aus solch nichtigen Anlässen allzu häufig heftige Streitereien, die mit Tränen endeten und nach denen es schwer war, sich wieder anzunähern? *Heute, einen Tag vor unserer Rückkehr nach Imifrich, möchte ich mich am allerwenigsten mit Amtrok streiten*, dachte Mehru bei sich. Aber wie konnte das funktionieren? Sie waren beide auf dem besten Weg hin zu einer Auseinandersetzung, bei der sie sich Dinge an den Kopf werfen könnten, die sie später bitter bereuen würden. *Vielleicht besteht ja jetzt noch die Möglichkeit den Riesenstreit zu verhindern, wenn ich einmal genauer hinhöre und zu verstehen versuche, was Amtrok gesagt hat und noch sagen wird.*

„Der Wein ist mir hervorragend bekommen. Allerdings wenn du Preku gegenüber Dinge preisgibst, die im Grunde einen Teil der gemeinsamen Geheimnisse betreffen, fühle ich mich schutzlos ausgeliefert."

„Aber sag mal, ich habe mit keinem Wort erwähnt, dass du ein Patient meines Vaters warst, zu dem er mich mitgenommen hat."

„Das hast du tatsächlich noch nicht getan. Jedoch wenn du zwei Monate am Königshof verbringst, wirst du diese Geschichte bestimmt irgendwann erzählen. Mich ärgert sowieso deine sofortige Bereitwilligkeit, auf den Vorschlag des Königs einzugehen. Auf den Gedanken, mir könnte es missfallen, zwei Monate ohne dich auskommen zu müssen, bist du gar nicht erst gekommen."

„Glaubst du wirklich, ich könnte so lange auf dich verzichten? Natürlich möchte ich dich an meiner Seite in Zafach haben, damit ich mich nach den ermüdenden Gesprächen mit den Höflingen auf dich freuen und deine erfrischende Gesellschaft genießen kann. Willst du allerdings nicht mitkommen, muss ich wohl oder übel die Fahrt alleine unternehmen. Wie du erfahren hast, wünscht unser König meinen Rat und da ich mit dieser Tätigkeit unserem Königreich einen wichtigen Dienst erweisen kann, bin ich gewillt, dies zu tun."

„Wenn das sich so verhält, komme ich mit. Ich liebe zwar die Städte nicht, aber der Ferfolm durchfließt Zafach und so könnte ich mich mit Fischen beschäftigen, was allerdings nur geht, sofern Preku mir ein Fischerboot zur Verfügung stellt. Die besten Fische, die ich fangen werde, könnte ich der königlichen Tafel schenken."

Dieses Mal war es Mehru gelungen, ihren Streit nicht ausufern zu lassen. Sie begannen sich bereits darüber zu unterhalten, was sie alles in Zafach unternehmen könnten, und als Amtrok Pläne zu schmieden begann über ausgiebige Erkundungsgänge in die nähere Umgebung von Zafach, musste ihn Mehru etwas bremsen mit der Bemerkung, sie könne jetzt noch gar nichts darüber sagen, wie sie mit ihrem sich verändernden Körper zu dem Zeitpunkt umgehen würde. Als ihr Mann sie dann mit fragendem Blick betrachtete, lachte sie wieder ihr helles Lachen, das Amtrok so gerne hörte, und musste ihn daran erinnern, dass er Vater würde und das sich entwickelnde Kind ihre volle Kraft und Aufmerksamkeit bräuchte. Scheinbar hatte er im Laufe des kleinen Streites das in Mehru heranwachsende neue Lebewesen vollständig vergessen, und nachdem er so ein zweites Mal über sein zukünftiges Vaterglück in Kenntnis gesetzt worden war, schien ihm die Vorstellung, dass nach so vielen Jahren endlich eine Schwangerschaft zustande gekommen war, Beweis genug für die Beständigkeit ihrer Ehe und die Innigkeit ihrer Liebe. Seine beschützende Seite wurde stark angesprochen, indem er sich klarmachte, alles, was er an Gutem oder an Schlechtem Mehru zufügte, würde auf das kleine, in ihr wachsende Wesen abstrahlen. Vorhin wäre er im Gespräch beinahe ausfallend geworden, weil er sich nicht beachtet gefühlt und in seinem nur auf sich bezogenen Denken wenig, wenn nicht gar nicht, auf die Gefühle seiner Frau geachtet hatte. Jetzt war er erleichtert. Der große Streit hatte nicht stattgefunden und er kehrte mit seiner Frau freudigen Herzens zur „Gaststätte zum letzten Groschen" zurück.

X

Die Dorfbewohner aus Imifrich standen auf dem Rathausplatz in Miatr zur Heimkehr bereit – außer Fitr und Pavron, die sich bei der Stadtwache als unentbehrlich erwiesen hatten. Bochre wollte in aller Würde und Angemessenheit sich von seinen drei Helden aus Imifrich verabschieden und hatte sie gebeten, sich vor ihrer Abreise noch einmal mit allen Mitreisenden vor dem Rathaus einzufinden. Dort wartete mit ihm und etlichen Bürgern der Stadt die vor kurzem zur Bürgermeisterin ernannte Karen, bis alle versammelt waren. Dann wendete sich Karen an die Versammelten.

„Liebe Bürger aus Imifrich, wir danken euch, dass ihr zur Befreiung der Stadt von der Tyrannei beigetragen habt. Ohne eure Hilfe wäre der Kampf aussichtslos gewesen. Wir werden in nächster Zukunft im Armenviertel ein Denkmal für euch errichten, damit wir immer daran erinnert werden, wer zu einem großen Teil dafür die Verantwortung trägt, Miatr vor der Gier einzelner Therfas gerettet zu haben. Unsere Stadt wird sich zu einem Ort entwickeln, der für jeden Bürger als lebenswert erlebt werden kann. Zur Einweihung des Denkmals, was wir in einem Jahr etwa vorhaben, werdet ihr selbstverständlich eingeladen und lebt auf Kosten der Stadt in einem Gasthaus eurer Wahl. Wir wünschen euch nun eine gute Heimreise und mögen eure Wünsche auf Imifrich bezogen sämtlich in Erfüllung gehen. Ein Hoch auf die mutigen Bürger aus Imifrich!"

Den letzten Satz hatte Karen regelrecht gejubelt und Bochre und die umstehenden Bürger Miatrs waren mit eingefallen und wiederholten den Hochruf mehrmals. Anschließend verabschiedeten sich alle voneinander, wobei viele gute Wünsche ausgetauscht wurden und der Hoffnung Ausdruck verliehen wurde, sich möglichst bald wiederzusehen, sei es in Miatr oder in Imifrich. Schließlich gaben die zum Rathausplatz gekommenen Bürger Miatrs, zu denen sich bis zum Stadttor immer mehr hinzugesellten, den Dorfbewohnern Imifrichs ein Ehrengeleit bis zum Fährenanleger, wo Stahro bereits auf sie wartete, um dann endgültig Abschied voneinander zu nehmen.

Jedermann bewegte sich an den Ort zurück, den er oder sie für sich mit dem Begriff Heimat verband, und jeder trug Freude und Hoffnung im Herzen, denn das, was sie alle erlebt hatten, konnte einzig bedeuten, dass sich nunmehr alles verbessern würde. Allein bei denen, die weitsichtiger dachten, schlichen sich neben einem naiven Glauben hin zum Besseren Zweifel ein. Hatte es nicht oft genug in der Geschichte Beispiele gegeben, wo manch einer dachte, alle Probleme wären gelöst oder wären leicht in den Griff zu bekommen? Und dann hatte sich alles doch wieder zu Tyrannei und Diktatur entwickelt, was einen erneuten Umsturz erforderlich gemacht hatte. Warum sollten die Menschen weiser als früher geworden sein? Was bewies denn, dass die vorhandenen Gedanken, die auf eine Ermöglichung der Durchführung gerechter Herrschaft wiesen, tatsächlich in ihrer grundlegenden Botschaft erhalten blieben und nicht wieder irgendwann von Herrschern als Argumente zur Unterdrückung herangezogen werden würden? Möglicherweise könnte man das Dilemma lösen, indem man sich einerseits eine Offenheit gegenüber neuartigen Gedanken bewahrte und andererseits bestimmte grundlegende Rechte formulierte und beachtete, die sich an Menschen als Einzelne, als Gruppen und als in einem Herrschaftsgebiet zusammengefasste beziehen und als der Menschheit zugehörige Rechte anerkannt werden. Die Skepsis, die Einzelne entwickelten, hatte nichts mit dem Aufgeben von Hoffnung zu tun. Wer seine Skepsis ernst nahm, musste feststellen, diese Art des Denkens war erforderlich, um überhaupt den beiden Kräften, sowohl dem Kreativen als auch dem Konservierenden, gleichermaßen Platz zu geben, sodass ein großer Entwurf eines paradiesischen Zusammenlebens nicht gleich auf den Müllhaufen der Geschichte geworfen würde, sondern eine Chance erhielt, zeigen zu können, was für ein Zusammenleben von Menschen untereinander ertragbar und durchführbar sein würde. Es würde übergeordnete Kräfte geben, die zum Beispiel in Form von Gesetzen in der Lage wären, das Ganze zusammenzuhalten. Gleichzeitig würde es eine Unterordnung der höheren gegenüber der unteren Ebene geben, was die Gestaltung der jeweiligen Verhältnisse betraf, wobei die Grenze der anderen Individualität, der anderen Gruppe als Barriere zu berücksichtigen wäre. Sollten die Kräfte sich frei entfalten können, würde niemals mehr die Unterwürfigkeit eines Menschen gegenüber einem anderen gefordert werden können, sogar der König würde eine Position erhalten, in der er nicht höhere Gewalt besaß als der normale Bürger. Man müsste sich dann allerdings Gedanken darüber machen, ob die Funktion eines Königs die Menschen noch weiterbringen würde, und bei der Verneinung dieser Frage müsste man weiterdenken, ob oder unter welchen Bedingungen ein König weiterhin regieren könnte. An dieser Stelle blieb das Denken stehen, da es derzeit für jeden Einzelnen undenkbar erschien, einen König wegzudenken, zumal die sich dort öffnende Leere Ängste hervorrief und weiteres Denken blockierte. Folglich richtete man seine Gedanken auf die bevorstehenden Aufgaben und es gab genug Arbeit zu erledigen.

Zum Beispiel lagen die Felder seit der Aussaat unbearbeitet, sodass sie sich bemühen mussten, nach so viel Zeit der Untätigkeit auf den Feldern den verkümmerten Nutzpflanzen in den letzten Wochen vor der Ernte die größtmöglichen Chancen zu ausreichendem Wachstum zu verschaffen, indem sie die Wildkräuter, die dem Getreide Licht und Nährstoffe wegnahmen, beseitigten. Die Dorfbewohner Imifrichs verrichteten diese Arbeit frohen Mutes, halfen einander, wo es nur ging, und freuten sich auf den Tag, an dem sie die Früchte ihrer geleisteten Arbeit würden genießen können.

XI

Mehru und Amtrok waren kaum in ihrem Haus angelangt, als es beide auf den See hinauszog. Eine leichte Brise machte die flimmernde Hitze des Tages erträglich. Mitten auf dem See stimmten sie ihr gemeinsames Lied in gewohnter Weise an und es dauerte nicht allzu lange, bis eine schwach vernehmliche Antwort in Form von Glockentönen erklang. Eine Zeit lang spielten und sangen sie ihr Stück wie im Echo mit den harmonischen Klängen des Karzols. Dieses Mal, als sich das Drachenwesen ihnen zeigte, erschraken sie überhaupt nicht, sondern im Gegenteil freuten sich darüber, es wieder zu sehen. Sie hatten in so kurzer Zeit derartig viel erlebt und hatten dabei das erreicht, worum der Karzol sie gebeten hatte. Mehr als das hatten sie erfahren, dass der Einzelne zwar gute Ideen haben kann, jedoch die Unterstützung von anderen braucht, um diese Ideen in die Tat umsetzen zu können. Sie waren aus Imifrich aufgebrochen, als das Dorf als Gemeinschaft auseinandergebrochen war, und schließlich waren sie zurückgekommen, weil sie durch die Kraft einer Gemeinschaft mit einzelnen Menschen aus Miatr Fesseln hatten aufbrechen können, die in Form von Unterdrückung den Menschen auferlegt worden waren. Nun staunten sie über die schillernden, ja funkelnden Farben des Karzolgefieders. In ihrer Erinnerung war das Gefieder in eher matten Farbtönungen gehalten gewesen.

„Wie ihr mich hier seht", hob der Karzol zu sprechen an, „strahle ich über mein Gefieder meine innersten Gefühle und Empfindungen aus, die im wesentlichen Freude, aber ebenfalls Stolz auf euch beinhalten. Ich danke euch, dass ihr für mich, für euch sowie für alle anderen so viel riskiert habt und euch nie habt entmutigen lassen. Die Farben meines Gefieders zeigen euch, als wie unendlich wertvoll ich die Beziehung zu euch ansehe. Genauso wie ihr in Miatr viele neue Freunde gefunden habt, konnte ich in euch echte Freunde erkennen und es gibt eigentlich nichts Wertvolleres auf dieser Erde, als gute Freunde zu haben. Uns Karzole kann man sehen als Wächter sowie Freunde der Gemeinschaft, die sich nur dann zeigen, wenn große Gefahr droht. Da diese Gefahr mir jetzt gebannt scheint, werde ich mich in die Tiefen des Sees zurückziehen und mich euch vielleicht nie wieder zeigen. Doch einen Wunsch habe ich an euch: Sobald ihr gemeinsam in eurem Boot auf diesem See verweilt, denkt an mich und spielt euer Lied, das mich zutiefst gerührt hat."

Nach diesen Worten flog der Karzol noch eine Schleife um den See herum, wie um sich im Flug zu verabschieden, und verschwand in den Fluten. Zurück blieb eine spiegelglatte Oberfläche, die durch nichts erahnen ließ, dass ein derartig ungeheurer Körper gerade im See verschwunden war.

Mehru und Amtrok sahen einen Moment wie gebannt auf die Stelle im See, wo der Karzol vor kurzem eingetaucht war, dann schauten sie sich gegenseitig in die Augen, und nachdem die Augen einander gestreichelt hatten, taten es ihnen die Hände, die Beine, die Münder und die Körper gleich.

GLOSSAR

Amtrok – Fischer in Imifrich, aus Gritolk kommend, wo er alles verloren hatte

Bakulien – Nachbarstaat von Mobirowien

Braku – junger Adliger, der in Fragas Geheimbund Mitglied ist

Bochre – Therfa, der sich für die Rechte der Bediensteten einsetzt

Charos – Vertrauter Bochres, der im Sonnentempel arbeitet

Darsto – wurde als Zehnjähriger aus dem Haus seines Vaters verjagt, weil er den Fonas geholfen hatte, und wurde vom Bäcker Karmak großgezogen, der ihn auch adoptiert hat. Darsto ist ein entfernter Verwandter von Bochre.

Fagol – Dorfvorsteher von Imifrich

Farka – Amtroks erste Geliebte

Farmos – Schankwirt der „Gaststätte zum letzten Groschen", wo geheime Treffen der Fonas stattfinden

Ferfolm – längster Fluss Mobirowiens

Fiha – Nachbarin von Amtrok und Mehru in Imifrich

Fima – Inhaberin einer Töpferei in Miatr

Fitr – einer der Illegalen (Fona), ursprünglich aus Imifrich; ist nach Miatr gezogen

Fona – Illegale, die von Betrieben und Gutshöfen ihrer alten Arbeitgeber geflüchtet sind, aber durch Vertragsrecht ihnen noch verpflichtet sind

Fraga – Bürgermeister von Miatr. Fraga und Bochre waren als Kinder Freunde. Die Freundschaft kühlte ab, nachdem Fraga einen alten Mann mit einem Stein erschlagen hatte.

Gerechte von Akmator – eine Legende, nach der drei Personen die Gesellschaft zum Glück führen werden

Ghoro – ehemaliger Herrscher von Mobirowien

Gritolk – Dorf, aus dem Amtrok und Mehru ursprünglich stammen

Groph – ein altes Fabelwesen, entspricht den Drachen in heutigen Sagen

Hangstu – Dorf zwischen Imifrich und Miatr

Hasmo – ein Bauer, der vor Miatr von einem Stadtwächter erschlagen wird

Imifrich – Dorf, das an einem See liegt, in dem ein Karzol lebt

Julia – Tochter von Farmos

Karen – gehört zu den Therfas und ist Besitzerin einer Großweberei in Miatr und eines Gutshofes in Hangstu

Karmak – Bäcker in Miatr, Adoptivvater von Darsto

Karzol – eine Art Drache, der aber viele Fähigkeiten der Drachen durch seine Nähe zum Menschen verloren hat

Keru – Stadtwächter, der in der Nacht vor dem Gerichtstag Nachtwache hat

Kermu – Stadtwächter, der von Fraga erpresst wird

Krasch – Rauschmittel, das seine Wirkungen bis zu eine Woche beibehält

Krefu – ein Bediensteter Fragas und Bochres, der als Spion arbeitet

Krofass – gefürchteter Wind, der am Ende des Winters oder zu Beginn des Frühjahrs alle fünf bis zehn Jahre wütet und eine Spur der Verwüstung hinterlässt

Loszek – Partner der Berater, dient als Beweis für die Qualität der Verträge der Berater

Machut – königlicher Rat von König Preku

Martha – erste Frau von Preku, die ohne Nachkommen zu hinterlassen stirbt

Mehru – Frau des Fischers, stammt wie Amtrok aus Gritolk

Merma – Tochter von Fima

Miatr – Hauptstadt des Bezirks Boful

Mobirowien – Land, in dem Miatr Hauptstadt des Bezirks Boful ist

Mochos – Dorf nicht unweit von Miatr

Mounra – Fagols Frau, die bei den Zwangsarbeiten in Miatr am Fieber gestorben ist

Mumur – Dorf nördlich von Miatr, das seit den Hungersnöten Fraga gehört

Murto – Stadtwächter, der Towo und Hasmo vor Miatr erschlagen hat

Pavron – Bauer aus Imifrich, Vater von Towo

Peto – ein Berater, der über Knebelverträge seinen Herren Bedienstete zu günstigsten Bedingungen beschafft

Preku – König Mobirowiens, Nachfolger Ghoros

Sala – zweite Frau von Preku

Samor – als Festredner ausgewählter Bewohner des Armenviertels bei der Ehrung auf dem Brunnenplatz

Sarko – Therfa, dem alle Steinbrüche in Boful gehören

Semol – Stadtwächter, der von Fraga erpresst wird

Serla – Tochter Bochres

Sonnentempel – hier werden Leute interniert, die Fraga nicht genehm sind oder die an einer Gemütskrankheit leiden

Stahro – Fährmann und Verbindungsmann zwischen Fona und Bochre

Therdolf – Fona, der in Miatr lebt und bei Bochre als Nachrichtenübermittler arbeitet

Therfas – Menschen, die die Gilde der großen Gutshof- und Werkstättenbesitzer bilden

Thorei – Dorfvorsteher von Hangstu

Tirton – Fagols Sohn, der in Miatr einjährig am Fieber gestorben ist

Thorne – König von Mobirowien, Urgroßvater Prekus

Towo – der Sohn Pavrons, der kurz vor Miatr von einem Stadtwächter erschlagen wird

Woschinin – König von Bakulien

Zafach – Hauptstadt Mobirowiens

Der Autor

Der 1956 in Northeim geborene Rüdiger Schlagowski blickt bereits auf eine reiche Vita zurück. Nach Abitur und abgeschlossenem Lehramtsstudium hatte er neben der Schultätigkeit auch Einblicke in sozialpädagogische Arbeitsbereiche und war in der Senatsverwaltung in Berlin tätig. Das Schreiben begleitet ihn bereits seit seiner Jugend. Neben Gedichten und Geschichten verfasste und veröffentlichte er immer wieder Reiseberichte, Artikel oder Reportagen und arbeitete seit 2005 auch an umfangreichen Erzähltexten. Seinen Roman „Aufbruch aus Imifrich" entwickelte er 2011/12 und schrieb 2013 den Anschlussroman „Gefahr aus Bakulien". Seine Erzählwerke sind von ethischen und gesellschaftspolitischen Fragestellungen geprägt, was sich auch am Titel des Zukunftsromans „Wert oder nicht wert, das ist hier die Frage" zeigt, an dem der Autor zurzeit arbeitet.